Buch

In einem abgelegenen Provinznest des peruanischen Dschungels langweilt sich der französische Lehrer Francis Hélias zu Tode. Die einzige Ablenkung in der Monotonie seines Daseins bietet ein Blatt Tarotkarten. Schon bald erkennt Francis, welch ungeheure Macht der scheinbar harmlose Zeitvertreib in sich birgt. Macht über Menschen, ihre Ängste, ihre Hoffnungen. Fasziniert genießt Francis die Vorstellung, Schicksal zu spielen, und erkennt nicht, daß auch er nur eine Marionette unbekannter Mächte ist.

Die Ereignisse, die er selbst ins Leben ruft, führen ihn vom Amazonas über die Elendsviertel von Lima in eine barocke Prachtvilla in Kalifornien, verwickeln ihn in die Machenschaften einer Terroristenbande und stellen ihn an die Seite eines neuen Sektengurus...

In trügerisch leichtem Ton, mit hintergründigem Witz und Sinn für die richtigen Andeutungen schildert der Autor nicht nur die spannenden Erlebnisse des jungen Lehrers Francis Hélias, sondern erzählt auch eine Parabel über die Heils- und Wahrheitssuche des hyperzivilisierten Menschen.

Autor

Serge Bramly wurde 1949 in Tunis geboren. Er arbeitete als Entwicklungshelfer in Afghanistan. Nach längerem Aufenthalt in Pakistan bereiste er als Photograph und Journalist Nord- und Südamerika. Neben verschiedenen großen Essays veröffentlichte er bisher vier erfolgreiche Romane. Heute lebt Bramly in Paris.

Bramlys Roman »Der Tanz des Wolfes«, ebenfalls im Goldmann Verlag (9232) erschienen, wurde 1983 mit dem Preis des französischen Buchhandels ausgezeichnet. »Tarot des Narren« erhielt eine Nominierung für den Prix Goncourt, Frankreichs bedeutendste literarische Auszeichnung.

SERGE BRAMLY

TAROT DES NARREN

ROMAN

Aus dem Französischen
von Peter Prange

GOLDMANN VERLAG

Originaltitel: L'itinéraire du fou

Dieses Buch ist ein Roman. Auch wenn der Handlungsrahmen der Wirklichkeit entlehnt wurde, sind die beschriebenen Personen und Ereignisse frei erfunden. Jede Übereinstimmung mit der Wirklichkeit ist rein zufällig und nicht beabsichtigt.

Der Goldmann Verlag
ist ein Unternehmen der Verlagsgruppe Bertelsmann

Made in Germany · 12/89 · 1. Auflage

Umschlaggestaltung: Design Team München
Umschlagillustration: Design Team München
Druck: Elsnerdruck, Berlin
Verlagsnummer: 9603
AR · Herstellung: Heidrun Nawrot
ISBN 3-442-09603-0

Für Bettina

1973

»For the Snark was a Boojum, you see.«
LEWIS CARROLL: THE HUNTING OF THE SNARK

Er jongliert, und mit seinen geschickten Fingern ...

1

»Der Narr, der Gaukler, die Päpstin, die Kaiserin. Und dann der Kaiser, der Papst, der Liebende ...« Die Hitze kriecht in all seine Poren. »Der Narr, auch Matt genannt, der Gaukler, die Päpstin ...« Die bunten Karten liegen vor ihm im Kreis ausgebreitet. Durch das Fenster, das ein Moskitogitter verschleiert, sieht er die braunen Fluten des Flusses und am andern Ufer die endlose Reihe der Bäume – der Urwald. Ihm ist zumute, als wolle sein Verstand sich verflüssigen, sich auflösen in die feuchte Luft. Träge zieht eine Fliege über dem Tisch ihre Kreise. Er versucht vor allem, gegen das Nichtstun anzukämpfen, gegen dieses Gefühl einer unbestimmten Niedergeschlagenheit, von der er nicht sagen kann, woher sie rührt. Er fährt fort:

»*Der Narr*: die Karte hat keine Zahl. Ein verängstigter Mann – vielleicht ein Blinder – geht daher und wird von einem Hund verfolgt und gebissen. Er trägt ein Bündel über der Schulter und einen gelben Stecken in der rechten Hand.«

Es gebe nichts in den Karten, hat er am Abend zuvor gelesen, was ohne Bedeutung sei. Die Schellenkappe, der merkwürdige Blick, die grellen Farben der Kleidung.

»*Der Gaukler*: das erste Arkanum. Ein junger Mann steht aufrecht da, den Blick einem unsichtbaren Gegenüber zugewandt, und jongliert mit einem kurzen Stock, einer Kugel und ...«

»*Señor Hélias!*« Sie spricht seinen Namen auf unangenehme Weise aus: *Hiiliassé!*, wobei sie das h stark aspiriert. »*Señor Hélias! Teléfono! De Lima!*«

Die Wirtin ruft von der Treppe aus. Sie scheint ebenso erstaunt, verblüfft, ja aufgeregt zu sein wie er. In den drei Monaten, die er hier lebt, ist es das erste Mal, daß er am Telefon verlangt wird. Und dann noch aus Lima! Barfuß eilt er, zwei Stufen auf einmal nehmend, die Treppe hinunter und greift den Hörer.

»Hallo! Monsieur Hélias?« Eine ruhige, höfliche Stimme. »Hier spricht Madame Coulon von der französischen Botschaft. Wir haben uns bei Ihrer Ankunft in Lima kennengelernt.« Die Verbindung ist schlecht. »Genau. Ja. Ist es auch nicht allzu schlimm da unten? Kommen Sie zurecht?« Sie muß schreien, damit er sie verstehen kann. »Ich möchte Ihnen einen Besuch des Botschafters ankündigen ... Ja. Eine kleine offizielle Visite, nichts von Bedeutung, zusammen mit seiner Frau. Nur zwei Tage. Nein, nur keine Umstände, ich habe alles reserviert. Könnten Sie ihn einfach am Flughafen empfangen? Am vierundzwanzigsten, Aeroperu, Flug 202. Gegen siebzehn Uhr. Aber das Flugzeug hat immer Verspätung.«

Verspätung ... Er erinnert sich an das endlose Warten auf dem Flughafen *Jorge Chaves* in Lima. Er legt auf. Seine Wirtin hat ihn nicht aus den Augen gelassen und lächelt ihn an. Sie amüsiert sich jedesmal, wenn sie ihn französisch reden hört, meistens mit durchreisenden Touristen.

In seinem Zimmer hat er für einen kurzen Augenblick das Gefühl, vielleicht auf Grund des Ventilators, als sei die

Luft besser zu atmen. Er blickt auf seine Uhr: er hat noch zwei Stunden vor sich, bis er sich auf den Weg zu seinem Kurs machen muß.

Auf dem Tisch – eine schwere Frisierkommode der Kolonialzeit, umfunktioniert zu einem Schreibtisch – liegen die Tarotkarten immer noch zu einem Kreis ausgebreitet. Die einzige Zerstreuung, die sich ihm bot, nachdem die mageren Bestände der Stadtbücherei einmal erschöpft waren. Die vierundzwanzig Karten (oder das Deck, wie er gewählter zu sagen gelernt hat) des Marseiller Tarotblatts, zusammen mit dem unlesbaren Werk eines gewissen Gustav Borias, *Les Arcanes divinatoires ou le Grand Secret des Bohémiens* (Editions de l'Orient, Lyon 1938). Wahrscheinlich aus dem Nachlaß eines seiner Vorgänger. Er weiß es nicht. Das Buch weist am Rand Bleistiftanmerkungen auf, bis Seite siebenundsiebzig. Danach sind die Seiten nicht einmal aufgeschnitten.

Er wischt sich über die Stirn. Auf dem Fluß zieht ein roter Außenborder seinen Blick auf sich. Der Pegel des Amazonas liegt noch niedrig. Die Hochwasserzeit wird erst im Oktober oder November beginnen. Dann aber, so hat man ihm erzählt, würden die Wassermassen ungeheuerlich anschwellen und bald bis an sein Fenster schlagen, sieben Meter über ihrem jetzigen Stand. Die Fliege hat sich auf den Spiegel gesetzt, um dort zu verharren. Er schaut auf die Karten (»der Wagen, die Gerechtigkeit, der Eremit«), doch in Gedanken ist er woanders.

Ein Besuch des Botschafters.

Er hat sich bereits dem Rhythmus der Stadt angepaßt. Er fühlt sich in seinem Frieden aus Müßiggang und Gewohnheit gestört. Er wird reden müssen, Besuche abstatten, sich zeigen. Und dann lächeln, immer wieder lächeln. Er muß an die kümmerliche, glanzlose Pracht der offiziellen Bankette denken, zu denen man ihn schon nicht mehr einlädt. In den ersten Tagen hatte man sich allerdings sehr bemüht gezeigt – doch dann war er bald vergessen. Vielleicht wegen seiner Kleidung oder seines ziemlich langen Haars. Weil man Junggesellen mit Argwohn betrachtet. Weil er nicht gut genug Spanisch spricht, das *castillano*, oder einfach weil sich hinter seinem hochtrabenden Titel *stellvertretender Kulturattaché* schließlich nur ein kleiner Französischlehrer verbirgt...

Die Karten muß man lesen wie ein Buch, erfährt er. Sie erzählen eine Geschichte. Borgias redet von einer Hieroglyphensprache, von ewigen Symbolen; er beschwört ein antikes Wissen, eine Kunst und eine Wissenschaft herauf.

Er zuckt die Schultern. Seit zwei Tagen hat er sich nicht mehr rasiert und glaubt, daß er so kaum vor seinen Schülern erscheinen kann.

Das einzige Buch auf französisch in der Stadt.

Nach drei Monaten Unterricht jeden Tag die gleiche Zeremonie. In unbeholfener Aussprache, beinahe unter Erröten, sagen seine Schüler: »Guten Tag, Herr Lehrer, wie geht es Ihnen?« Und ohne zu lächeln antwortet er ihnen: »Sehr gut, danke, und Ihnen?« Da beginnen ihre Gesichter zu strahlen – Yacinto, Nestor, Cesar oder Serafino – und voller Entzücken rufen sie aus: »Der Herr Lehrer Hélias!«, als sei in diesen Worten ein geheimer Zauber eingeschlossen. Er korrigiert sie, um sie sodann, wie es im Lehrbuch steht, zu erinnern: »Danke, es geht mir gut.« Mühsam sprechen sie ihm nach. Ihre mandelförmigen Indio-Augen ziehen sich unter der Anstrengung so sehr zusammen, daß sie nur noch einen schwarzen Schlitz bilden. Dann nehmen sie ihre Plätze ein, in engen Bänken aus kaum bearbeitetem Holz, und geben acht, daß sie sich keine Falten in die Kleider setzen.

Am ersten Tag hatte er mit Kreide seinen Namen an die Tafel geschrieben: Francis Hélias. Dann hatte er sie gefragt: »Und wie heißen Sie?« Und er hatte seine Frage ins Spanische übersetzt. Es folgte ein betretenes Schweigen.

Die Methode – Spracherwerb durch Konversation – verunsicherte ihn ebenso sehr wie sie. Vor seiner Abreise hatte er flüchtig ein zweiwöchiges Seminar absolviert. Aber er war noch nie in der erstickenden Hitze eines fensterlosen Klassenzimmers dreißig Augenpaaren gegenübergestanden, die alle auf ihn geheftet waren.

Einen Moment lang überkam ihn Panik. Dann hatte er sich wieder gefangen, und es war ihm sogar gelungen, sie zum Lachen zu bringen.

Ob er wohl dem Botschafter auch seine Schüler vorführen muß?

Er steht auf und schlendert ins Bad: ein Waschbecken, eine Dusche und ein WC, nur durch eine niedrige Wand vom übrigen Zimmer abgetrennt. Er dreht den einzigen Wasserhahn auf (wozu nur heißes Wasser?) und beugt seinen Kopf unter den dünnen Strahl, der aus der Dusche rinnt. Dann schüttelt er sich, nun fühlt er sich besser, und seift seine Wangen mit Rasierschaum ein.

Als er ankam, hatte er dieses Zimmer der *Pension Malecon Tarapaca* in der Hoffnung gemietet, schon bald ein kleines Haus oder eine Wohnung zu finden, die er sich nach seinem Geschmack einrichten würde. Er dachte sogar an einen Garten, eine Terrasse oder einen Patio, in dem er Blumen ziehen wollte, Tropenpflanzen, und wo er eine Hängematte ausspannen könnte.

Doch abgeschreckt von der Aussicht, dann ganz allein zu sein, gebunden an einen bestimmten Ort (oder vielleicht auch nur aus Trägheit, die ihn in der fortwährenden Hitze niederhielt), hatte er die Freiheit seines Hotels vorgezogen und kein einziges Mal die Mühe auf sich genommen, einen Wohnungsmakler aufzusuchen.

Er hatte den Botschafter bei seiner Ankunft kennengelernt, und dieser hatte sich ihm mit aller protokollarischen Aufmerksamkeit gewidmet. Dann hatte er das Ansehen Frankreichs heraufbeschworen und betont, wie wichtig die Verbreitung der französischen Kultur sei.

»Iquitos?« hatte er hinzugefügt. »Eine reizende Stadt. Ich bin mir sicher, daß es Ihnen dort gefallen wird. Und außerdem, in Ihrem Alter, der Amazonas, der Dschungel, die Indios, das muß Sie doch alles faszinieren, nicht wahr?«

Erst am Abend zuvor hatte man ihm im Konsulat, *Plaza de Francia*, endlich den Namen der Stadt enthüllt, wo er seinen Dienst versehen sollte. Der Kulturattaché hatte tadelnd eine Augenbraue emporgezogen, schockiert über seine Unwissenheit.

»Iquitos? Sie wissen nicht, wo das liegt? Iquitos ist die Hauptstadt des peruanischen Dschungels, junger Mann!«

Peru, so belehrte er ihn (er hatte die gezierten und akkuraten Gebärden eines alten Junggesellen), setze sich aus drei unterschiedlichen geographischen Zonen zusammen: einen schmalen Küstenstreifen, der im Westen an den Pazifik grenzt, das Hochgebirge der Andenkordellieren im Norden, und im Osten den Urwald Amazoniens.

»Iquitos! Eben von dort an«, an seinem Ton war unschwer der ehemalige Lehrer zu erkennen, »nennt man den Amazonas bei seinem Namen, ab der Stelle, wo der Rio Ucayali und der Rio Marañon zusammenfließen. Die Provinz von Loreto, im Norden.«

Er war erst seit zwei Tagen in Peru und schon ein wenig enttäuscht. Amazonien, hatte er immer gedacht, mußte Brasilien sein. Und ebenso waren die Anden Peru.

Bevor man ihm in Paris seinen druckfrischen Dienstausweis, beinahe ein Diplomatenpaß, sein Ticket der Air France (»Ihr Fahrtausweis«, hatte man ihm im Auswärtigen Amt gesagt) und seinen Impfpaß aushändigte, hatte er vom Machu Picchú und vom Titicacasee geträumt, von den Festungen und Tempeln der Inkas, von Pizarro und seiner zügellosen Suche nach Gold, von melancholischen Andenflöten und hochnäsigen Lamas.

»Iquitos?«

»...eine kleine Stadt. Ziemlich interessant. Eine Stadt mit Zukunft. Ihr Vorgänger hat dort recht viele Freunde gefunden. Sie werden dort eine schöne Zeit verbringen. Die Tropen!«

Einen Anorak und Bergschuhe hatte er in seinem Koffer mitgeschleppt.

Im vertraulichen Ton hatte der Kulturattaché ihm die üblichen Dinge empfohlen. Väterlich und distanziert zugleich, sprach er von den politischen Problemen des Landes, vom revolutionären Enthusiasmus der Studenten, »dem legendären Mißtrauen und der sprichwörtlichen Empfindlichkeit« der Südamerikaner.

»Seien Sie vorsichtig«, hatte er ihn gewarnt. »Ergreifen Sie niemals Partei, bleiben Sie stets neutral.«

Er wischt sich das Gesicht ab und spült seinen Rasierapparat.

Seine Glieder fühlen sich an, als wären sie geschwollen. Als dringe die Feuchtigkeit der Luft in seinen Körper ein und schwemme ihn auf.

Er betrachtet sich im Spiegel. Dasselbe Gesicht, ohne jede Veränderung: kaum ein wenig brauner.

Er räumt seine Bücher in die Mappe und schaut auf die Uhr. Dann bricht er auf. Noch einen Fruchtsaft trinken, bevor er zu seinem Kurs geht.

2

Jorge sitzt im Café an seinem Lieblingsplatz: direkt unter dem großen Ventilator, der in einer Ecke des Saals summt. Zur Begrüßung hebt er beide Arme.

»Francis, mein kleiner Francis, gut, daß du kommst. Ich habe freudige Nachrichten für dich!«

(›Ein Unglück kommt selten allein‹, bemerkt Francis trocken. ›Das Schicksal hat eine Vorliebe für Serien.‹)

Und mit der Miene des Verschwörers tritt Jorge zu ihm heran, um ihm eilig, beinahe ins Ohr, zuzuflüstern:

»Morgen kein Unterricht! Was sagst du dazu?«

»Aber wie denn, du ...?«

»Pst! Leise. Hör zu: nein, kein nationaler Feiertag. Nein, auch die Königin von England ist heute morgen nicht gestorben. Nein, ein peruanischer Astronaut ist auch nicht auf dem Mond gelandet. Nun? Was bleibt übrig? Rate mal ...« Und auf englisch fährt er fort: »Der Streik geht los!«

*

Das Café-Restaurant *La Caravelle* ist um diese Zeit beinahe menschenleer. Vor einigen Jahren gehörte es noch einem Franzosen. Iquitos erlebte damals einen Ölrausch, die Wiederholung des Kautschukrauschs, nur fast ein Jahrhundert später. Doch die Blüte der Stadt war nur von kurzer Dauer: einige Jahre der Hoffnung und des Überflusses, die Akquisiteure, Spekulanten und Abenteurer vorüberziehen sahen, eine tatendurstige und verschwenderische Horde von Ausländern und Peruanern, die von der anderen Seite der Berge kamen, in den Augen der

Indios gleichfalls *gringos*. Die Prostituierten strömten aus allen vier Ecken des Landes herbei; eilig wurden Bars, Restaurants, Nachtlokale, Spielkasinos, Hotels und schlichte Bordelle eröffnet. Die Wareneinfuhr war frei, die Löhne hoch. Unter der Herrschaft von Whisky und Kokain glich ganz Iquitos bald einem Freudenhaus.

Öl aber gab es keines oder nur kaum. Rasch fiel die Stadt wieder in ihren Dämmerzustand zurück, und die Regierung, besorgt um ihr Ansehen, verkündete das neue »Staatsgeheimnis«: noch heute ist es verboten, von einer Ölpleite in Amazonien zu sprechen.

Nur noch wenige texanische Ingenieure sind zurückgeblieben, um den Bau einer unnützen Pipeline zu überwachen, die Amazonien mit dem Pazifik verbinden soll. Mit ihren spitzen Stiefeln und ihren Cowboy-Hüten marschieren sie durch die Straßen der Stadt. Die anderen sind davongegangen, und Japaner aus Lima haben alles zu niedrigen Preisen aufgekauft. *La Caravelle* konnte dem allgemeinen Schicksal nicht entgehen: das einstmals elegante Restaurant, in dem man das Filet Mignon mit verschiedenen Spitzenweinen begießen konnte, bedeckt nun eine Art übelriechender Staub. Die Feuchtigkeit hat die Bänke eine nach der anderen aus ihren Verankerungen gelöst, und die besten Gerichte sind von der Speisenkarte gestrichen.

Für Jorge Benites aber, vielleicht für ihn allein, erlebt Iquitos immer noch sein goldenes Zeitalter.

Jorge Benites ist fleißig und pünktlich – Eigenschaften, die ihm die Freundschaft, ja beinahe den Respekt der wenigen Ausländer in der Stadt eintragen. Er spricht drei Sprachen und scheint das ganze Land zu kennen. Die Militärs empfangen ihn in ihren Kasinos; die Missionare nennen ihn mit einer gewissen Zärtlichkeit »mein Sohn«; die Indios teilen unbekümmert ihre Mahlzeiten aus Maniok und gekochtem Fisch mit ihm. Zu jeder Stunde sieht man ihn eiligen Schritts und gefurchter Stirn über die Plaza de Armas, durch das Foyer des Hotels *Turistas* oder die unfertige Halle des Flughafens laufen. Stets trägt er eine grüne Skaimappe unterm Arm und schützt sein blauschwarzes Haar unter einem kleinen Strohhut.

Offiziell führt Jorge Benites ein Reisebüro, das *Amazonian Safaris*. Für einen Wucherpreis können die Touristen, dank seiner Dienste, sich in einer Piroge über Gewässer schaukeln lassen, in denen es vor *pirañas*, »fürchterliche fleischfressende Fische«, nur so wimmelt, den Nachmittag in Begleitung von Jivaro-Indianern verbringen (»berüchtigte Kopfjäger, heute glücklicherweise befriedet«, erläutert der Prospekt des Büros), fragwürdige Orchideen pflücken oder sich in einer »üppig und massenhaft sprießenden« Flora ergehen.

Unter dem Vorwand geschäftlicher Verpflichtungen verschwindet Jorge manchmal für ein oder zwei Wochen im Urwald. Er taucht nur in Begleitung eines verschwiegenen Halbbluts, das ihm als Koch und Mechaniker dient (es ist eine regelrechte Kunst, auf einer Piroge ein Feuer zu entfachen), in die *selva* ein.

»Brasilien, Kolumbien, der Äquator, alles ganz in der Nähe«, vertraute er eines Tages Francis an. Und mit einem Augenzwinkern: »Die Grenzen hier im Dschungel...«

Francis hat Jorge durch die Vermittlung einer älteren Deutschen kennengelernt.

Auf dem Konsulat in Lima hatte man ihm von einem vorteilhaften schwarzen Devisenmarkt erzählt, und er hatte verzweifelt nach einem Geldwechsler gesucht. Vorsichtig war er an Hotelportiers herangetreten, doch niemand schien seine Dollars zu wollen. Als letzten Ausweg war er an eine dickleibige, zungenfertige Dame herangetreten, die eigens aus Hamburg angereist war, um den größten Fluß der Welt zu besichtigen, doch hielt sie ein unglücklicher Sonnenstich in der Bar des *Turistas* gefangen. Während sie über die heftigen Angriffe der Moskitos klagte, schrieb sie auf eine Papierserviette die persönliche Adresse des *Señor Benites*.

Die beiden Männer, der eine vielleicht von der Langenweile, der andere von der Einsamkeit getrieben, faßten sogleich Zuneigung zueinander. Jorge, etwas über dreißig, ist ungefähr zehn Jahre älter als Francis. Manchmal nennt er ihn lachend seinen kleinen Bruder. Einmal im Monat tauscht er sein mageres Lehrergehalt, »zugunsten der Entwicklungshilfe«, in peruanische Münze, zum Kurs von hundert *soles* für einen Dollar, statt fünfzig, die die Banken bieten.

Fast jeden Tag finden sie sich in der *Caravelle* oder im *Chalet suisse* ein, sitzen einander beim Backgammon oder Ginrummy gegenüber oder diskutieren in Francis' Zimmer in der *Pension Malecon Tarapaca* endlos über Peru und die Probleme des Landes, über die Indios oder die südamerikanische Literatur.

*

Der Kellner stellt ein Bier auf den Tisch und einen Saft aus Coconas, kleinen Tropenfrüchten von säuerlichem Geschmack.

»Morgen Ferien! Der Lehrer Hélias darf sich einen genüßlichen Vormittag in seiner erbärmlichen Pension gönnen.«

Ein Motorrad fährt mit einem Höllenlärm vorbei. Es gibt mehr als zwölftausend in Iquitos. Auf den wenigen, ausgewaschenen Straßen von Amazonien sind Motorcross-Räder die idealen Beförderungsmittel.

Francis zieht eine Grimasse und tut so, als wolle er sich die Ohren zustopfen. Dann benetzt er seine Lippen mit der eiskalten Flüssigkeit.

»Ein Streik?«

Er zieht aus seiner Mappe ein Päckchen Zigaretten und bietet Jorge eine an, der sie mit einer Handbewegung ablehnt.

»Das trifft sich gut! Ausgerechnet zum Besuch des Botschafters, der ...«

Jorge setzt sein Bierglas mit Vorsicht auf der Resopalplatte des Tisches ab, als fürchte er, es umzuschütten oder zu zerbrechen. Er nimmt seine Sonnenbrille ab.

»Von was für einem Besuch und was für einem Botschafter redest du da? Du ...«

Wieder wechselt er vom Spanischen ins Englische. Und Francis erzählt ihm vom Anruf der französischen Vertretung.

»Aber hat man dir nicht gesagt warum?«

Der Kellner hinter der Theke scheint auf seinem Hocker eingeschlafen zu sein.

»Sie hat wirklich ›offiziell‹ gesagt, bist du sicher? Hier hat es seit Jahrhunderten keinen offiziellen Besuch eines Botschafters gegeben! Das ist doch nicht ...«

»Willst du dich in den Journalismus stürzen? Witterst du eine Sensation?«

Jorge gibt keine Antwort. Er trinkt sein Bier in einem Zug aus, rückt sich die Sonnenbrille auf seiner Nase zurecht und setzt seinen Strohhut wieder auf. »Eine Bruthitze«, murmelt er anstelle einer Erklärung.

Er scheint zu zögern.

»Du hast doch gesagt, am zweiundzwanzigsten ...«

»Am zweiundzwanzigsten ...«

Francis steht auf. Ihm fallen die ernsthaften, beflissenen Gesichter seiner Schüler ein. (Er erinnert sich an seine eigenen Universitätsjahre, die Mai-Unruhen.) Er kann sich hier nur schwer einen Streik vorstellen. Eine Frage liegt ihm auf der Zunge, aber er besinnt sich anders.

»Das ist doch ein Scherz, deine Geschichte mit dem Streik?«

Und Jorge, mit einem Mal vergnügt, verbeugt sich vor ihm mit einem grotesken Bückling:

»Aber natürlich ... Und nochmals besten Dank für die Information, *señor Hiiliassé!!!*«

*

Francis macht sich zu Fuß auf den Weg zur Universität. Vorsichtig hält er sich auf den Bürgersteigen im Schatten. Er hat einen komplizierten Weg herausgefunden, der es ihm erlaubt, sich so wenig wie möglich für längere Zeit der Sonne auszusetzen. Die Häuser von Iquitos sind niedrig, selten höher als ein Stockwerk. Straßen ohne Bäume. Durch die offenen Türen und Fenster sieht er Männer und Frauen, in Plastiksessel eingesunken, die Radio hören oder mit halb geschlossenen Augen vor sich hin dösen.

»Ich bin am Ende der Welt«, denkt er.

Langsam geht er voran.

Die längste Straße soll zwölf Kilometer lang sein. Überall ist der Dschungel. Er schließt die Stadt ein. Eine unüberwindliche Barriere. Man kann hier nicht heraus, außer mit dem Schiff oder dem Flugzeug ...

Er geht die Straße Julio C. Arana hinauf. In der Ferne wälzen sich schwere graue Wolken am Himmel. Kinder spielen mitten auf der Straße Murmeln. Ein Hund läuft kläffend vorüber. Die feuchte Luft scheint völlig stillzustehen.

Wie um sich der Betäubung zu entziehen, sagt er mit leiser Stimme die Namen der Tarotkarten vor sich hin – »Das Glücksrad, die Kraft, der Gehängte ...«. Bald wird es regnen. Eines dieser kurzen und heftigen Gewitter, die aber doch nicht die Atmosphäre auffrischen können. (Die nächste Karte mit der Zahl XIII hat keinen Namen; sie zeigt ein Skelett, in den Händen eine Sense, auf einer schwarzen Erde, die mit verstreuten Knochen und Gliedmaßen bedeckt ist; die Gestalt schneidet sich einen Fuß ab.) Ein Professor, den er vom Sehen kennt, grüßt ihn mit einem flüchtigen Kopfnicken. (Dann folgen die Mäßigkeit, der Teufel, der Turm.)

An der Ecke der Straße Samenez Ocampo regt sich in dem langen, eintönigen Gebäude der *Universidad de la Amazonia Peruana* eine ungewöhnliche Betriebsamkeit. Eine Studentin hat sich auf einen Benzinkanister gestellt und schreit lauthals wütende Sätze, die Francis nicht versteht. Etwa dreißig Jungen und Mädchen, gekleidet in ihre braven grauen Uniformen, wiederholen die Parolen im Chor. In einem der offenen Fenster der Universität taucht ein Kopf auf, und von allen Seiten gellen zornige Rufe. Auf Fahrrädern und Motorrädern strömen aus allen angrenzenden Straßen Hunderte von Jugendlichen herbei, die wirre Drohungen brüllen. Von irgendwoher erfüllt ein Lautsprecher die Luft mit dem abgehackten Rhythmus eines patriotischen Marsches. Mühsam bahnt sich Francis Hélias einen Weg zu der Tür seines Unterrichtsraums. Neben dem Eingang hat eine unbeholfene Hand eilig mit roter Sprayfarbe eine Sichel, einen Hammer und einen Totenkopf gemalt.

3

Eine Flasche Inka-Cola in der Hand, steht Francis am Fenster und schaut auf den Fluß. Der Amazonas scheint mit dem Himmel zu verschmelzen, der Urwald ist vom Regen verhangen. Er nimmt einen Schluck aus der Flasche. Ein heftiger Wind frischt auf und pfeift durch das Zimmer. Das alte Hotel zittert in seinen Grundmauern. Zwischen den losen Dachziegeln dringt Wasser ein und rinnt an den Wänden herab.

Er hat sein T-Shirt ausgezogen. In der Ferne verschwindet das Viertel von Belen undeutlich im Nebel. Blitze reißen die grauen Gewitterwolken auf, und das Rollen des Donners vermischt sich mit dem Prasseln des Regens. Die Lichter beginnen zu flackern, dann erlöschen sie; die Blätter des Ventilators drehen sich immer langsamer und bleiben stehen. Im ganzen Stadtteil ist der Strom ausgefallen.

Francis streckt sich auf dem Bett aus. Auf dem Laken liegen ein Aschenbecher, Kleidungsstücke, die er beiseite schiebt, eine alte Nummer der *Times* und das dicke Buch von Borgias. Er dreht es zwischen seinen Händen, streicht über den vergilbten Einband, schlägt es an irgendeiner Stelle auf. In dem Zwielicht verschwimmen die Zeilen, die Buchstaben tanzen durcheinander. Er führt die Seite ganz nah an seine Augen heran, und endlich kann er die Worte entziffern: »Der Stern, Arkanum XVII, gießt aus seinen beiden Krügen Wasser in einen fließenden Fluß: vollkommenes Bild für die fruchtbare Verbindung von Wünschen aus dem Bewußtsein mit denen des freigesetzten Unbewußten.«

Jorge, dem er eines Tages das Buch und die Karten gezeigt hat, hatte laut glucksen müssen: »Der hochberühmte Professor Hélias, der Magier vom Amazonas.« Dann begann er fürchterlich mit den Augen zu rollen, hielt sich ein geknotetes Frottierhandtuch anstelle eines Turbans über den Kopf und rief: »Er sieht alles, er weiß alles! Beratung nach Vereinbarung!«

Francis hatte ihn über seinen Vorgänger ausgefragt, und er hatte ihm auf französisch geantwortet: »Carpentier? Ein Landschullehrer mit einer roten Nase. Alkoholiker, von keiner Frau berührt und neurotisch.« Francis wollte wissen, ob die Tarotkarten wohl ihm gehört haben. Jorge zuckte mit den Schultern und gab lakonisch zur Antwort: »Das würde zu ihm passen.«

Nach dem Stern, memoriert er, folgen der Mond, die Sonne, das Gericht und die Welt. Das Gewitter verzieht sich. Dann und wann erhellt noch ein Blitz den Himmel. Eine Katze miaut. Die Nacht ist hereingefallen, und wieder beginnt die Hitze zu drücken.

Francis zerquetscht einen Moskito und steht auf. Tastend findet er auf dem Tisch die Flasche Inka-Cola und führt sie an die Lippen. Die Kohlensäure ist aus der lauwarmen Flüssigkeit entwichen. Er zündet sich eine Zigarette an und legt sich wieder auf das Bett. Die Nacht senkt sich über das Zimmer. Ausgestreckt in der Finsternis, die Augen weit geöffnet, hört er irgendwo eine Uhr sieben Mal schlagen.

In der Nacht träumt er von einem vereisten Dorf auf dem Gipfel eines Berges.

Ein leerer Autobus setzt ihn an der Ecke einer ansteigenden Gasse ab. Der Schnee glitzert im Schein einer Straßenlaterne. Seinen Koffer in der Hand, geht er die steilen Stufen einer Holztreppe hinauf. Man führt ihn in ein großes, viereckiges Zimmer mit niedriger Decke. Im Kamin brennen ein paar Scheite, und auf einem runden Tisch, in der Mitte des Zimmers, liegt ein aufgeschlagenes Buch. Doch bevor er näher herantreten kann, hört er eine Stimme flüstern: »Nein, nicht dort. Warte. Du bist noch nicht angekommen.«

4

Links und rechts schüttelt der französische Botschafter Hände. Francis Hélias, der sich in der Menge der offiziellen Vertreter verliert, erkennt er nicht sogleich wieder. Blitzlichter zucken. Eine behandschuhte Hand überreicht der Gattin des Botschafters einen imposanten Blumenstrauß. In einem beigen Seidenkleid steht sie aufrecht an der Seite ihres Mannes, eine kleine Handtasche unter dem Arm. Das Empfangskomitee setzt sich vor allem aus betreßten Militärs zusammen. Man hat einen abgewetzten Teppich ausgerollt, vor dem sich ein paar Journalisten drängeln. Die kleine Flughafenhalle ist überall beflaggt: die Farben der Trikolore vermischen sich mit dem Blau und Rot der peruanischen Fahne. Draußen flutet die Sonne auf die Bäume des Dschungels herab.

Der Botschafter, der in seinem nachtblauen Anzug, das rote Band der Ehrenlegion im Knopfloch, die Hitze gar nicht zu spüren scheint, spricht in tadellosem Spanisch ein paar Worte.

Beifallklatschen; wieder Photos; neuerliches Händeschütteln.

Allmählich beginnt Francis am Nutzen seiner Anwesenheit zu zweifeln. Eine einzige schwarze Limousine, mit den Kennzeichen der Armee, wartet, alle Türen bereits geöffnet, vor dem Ausgang der Halle. Er fragt sich gerade, ob er wohl ein Taxi finden wird, um in die Stadt zu gelangen, als plötzlich zwei Männer, die er bisher überhaupt nicht bemerkt hat, vor ihm stehen:

»Monsieur Hélias?«

Sie tragen beide denselben dunklen Anzug und sehen aus, als stammten sie aus einer Kinderbuchillustration.

»Ich bin Paul Bradie. Ich möchte Ihnen Jean Pierre Maux vorstellen. Wir sind Sonderbeauftragte der Botschaft.«

Sie wippen im Takt von einem Fuß auf den andern und spielen beide mit den Messingschnallen ihrer Aktenmappen.

»Twedledee und Twedledum«, denkt Francis Hélias.

*

»Sie sind also Entwicklungshelfer?«

Sie sind die einzigen Gäste im Restaurant des Hotels *Turistas*, wo auf den Namen der zwei Sonderbeauftragten ein Zimmer reserviert ist.

Francis erklärt, wie er es seit seiner Ankunft mindestens schon hundertmal getan hat, daß er sich als Lehrer für den Entwicklungsdienst verpflichtet hat, um seinen Militärdienst nicht absolvieren zu müssen.

»Ein merkwürdiger Ort«, bemerkt Bradie.

Dann, ohne jeden Übergang, mit der Nase in der Speisenkarte:

»Was ist denn das, *cebiche*?«

Bradie dürfte etwa fünfzig Jahre alt sein. Sorgfältig hat er sein Jackett über die Lehne seines Stuhls gehängt. Francis fallen die riesigen goldenen Manschettenknöpfe auf, die an seinen Handgelenken funkeln.

»Das ist ein Flußfisch, in Zitronensaft mariniert und roh serviert.«

»Roher Fisch?«

Das sind die ersten Silben, die Maux von sich gibt. Bisher hat er seinen Begleiter für sich sprechen lassen und nur hin und wieder mit einem Kopfnicken seine stete Zustimmung zum Ausdruck gebracht.

»Und das da, *antecucho*?«

Bradie hat wieder die Gesprächsführung übernommen. Manchmal wirft er einen kurzen, prüfenden Blick auf Francis.

»Glauben Sie, daß es hier Mineralwasser gibt?«

*

Die schwarze Limousine hat den Botschafter und seine Frau, ihr Gepäck und einige hochdekorierte Offiziere zur Residenz des Gouverneurs gebracht. Dort wartet auf sie ein Empfang, zu dem allem Anschein nach weder Francis noch die beiden Sonderbeauftragten geladen sind.

Bevor Monsieur Neveu, der Botschafter, in den Wagen mit den getönten Scheiben einstieg, hat er sich jedoch die Mühe gemacht, ihnen zu sagen, sie würden sich um fünf Uhr wiedersehen.

*

Die zwei Sonderbeauftragten haben sich auf ihr Zimmer zurückgezogen. Ihre Mahlzeit haben sie kaum angerührt.

»Akten durchsehen«, hat Bradie zur Entschuldigung gesagt.

Mit Bedauern verläßt Francis die kühle Luft des Hotels. Er geht an der Mole spazieren, den Fluß entlang.

Seit die Universität auf Grund des Streiks ihre Tore geschlossen hat, irrt er ganze Stunden durch die Stadt. Ziellos streift er umher, als wolle er sich müde laufen. Manchmal überrascht er sich dabei, daß er seine Schüler vermißt. Beinahe wünscht er sich, er hätte noch einige Aufgaben zu korrigieren. Er geht immer geradeaus, getrieben von der Langenweile, ohne an etwas zu denken. Bis daß die Nacht ihn überrascht. Oder am Ende einer staubigen Straße die Stadt aufhört, er gegen den undurchdringlichen Vorhang stößt, den der Dschungel bildet. Später, am Abend, betrinkt er sich ab und zu in der *Caravelle* mit süßlichen Cocktails. Bevor er wieder einmal, allein, ausgestreckt auf seinem Bett, irgendein rätselhaftes Kapitel in Borgias' Buch liest...

»*Hé! Gringo! Gringo!*«

Ein Junge in zerlumpten Kleidern holt ihn ein, ganz außer Atem vom Laufen. Er wedelt mit einem doppelt gefalteten Blatt Papier in der Luft. Er ist barfuß und kaum älter als zehn Jahre.

»Von Señor Jorge!«

Ungeduldig faltet Francis das zerknitterte Blatt auseinander. Jorge ist seit mehreren Tagen unauffindbar. Bei ihm zu Hause wie in seinem Büro heißt es stets, er sei »auf Geschäftsreise im Dschungel«.

Die Nachricht besteht aus zwei Sätzen, verteilt über drei Zeilen, mit der Maschine getippt:

»Was weißt Du über die zwei Gestalten, mit denen Du zu Mittag gegessen hast?

Ich bin die ganze Nacht bei mir zu Hause.«

Keine Unterschrift.

*

Geräuschlos hält die schwarze Limousine vor der Außentreppe des Hotels *Turistas* an. Ein Chauffeur in Uniform steigt aus, um den Wagenschlag zu öffnen. In der Eingangshalle stehen Francis und die beiden Sonderbeauftragten, die durch das große Glasfenster die Straße im Auge behalten haben, von ihren Sitzen auf, um Monsieur und Madame Neveu zu empfangen. Francis bemerkt, daß sie ihr Seidenkleid gegen ein Kostüm aus hellblauer Baumwolle gewechselt hat. Der Botschafter reicht ihnen gewichtig die Hand. Draußen sitzt der Chauffeur auf dem Kotflügel des Wagens und wartet.

Der Botschafter äußert die üblichen Belanglosigkeiten. Dann wendet er sein von geplatzten Äderchen gerötetes Gesicht Francis zu:

»Ich werde noch das Vergnügen haben, mich mit Ihnen zu unterhalten.« Er blickt auf seine Uhr. »Monsieur Bradie und Monsieur Maux begleiten mich. Doch wären Sie vielleicht so freundlich, meine Frau in der Stadt herumzuführen? Das Museum sei lange geöffnet, hat man uns versichert ...«

Im Gefolge des Botschafters verschwinden die beiden Sonderbeauftragten in der Limousine, die sogleich losfährt.

Francis und Madame Neveu bleiben allein zurück. Einander gegenüber stehen sie vor der Tür des Hotels. Es ist kaum fünf Uhr durch.

*

»Haben Sie schon Indios gesehen?«

Die Sonne wird bald untergehen, denkt Francis. Auf den morastigen Straßen im Hafen müssen die Kinder zwischen den hölzernen Stützpfählen der Häuser spielen.

Elizabeth Neveu ist beinahe ebenso groß wie er. Sie gehen Seite an Seite. Unablässig stellt sie ihm Fragen, doch ohne ihre gewisse mondäne Gleichgültigkeit aufzugeben.

»Stimmt es, was die Leute sagen? Daß sie erst loslaufen, um sich ihre Strohröcke und Federn anzulegen, wenn sie den Motor eines Bootes hören?«

Die Männer drehen sich nach ihnen um – sie hat Francis' Vorschlag, ein Taxi zu nehmen, abgelehnt –, unverhohlen stieren sie die Frau an, Verblüffung im Gesicht. Ein Junge, der rittlings, die langen Haare vor Brillantine glänzend, auf einem Motorrad sitzt, pfeift bewundernd zwischen den Zähnen.

»Eine andere Form von Exotik«, sagt Francis vor sich hin. »Man sucht immer das Ursprüngliche, das Überlieferte, das Urzeitliche . . .«

Ganz in ihrer Nähe startet ein Lastwagen. Francis muß die Stimme heben, um sich Gehör zu verschaffen. »Ein durchreisender Franzose sagte mir einmal, es sei nicht der Mühe wert, sich so weit fort zu begeben, nur um diese Maskerade für die Ausländer zu sehen. Als wären sie falsche Indios! Aber man kann doch nicht sagen, sie wären nicht echt – sie sind nur Indios des 20. Jahrhunderts. Man kann sie doch nicht unter dem Vorwand verleugnen, daß sie gelernt haben, mit uns zu leben . . . Als wären sie Tiere, die wild bleiben müssen, sogar noch im Käfig!«

Belustigt schaut sie ihm zu, wie er sich ereifert.

»Betreiben die Indios Kunsthandwerk? Ich meine, gibt es Läden, wo man interessante Stücke finden kann?«

Die Sonne taucht jenseits des Urwalds unter, und die Straßen füllen sich mit Menschen. Auf den Gehwegen bieten Frauen den unterschiedlichsten Trödelkram feil: Kämme, kleine Vorhängeschlösser, schreiendbunte

Kunststoffbehälter, in Palmenblätter eingewickelte Speisen.

Plaza de Armas. Francis, der seine Rolle als Führer sich zu Herzen nimmt, zeigt auf ein seltsames Gebäude aus Eisen: *la casa de hierro*, erbaut, sagt er, von demselben Eiffel, dem die Welt den berühmten Turm verdankt, und aus einem verborgenen Grund, Stück für Stück, auf Bananenfrachtern von Paris bis tief in den Dschungel transportiert.

»Blasrohre, Federfächer, Halsketten aus Zähnen. Nichts Besonderes«, erklärt er. »Und alles für Touristen gemacht, natürlich«, fügt er mit einem Lächeln hinzu. »Ein Freund, der hier ein Reisebüro betreibt, hat für mich ein paar hübsche Stoffe gefunden. Aus Pflanzenfasern, wissen Sie. Aber abgesehen davon ...«

Rasch fällt sie ihm ins Wort:

»Haben Sie die bei sich daheim? Darf man sie sehen?«

Zu spät erkennt er seinen Fehler. Vergebens sucht er nach einer Ausrede. Die Museen interessieren sie nicht, sagt sie. Er schützt die Unordnung vor. Der mangelnde Komfort seiner Pension.

Sie läßt nicht locker.

*

Im Licht der Dämmerung spielen die Fluten des Stromes in violetten Tönen. Mehr zu sich selbst spricht er von den Farben des Amazonas, die jeden Tag anders seien.

Sie hat sich vorsichtig auf die Bettkante gesetzt.

»Ich habe das Zimmer vor allem wegen des Ausblicks gemietet«, sagt er beinahe entschuldigend.

Er weist auf Belen in der Ferne, mit dem unangenehmen Gefühl, eine auswendig gelernte Lektion aufzusagen: der

Markt der Einheimischen im unteren Teil der Stadt wurde auf hohen Pfählen errichtet. Im Winter, wenn der Flußpegel ansteigt, fährt man in Pirogen dorthin.

Nervös geht er auf und ab, der Boden ächzt bei jedem seiner Schritte.

Sie mustert mit hochmütiger Miene das Mobiliar.

»Eine lustige Kommode«, bemerkt sie.

Sie steht auf, um sie aus der Nähe zu betrachten. Das Neonlicht taucht das Zimmer in ein häßliches Grün. Francis versucht, ihr zuvorzukommen, doch schon hat sie seinen Arm ergriffen...

»Das sind ja Tarotkarten!« ruft sie. Entzückt dreht sie sich zu ihm herum. »Sie legen Karten?« Ihre Augen strahlen, und mit einer Kopfbewegung und einem kindlichen Schmollmund wirft sie ihr Haar in den Nacken: »Würden Sie sie für mich legen?« Und da sie Francis' Verblüffung für Zögern hält, fügt sie hinzu: »Bitte!«

*

Die Botschafterin setzt sich in den Wagen. Die Limousine verschwindet an der Ecke einer Straße. Die zwei Sonderbeauftragten lassen sich ihr Abendessen auf ihrem Zimmer servieren. Der Mond zieht über dem Horizont auf. Morgen wird er voll sein, stellt Francis fest. Vielleicht zum ersten Mal, seit er in Iquitos ist, fühlt er sich entspannt, ja beinahe glücklich.

Er ruft ein Taxi herbei.

Jorge erwartet ihn, eine Flasche Whisky in der Hand. Sorgfältig festgezurrt in ihrer weißen Holzkiste, aus denen Strohhalme hervorschauen, stehen im Eingang zwei riesige Außenbordmotoren, wie zwei futuristische Skulpturen. Jorge geht ihm ins Wohnzimmer voran, ein großes, modern eingerichtetes Zimmer von zweifelhaftem Geschmack.

»Die Bauern haben dir nichts zum Essen angeboten«, brummt er. »Komm, ich mache dir ein Sandwich.«

Francis folgt ihm in die Küche. Jorge hockt auf seinen Absätzen und leert systematisch den Kühlschrank.

*

Sie hat selbst zwei Stühle herangerückt und ihn, beinahe mit Gewalt, neben sich gesetzt. Vergeblich wandte er ein, die Karten seien für ihn nur ein Zeitvertreib, ein Mittel, um sich über die Langeweile hinwegzuhelfen – »ich denke mir Patiencen aus« – sie hat ihm nicht geglaubt. Er stritt ab, jemals... Sie tat, als ob sie gleich wütend werden wollte!

Dann hat er spielerisch, ja wie zum Spott, auf der Holzkommode die Tarotkarten so angeordnet, wie es Borgias' Buch vorschreibt. Er hat sie behutsam mit den Fingerspitzen herumgelegt, ohne sie zu mischen (»um nicht die fluidalen Ausströmungen zu unterbrechen«, erklärt das letzte Kapitel). Er hat sie in seiner rechten Hand zusammengefaßt und das ganze Spiel, zu einem Fächer auseinandergezogen, der Botschafterin gezeigt. Dann bat er sie, sich zu konzentrieren, an die Probleme zu denken, die sie beschäftigten, und fünf Karten auszuwählen.

Ohne sie umzudrehen, hat er sie in Form eines Kreuzes vor sich ausgelegt.

Die erste Karte – erläuterte er mit der größten Ernsthaftigkeit frei nach Borgias – repräsentiert den Fragesteller, sein inneres Wesen. Die zweite, auf der anderen Seite des Kreuzes, ist die Außenwelt – die Freunde, die Arbeit, die Familie. Die dritte, die den oberen Teil des Kreuzes bildet, verweist auf das Verhältnis, das man zu sich selbst einnimmt; die vierte auf das Verhältnis, in dem man zu den anderen, der Außenwelt steht. Die letzte schließlich, in der Mitte des Spiels, ist gewissermaßen die Glückskarte; sie gibt dem Ganzen eine Richtung, sie sagt etwas darüber aus, wie sich die gegenwärtige Situation entwickeln wird, sie beinhaltet einen Rat, sie ist die Weisheit des Tarots.

Er hat die Karten langsam herumgedreht, die Augen halb geschlossen.

Die umgekehrte Päpstin – der Kopf nach unten – ist zuerst erschienen, in der Position des Fragestellers. Dann das Haus Gottes. Der umgekehrte Mond. Dann der Wagen. In der Mitte schließlich thronte der Teufel.

Die Botschafterin zog ein Päckchen englischer Zigaretten und ein goldenes Feuerzeug aus ihrer Handtasche. Sie bot Francis eine an, doch er lehnte ab. Aufgeregt fragte sie ihn, ob er etwas dagegen habe, wenn sie rauche. Er hat sie beruhigt. Wie hypnotisiert verfolgte sie jede seiner Bewegungen, die Beine übereinandergeschlagen, die Lippen halb geöffnet.

Einen Augenblick lang hat Francis geschwiegen. Der bläulich gekalkte Raum wirkte in dem kalten Neonlicht wie ein riesiges Aquarium.

*

Jorge platzt vor Lachen. Er trinkt einen Schluck Whisky.

»Der Magier des Amazonas!« frohlockt er. »Ich hatte es ja vorausgesagt!«

Er hustet, schnappt nach Luft. »Das muß begossen werden!« würgt er mit einem Schluckauf hervor.

Francis hat ihm auf seine Aufforderung hin alles berichtet und versucht, nichts auszulassen. Jorge wollte die winzigsten Einzelheiten seines Tagesablaufs wissen. »Die kleinste Sache kann von Bedeutung sein«, hatte er beharrt. Francis hat die Ankunft am Flughafen nachgezeichnet. Die anwesenden Personen aufgezählt und beschrieben. Er hat das Militärkennzeichen der Limousine erwähnt. Die Richtung angegeben, in der beim zweiten Mal der Wagen fuhr. Jorge interessiert sich vor allem für die zwei Sonderbeauftragten. Ihre Namen hat er sich in ein Heft notiert: Maux und Bradie.

Dann wird er wieder ernst.

»Das alles entspricht kaum dem Protokoll«, stellt er fest.

Während er mit seinen Fingern mitzählt, faßt er zusammen:

»Frage a): Diese Burschen erscheinen nicht auf der Liste des diplomatischen Corps der Botschaft. Wer sind sie genau? Frage b): Wenn sie nicht wissen, was ein *cebiche* oder ein *antecucho* ist, bedeutet das, daß sie gar nicht in Peru leben und demnach direkt aus Paris gekommen sein müssen. Zu welchem Zweck? Frage c): Sie haben nicht dem offiziellen Empfang des Gouverneurs beigewohnt, doch offensichtlich an irgendeiner Versammlung teilgenommen, während du den Wahrsager spieltest – das muß ziemlich geheim gewesen sein, denn der Botschafter hielt es für richtig, seine Frau nicht dorthin mitzunehmen und sie dir anzuvertrauen. Mit wem haben sie sich getroffen?«

Hartnäckig wiederholt Francis zum zweiten Mal an diesem Abend:

»Aber was geht das schließlich alles dich an?«

Die Whiskyflasche ist zu drei Vierteln leer. Jorge schenkt sich zum x-ten Mal nach. Schulmeisterlich hebt er den Zeigefinger:

»Francis, mein kleiner Francis, ich will dir eine Geschichte erzählen ... Es war einmal ein Präsident der Republik, der hieß García Marquès und war sehr dick, sehr reich und sehr böse. Und da er die Neigung hatte, immer dicker, immer reicher und immer böser zu werden, und die armen Indios von Peru vor Hunger starben, beschlossen eines schönen Tages ein paar Militärs, die vielleicht nicht unbedingt freundlicher, doch zumindest von besseren Absichten beseelt waren, an seiner Stelle die Macht zu ergreifen ...«

»Willst du damit sagen ... Ein Staatsstreich gegen Präsident Marquès! In diesem Augenblick?«

*

Francis hat lange die fünf auf der Kommode ausgebreiteten und umgewendeten Karten angeschaut – in verzweifelter Suche nach etwas, was er sagen könnte. Er hat sein Gedächtnis angerufen (so viele Male hat er Borgias' Buch schon gelesen), doch sein Verstand war wie betäubt. Ihm war, als müsse er noch einmal das Unbehagen durchmachen, das ihn befiel, als er sich zum ersten Mal den Blicken seiner Schüler ausgesetzt sah, im Unterrichtsraum der Universität.

Die Botschafterin sog den Rauch ihrer Zigartte ein und blies ihn durch die Nase wieder aus. Francis bemerkte ihre langen, sorgfältig gefeilten Nägel. Ihren Perlmuttschimmer. Ihre ovale Form.

Um das Schweigen, das auf ihnen lag, zu durchbrechen, begann er sehr schnell zu sprechen, ohne nachzudenken. Die Worte strömten aus seinem Mund, ohne daß er sich bewußt war, sie artikuliert zu haben. Er erkannte zwar seine Stimme wieder, doch war es, als würde ein anderer ihm die Worte diktieren.

Er zeigte auf die Päpstin:

»Das Arkanum II, das für Sie steht, bezieht sich auf den hebräischen Buchstaben Beth. Wissen Sie, jede der vierundzwanzig Karten des Tarots entspricht einem Buchstaben des heiligen Alphabets. Im *Sohar, Buch des Glanzes*, steht zu lesen, daß Gott mit Hilfe dieses Buchstabens die Welt erschuf. Darum beginnen die ersten beiden Worte der Bibel mit einem Beth: *Berechit Bara* – am Anfang schuf Gott. Das Arkanum II, die Päpstin, ist darum die Karte, durch die alles beginnt.

Die Päpstin ist eine Frau von großer Macht. Doch, wie soll ich sagen, ihre Macht zeigt sich nicht am hellichten Tage. Sie ist das Unbekannte, das Mysterium, die Kräfte der Nacht...«

Er hat sich ein Herz gefaßt.

*

»Warum Iquitos?«

Das Glas noch in der Hand, durchmißt Jorge den Raum mit großen Schritten. Zwei Schweißbäche rinnen an seinen Schläfen herab.

»Iquitos... Du wirst doch bemerkt haben, daß die Stadt vollgestopft ist mit Soldaten. Es gibt hier einen wichtigen Luftwaffenstützpunkt. Und auch, Gott weiß warum, einen Marinestützpunkt. Wir haben im Amazonas Zerstörer vor Anker liegen. Als ob Brasilien oder Ekuador uns eines Tages überfallen würden! Das ist vielleicht die bedeutendste Binnenkriegsflotte der Welt.«

Ohne die Schnürsenkel aufzuknoten, streift er mit den Absätzen seine Schuhe ab und läßt sie mitten im Zimmer stehen. Er knöpft die Ärmel seines Hemdes auf und schiebt sie bis über die Ellbogen hinauf. »Möchtest du noch ein Brot? Einen Nachtisch?« Er streckt sich und flucht. Massiert sich den Nacken. Tiefe Ringe liegen um seine Augen. »Entschuldige, aber seit einer Woche habe ich praktisch nicht mehr geschlafen.«

Francis bemerkt die Mückenstiche auf seinen Unterarmen.

»Du warst im Urwald?«

Jorge, der seinem Blick gefolgt ist, läßt ein müdes Lächeln spielen:

»Der Magier! Man kann ihm nichts verbergen.«

Er denkt nach, zögert: »Oh! Also gut! Du kannst reinkommen, Sandoval!«

*

»Ich erkenne eine Art Doppelnatur. Innerer Zwiespalt. Ein Teil Ihrer Persönlichkeit ist wie erstickt. Ich weiß nicht, ob ich mich verständlich ausdrücke: Sie führen, scheinen die Karten zu sagen, ein Leben, das nur einen Aspekt Ihres Ichs befriedigt. An der Oberfläche herrscht Harmonie. Aber in Ihrem Innern leiden Sie drunter, daß Sie sich nicht voll verwirklichen können ...«

»Was erlaubt Ihnen, das zu behaupten?«

»Die Lage der Karten. Manche sind umgekehrt ... Und dann ihre Beziehung untereinander ...«

»Aber wir haben doch alle mehr oder weniger eine Doppelnatur, das trifft doch auf jeden zu, nicht wahr?«

»Nicht ganz. Schauen Sie, diese Karte hier, die für Sie steht, mit dem Kopf nach unten, weist auf einen Zwang hin. Und auch der Mond hat eine merkwürdige Stellung ... Es heißt, daß der Mond ein Symbol der Fruchtbarkeit ist, der Kreativität. Betrachten Sie den Mond: zu Füßen zweier symmetrischer Türme, Hunde bellen, während der Nachttau herabsinkt. In dem Wasser des Bekkens, das fast die ganze Hälfte der Karte einnimmt, schwimmt ein Flußkrebs. Ein Krebs, das Symbol des Krebses...«

»Ja, das stimmt, ich habe das Sternzeichen Krebs.«

»Der Krebs der Mythologie zeichnet sich durch mehrere Eigenschaften aus: er ist, so sagt man, das fruchtbarste Tier, er schützt oder verbirgt sich unter seinem Panzer, sein Vorgehen ist unvorhersehbar.«

»Soll heißen, er läuft kreuz und quer... Ihre Beschreibung ist nicht eben schmeichelhaft!«

»Es handelt sich hier um den Krebs der Mythologie, vergessen Sie das nicht. Er läuft nicht kreuz und quer, er rückt vielmehr stets in der Richtung voran, die man am wenigsten erwartet... Ich sprach von Ihren verborgenen Eigenschaften. Ich glaube, auf der anderen Seite gewisse Begabungen ausmachen zu können, künstlerische vielleicht?... Der Mond ist die Karte der Künste.«

»Fahren Sie fort.«

»Sensibilität, Intuition. Ein bestimmter Geschmack an... Unterbrechen Sie mich, wenn ich mich täusche.«

»Nein, nein. Das ist wahr. Ich habe in den Vereinigten Staaten Kurse an einer Kunstgewerbeschule belegt. Natürlich vor meiner Ehe. Aber können Sie etwas in meinen Karten erkennen, was auf eine Neuigkeit etwa hinweist, eine Veränderung?«

»Ja. Das Haus Gottes, hier rechts, nimmt die Stelle dessen ein, was ich Außenwelt nenne. Das heißt alles, was Sie umgibt. Die Dinge, die Wesen, die für Sie zählen, Bedeutung in Ihrem Leben haben.«

»Dieser eingestürzte Turm scheint mir ein böses Vorzeichen zu sein. Handelt es sich vielleicht um eine schlechte Nachricht? Ist es schlimm?«

»Das Arkanum XVI, das Haus Gottes, wurde von mehreren Autoren – insbesondere von, wie heißt er gleich? – ... Borgias – mit den berühmten Worten des Evangeliums in Beziehung gesetzt: *Ich kann den Tempel Gottes niederreißen und in drei Tagen wieder aufbauen.* Doch die Zerstörung ist hier, in einem bestimmten Sinn, positiv: man muß mit den überholten Werten Tabula rasa machen, um eine neue Welt errichten zu können.«

»Hat dies etwas mit meinem Mann zu tun? Das ist sein erster Posten hier, in Peru. Glauben Sie, daß die Veränderung auf seine Arbeit zurückgeht?«

»Gut möglich. Aber es kann sich auch nur um psychologische Veränderungen handeln. Ich weiß es nicht. Wenn Sie wollen, können wir das gleich näher bestimmen. Ich erkläre immer lieber erst den symbolischen Gehalt der Karten. Und deute sie danach.«

»Die Nachricht, von der Sie sprachen. Wenn das Außenministerium meinen Mann nach Frankreich zurückruft, könnte das die Veränderung erklären. Aber was passiert mit mir? Was sagt der Teufel, dort im Zentrum? Das ist nicht sehr gut, oder?«

»Es gibt keine gute oder schlechte Karte. Wir sagen, daß sie alle ihre guten und schlechten Seiten haben. Nur ihre Beziehung zueinander erlaubt die Deutung. Und das gilt ganz besonders im Fall des Teufels. Sie sehen das Schwert hier, ohne Knauf, das er bei der Klinge hält: es steht für die magischen Kräfte, die allein der Teufel zu gebrauchen weiß. Es hat keinen Knauf, man verletzt sich, schneidet sich in die Finger, wenn man es nicht zu führen versteht oder die notwendige Vorsicht vergißt. Wehe den Zauberlehrlingen! Seine Klinge hat eine doppelte Schneide: es fördert gleichermaßen das Böse wie das Gute. Alles hängt von der Person ab, die es führt, und von dem verfolgten

Ziel. Die Karte kann Gefahr bedeuten; ihre Moral lautet gewissermaßen: der Zweck heiligt die Mittel. Wenn man über die ›Gabe‹ verfügt, darf man sich alles erlauben. Selbst einen Schwindel oder Betrug, falls es notwendig ist. Der Teufel ist ein skrupelloser Magier. Er muß nur darauf achtgeben, seine Kräfte nicht zu mißbrauchen. Nicht zu weit zu gehen. Nicht zum Opfer seines eigenen Spiels zu werden. Denn dann würden sich seine eigenen Waffen gegen ihn richten. Es ist eine Frage des Geschicks, der Vorsicht, der Mäßigung.«

»Sie sagen, daß ich achtgeben muß ... Ich muß also vor allem meine Interessen wahren, nicht wahr, meine persönlichen Interessen? Achtgeben auf wen? Sprechen Sie von meinem Mann? Handelt es sich um Geld? Was sagt der Teufel dazu? Nicht für die unmittelbare Gegenwart, aber sagt der Teufel etwas über Geld?«

»Nicht direkt ... Eine bedeutende Summe, nehme ich an? Mir scheint, daß Sie schon bald davon hören werden. Auf jeden Fall früher als Sie erwarten ...«

»Sind Sie sicher? Lesen Sie das in den Karten? Das würde alles ändern ... Jetzt begreife ich. Können Sie mir ein Datum sagen, wenn auch nur ungefähr?«

»Ich würde sagen ... Sechs Monate, spätestens ein Jahr.«

»Sie sehen also eine Reise ... Ich kann von hier aus nichts ausrichten, ich muß dorthin fahren.«

»Tatsächlich, Sie werden bald aufbrechen. Hat es etwas mit den Vereinigten Staaten zu tun? Sie haben eben gesagt, daß Sie dort studierten?«

»Ja, ich bin halb Französin, halb Amerikanerin. Aber mein Erbe befindet sich dort. Mein Großvater. Doch was wird dann aus meinem Mann? Gehen wir auseinander? Der Turm sprach von Trennung, nicht wahr?«

»Ich weiß nicht, das hängt von Ihnen ab. Ihr Spiel weist auf die Verwirklichung Ihrer tiefsten Wünsche hin. Könnte es ein Motiv für diese Trennung geben? Wie lange schon sind Sie verheiratet?«

»Wir haben keine Kinder. Aber es geht nicht nur darum ... Wissen Sie, es ist vor allem wegen seiner Position. Es ist schwierig für mich in seiner Position ...«

»Ich verstehe. Entschuldigen Sie, wenn ich so direkt bin: gibt es einen gewissen Altersunterschied zwischen Ihnen?«

»Ich weiß nicht, was ich tun soll. Was soll ich Ihrer Meinung nach tun? Dorthin zurückkehren, ganz allein mein Geld verwalten? Ich werde mein Leben nicht noch einmal von vorn anfangen ... Jetzt nicht mehr. Er hat sich so sehr verändert! Früher war er nicht so ... Wir verstehen uns nicht mehr. Wir schlafen nicht einmal mehr im selben Zimmer. Und diese gräßliche Stadt! Ich könnte vielleicht versuchen, mein Studium wieder aufzunehmen ...«

»Sie mögen Lima nicht?«

»Sie machen sich keine Vorstellung. Ich fühle mich dort so allein, gräßlich allein! Nie habe ich einen Menschen, dem ich mich anvertrauen kann. Sie sind der erste, mit dem ich wirklich rede, seit ich in Peru bin!«

»Was wollen Sie jetzt also tun?«

»Ich weiß nicht. Ich könnte vielleicht mein Studium wieder aufnehmen.«

5

Francis steigt gähnend aus dem Bett. Die Sonne steht schon hoch am Himmel. Vergeblich sucht er nach seiner Uhr. »Ich hab zuviel getrunken«, denkt er. Er zündet sich eine Zigarette an. Die letzte des Päckchens; er knüllt es zusammen und wirft es in einer Ecke zu Boden. Nackt, nur in sein Laken gehüllt, geht er zum Bad. Auf dem Tisch – dem Schreibtisch, dem Toilettentisch – liegen die Tarotkarten immer noch in derselben Position verteilt, wie er sie am Vorabend liegenlassen hat.

»Jedes Mal wenn ich mit Jorge diskutiere...« brummelt er zwischen den Zähnen. Zuviel getrunken. Zuviel geraucht. Er legt seine angezündete Zigarette auf der Kante des Waschbeckens ab. Hängt das Laken an einen in der Wand befestigten Nagel und dreht den Hahn der Dusche weit auf.

»Ein Glück nur, daß es funktioniert!« Jeden zweiten Tag ist Iquitos praktisch ohne Wasser. Er rubbelt sich den Nacken, die Schultern.

Er wäscht sich. Bürstet sorgfältig die Zähne. Macht einen letzten Zug an der Zigarette, die schon anfing, das Porzellan des Waschbeckens zu vergilben. Wirft sie in die Toilettenschüssel. Streift eine Jeans an, ein T-Shirt, Tennisschuhe.

Noch mit nassen Haaren versucht er, so etwas wie Ordnung in sein Zimmer zu bringen. Seine Uhr findet er unter dem Bett wieder.

»Scheiße! Schon mittag!« Er steckt seinen Schlüssel ein, sein Portemonnaie. Wirft die Tür ins Schloß und eilt die Treppe des Hotels hinab.

*

Jorge hat ihm mit angestrengtem Gehabe den »Ex-Professorisimus« Sandoval vorgestellt. Ein kleiner grauer Mann. Gekleidet mit einer unförmigen Hose, die in Gummistiefeln steckt, und einem violetten – seltsam femininen – Hemd, das viel zu weit ist für seinen mageren Leib. Eine dicke Brille mit Silbergestell. Ein kahler Schädel. Ein kurzgeschnittener Schnauzbart. Er drückt sich in einem gewählten Französisch aus, das von einem undefinierbaren Akzent behaftet ist.

»Ich habe gerade zehn Monate in Ihrem gastfreundlichen Land verbracht«, hat er Francis erklärt. »*Carajo*!« hat er dann schlicht geflucht.

Er hat sich auf einen Stuhl gesetzt und sich die Brille abgenommen, um ihre Gläser in den Falten seines Hemdes zu reinigen. Seine kurzsichtigen Augen waren von einem unaufhörlichen Tick geplagt.

»Das Exil!« hat er geseufzt, begleitet von einer beredten und emphatischen Armbewegung.

*

In den Skaisesseln der Empfangshalle des Hotel *Turistas* schlürfen Monsieur und Madame Neveu einen Fruchtsaft und fächeln sich Luft zu. Ein junger Offizier der peruanischen Marine steht ein wenig abseits und behält sie diskret im Auge. Er wird Francis, der sich für seine Verspätung entschuldigt, nicht einmal vorgestellt.

Als er sich über die Abwesenheit der zwei Sonderbeauftragten wundert, antwortet der Botschafter ausweichend, sie seien anderweitig beschäftigt.

Vertraulich nimmt er Francis bei der Schulter und läßt

ihn sich gegenüber Platz nehmen, an der Seite seiner Frau – sie trägt nun ein beiges Kostüm.

»Wir haben bisher ja kaum Zeit gehabt, Bekanntschaft zu schließen«, beginnt er in einem zwanglosen Ton.

Anstelle des Frühstücks greift Francis zu der Zigarette, die er ihm anbietet.

»Sie haben sicher ein wenig Zeit zur Verfügung. Bei all den Streiks«, fährt der Botschafter fort und hält ihm ein Feuerzeug hin. »Möchten Sie den Tag nicht mit uns verbringen? Wir wollen eine Spazierfahrt auf dem Fluß unternehmen. Einen kleinen Ausflug. Mit dem Boot.«

Elizabeth Neveu muntert Francis mit den Augen auf, ja zu sagen. Der Botschafter, der nicht einmal seine Zustimmung abwartet, beginnt über den Dschungel zu dozieren. »Bestimmt wiederholt er eine alte Rede«, denkt Francis. Er nennt Zahlen und Ortsnamen. Kündet den Tag an, da ein urbar gemachtes Amazonien Peru Devisen und Wohlstand bringen wird. Er schließt mit verständnisinniger Miene: »Meine Frau hat mir Ihre kleine ... Unterhaltung von gestern gestanden.« Francis lächelt (innerlich muß er lachen). »Sie meint, ich sollte mir auch Ihre Begabung zunutze machen.« Nervös drückt Francis seine Zigarette im Aschenbecher aus.

»Aber ich ...« stammelt er.

Madame Neveu greift nun ein. Sie behauptet, daß die wirklichen Kartenleger stets leugneten – am Anfang zumindest – zu wissen, was es mit den Karten auf sich habe. Oder irgendeine Entschuldigung erfänden. Ihre Bescheidenheit bürge jedoch nur für ihre Seriosität, versichert sie.

»Ich mußte auch schon darauf bestehen.«

Der Botschafter läßt nicht locker. Er verweist auf dringende Geschäfte, um paradoxerweise zugleich zu wiederholen, er wolle vor allem seiner Frau einen Gefallen tun.

»Es ist ja nicht so, daß ich daran glaube«, sagt er. »Ich will nicht gerade von Aberglauben sprechen. Schließlich sind es nur kleine, bunte Fetzen Karton. Allerdings...«

Er läßt Francis keine Zeit, seinen Satz zu beginnen.

»Sie wissen ja, wie es ist. Da können wir nun behaupten, wir seien vernunftbegabte Wesen, doch manchmal...«

Er steht auf.

»Ich nehme an, daß Sie Ihre Karten nicht dabei haben. Es stört Sie doch nicht, wenn wir zuerst bei Ihrem Hotel vorbeifahren, um sie zu holen? Wir werden im Wagen auf Sie warten.«

*

»Sie kennen Léon Bloy nicht?«

Jorge ist auf dem Boden eingeschlafen. Sandoval und Francis diskutieren mit leiser Stimme.

»Ein großer Mann, Ihr Léon Bloy! *Bueno*, er wollte der Vorreiter der modernen Christenheit sein, aber am Ende wäre er beinahe exkommuniziert worden, als Häretiker, nicht wahr? Léon Bloy behauptete, er sei Historiker, aber er hatte eine merkwürdige Methode: er sagte, es sei besser zu erfinden als seinen ganzen Fleiß darauf zu verwenden, minutiös den Fakten zu folgen. Die Einbildungskraft sei der Nachforschung vorzuziehen, ja überlegen. Sie sollten sein Buch *Die Seele Napoleons* lesen. Und dann ist noch sein Paulus-Kommentar bemerkenswert! Sie wissen ja, der berühmte Satz: *Noch sehe ich dunkel, wie in einem Spiegel, aber dann werde ich sehen, wie ich gesehen werde.* Das Wesen der Mystik!«

Fasziniert hört Francis zu.

»In Peru hegen wir große Achtung für Europa, das

heißt für Frankreich. Aber warum schickt ihr uns immer so beschränkte Botschafter! *Bueno*, Ihre Regierung verfolgt hier bedeutende Interessen. Tätigt beträchtliche Investitionen. Und die versucht sie natürlich zu schützen, nicht wahr? Nun, da er – wie jedermann – weiß, daß ein Staatsstreich der Linken vor der Tür steht, schickt er Sonderbeauftragte los, um Garantien einzuholen bei denen, die – wie er glaubt – die neuen Herren des Landes sein werden. Und als Gegenleistung bietet er an, was weiß ich, Geld, Waffen ... Aber er hat sich getäuscht! Ich habe keine Ahnung, mit wem sie sich getroffen haben, aber sie haben an die falsche Tür geklopft, eure Sonderbeauftragten!«

Francis schenkt ihre beiden Gläser nach. Jorge fängt an zu schnarchen, einen Arm unter dem Kopf angewinkelt, den Mund weit geöffnet.

»Armer Jorge!« stöhnt Sandoval. »Er ist völlig erschossen. Dank ihm bin ich wieder zurück, wissen Sie. Als ich erfuhr, was sich da zusammenbraute, bin ich hergeeilt, incognito. Aber ich konnte nicht durch Ekuador reisen. Denn der Aufenthalt in Peru ist mir selbstverständlich untersagt. Jorge hat mich über die Grenze gebracht, versteckt in einer Piroge, bei Nacht. Er kennt den Amazonas besser als seine Jivaros ... Fünf Tage lang nur Katzenwels und Maniok gegessen! Ich hatte eine Heidenangst! Die Armee kontrolliert im Moment alles! Sie schießen auf alles, was sich abends nach neun Uhr im Urwald bewegt. *Bueno*. Schluß mit dem Exil! Ich bin Wirtschaftsexperte, wissen Sie. Aber warum sollen wir davon reden?«

Er gibt noch einen Eiswürfel in sein Glas.

»Die Geschichte und die Psychologie sind die zwei Disziplinen, auf die es ankommt. Wir reden von Revolution, aber wir werden nie etwas verändern auf dieser Welt, wenn wir nicht zuerst die einzelnen Menschen verändern!

Ich bin ein seltsamer Marxist, nicht wahr? Wir bereiten zwar bereits Pläne für eine Agrarreform vor, doch ich glaube, ich persönlich... Kennen Sie das Rätsel der Sphinx? Die richtige Antwort ist immer dieselbe: der Mensch! Nun ja... Auf jeden Fall, wenn Sie eines Tages Léon Bloy lesen, was ich Ihnen wünsche, werden Sie sehen. Sie halten ihn zuerst für einen Verrückten, dann für einen Dummkopf und danach für einen großen Autor!«

*

Die Indios schwingen ihre langen, schwarzen Blasrohre. Ihr Federschmuck wirkt wie hüpfende Blutflecken vor dem Grün des Urwalds. Sie haben sich ihre hochwangigen Gesichter angemalt. Ein Junge spielt auf einer Riedflöte. Sie tanzen und stoßen ab und zu kurze, schrille Schreie aus. Madame Neveu befestigt ein Filter vor dem Objektiv ihrer Nikon, spannt, stellt die Entfernung ein und drückt auf den Auslöser des Apparats. Der Botschafter schüttelt den Kopf.

»Schaut sie nur an! Es ist unglaublich...« sagt er immer wieder.

Man hat sie auf den Ehrenklappstühlen Platz nehmen lassen. Im Schatten, unter den Bäumen. Der Außenborder der Armee ist an einem Baum mit verwachsenem Wurzelwerk festgebunden.

Lachend stellen die Indios sich in einer Reihe auf. Sie haben selber an der Vorstellung Vergnügen. Schamhaft haben sie sich Lendenschurze aus Stroh um die Hüften gegürtet. Stolz tragen sie ihren gesamten Prachtschmuck: bunte *Arara*-Federn, ein paar gefärbte Bänder, Flußmuscheln, aufgereihte Perlen, Zähne von Wildschweinen.

Noch ein Photo.

Aus den kleinen Kalebassen, die an ihren Gürteln baumeln, ziehen sie Flocken von wilder Baumwolle hervor, rollen sie zwischen den Fingern zu kleinen Bällchen zusammen und befestigen sie an der Spitze ihrer scharfen Pfeile. Dann führen sie die Pfeile in ihre hölzernen Blasrohre ein, die über zwei Meter lang sind. Der Marineoffizier stellt etwa zwanzig Schritt von der Gruppe entfernt eine Schießscheibe auf. Die Indios sind unzufrieden und beklagen sich in ihrer Sprache. »Sie haben die Sonne im Gesicht«, entschuldigt sich der Marineoffizier. Er stellt die Schießscheibe nun in der entgegengesetzten Richtung auf. Die Indios führen das größere Ende ihrer Waffen an die Lippen. Riesig blähen sich ihre Wangen, wie bei Kröten. Noch ein Photo. Einer nach dem anderen schießen sie ihre Pfeile ab und lachen laut auf. Drei von acht treffen ins Schwarze. Madame Neveu steckt eine Sonnenblende vor ihr Teleobjektiv.

»Da sag einer noch, wir wären im 20. Jahrhundert!« wundert sich der Botschafter.

Der Marineoffizier wird beinahe rot und reicht Madame Neveu einen großen Piraña mit spitzen Zähnen, ein getrocknetes und lackiertes Exemplar, das geschickt auf einen kleinen, weißen Holzsockel montiert ist.

»Diese Fische fressen Ihnen in wenigen Sekunden einen ganzen Mann auf«, versichert der Offizier selbstsicher.

*

Der Außenborder verläßt den Amazonas, um in einen seiner Zuflüsse einzubiegen. Eine Frau mit nacktem Oberkörper wäscht auf einem flachen Stein ihre Wäsche. Sie winkt ihnen zu. Vögel flattern auf, wenn sie sich nähern. Unendlich zieht sich der einförmige Urwald dahin.

Der Offizier stellt die Benzinzufuhr des Motors ab, und das Boot treibt an einen kleinen Holzsteg. Er hilft Monsieur und Madame Neveu, dann Francis, an Land zu gehen. Es herrscht beinahe vollkommene Stille.

Ein rutschiger Pfad führt sie zu einem großen, auf Pfählen errichteten Haus mit einem von Blättern gedeckten Dach.

»Unser Quartier«, verkündet feierlich der Offizier.

»Diese Hitze!« brummt der Botschafter und zerquetscht einen Moskito auf seinem Arm.

Madame Neveu rekelt sich mit halb geschlossenen Augen in ihrem Sessel. Francis ist bei seinem zweiten Vodka-Tonic angelangt. In einer Ecke schaukelt eine Hängematte. Ein bunter Vogel beäugt sie von seiner hohen Stange aus und streicht mit seinem Schnabel seine langen Schwanzfedern glatt.

»Meine Frau behauptet, Sie hätten ihr verblüffende Enthüllungen gemacht.« Er räumt den Tisch vor ihnen ab. »Besser als hier könnte es nicht sein. Wollen wir anfangen? Eine Tarotsitzung mitten im Dschungel, der Traum eines jeden Wahrsagers, nicht wahr?«

Er zieht aus seiner Jackentasche ein Feuerzeug und Zigaretten. Madame Neveu hat die Augen geöffnet.

*

»Diese Idioten!« hatte sich Sandoval ereifert. »Die haben vielleicht Vorstellungen! Und schlimmer noch: sie glauben daran. Weil sie meinen, daß jedes Wort einer bestimmten Realität entspricht. Aber es gibt einen Haufen Wörter, die sich auf gar nichts beziehen! *Carajo*! Die überhaupt nichts bedeuten!«

»Welche zum Beispiel?«

»Was weiß ich? *Freiheit* oder *Weisheit* oder *Demokratie*...«

*

Genauso wie am Abend zuvor in seinem Zimmer verteilt Francis nun die vierundzwanzig Karten des Marseiller Tarotdecks auf dem Tisch. Mit einer gewissen Befriedigung stellt er fest, daß die Zeit, die Abnutzung und die Feuchtigkeit den Karten allmählich eine leichte Patina verleihen.

Er bestellt einen dritten Vodka-Tonic. Der Botschafter versucht eine kleine Spöttelei.

»Hören Sie nicht auf ihn«, sagt Madame Neveu. »Er behauptet immer, nicht daran zu glauben. Dabei, müssen Sie wissen, liest er heimlich sogar sein Horoskop«, scherzt sie.

Fast schon wie ein geübter Spieler fächert er das ganze Blatt in seiner rechten Hand auf.

»Wählen Sie fünf Karten«, verlangt er.

Schweigend betrachten Monsieur und Madame Neveu die umgedrehten Karten, die in Form eines Kreuzes auf dem Tisch liegen. Francis trinkt sein Glas aus und macht Miene, sich zu konzentrieren. Er kaut am Nagel seines Daumens. Des Zeigefingers. Der Liebende. Der Gaukler. Das Gericht. Der Eremit. Und der Tod. Nur ja nicht den Kopf verlieren. Irgend etwas sagen. Zeit gewinnen. Der Liebende, der... Sie haben die Augen auf ihn gerichtet.

»Das Arkanum VI«, fängt er an.

Der Botschafter wird ungeduldig.

»Na, los. Und sagen Sie mir ja nicht, ich hätte ein Problem: das weiß ich bereits.«

Elizabeth Neveu wendet den Kopf ab. Er, nein ...

Er fühlt sich ein wenig betrunken.

(»Sie sind davon überzeugt, daß man ihre kleinen Minen verstaatlichen wird«, hatte Sandoval höhnisch gelacht. »Aber wir brauchen eure Ingenieure noch. Cerro de Pasco, undsoweiter ... Pah! Wir sind zu jeder Konzession bereit, wenn ihr uns wieder versprecht ...«)

»Das verstehe ich nicht«, platzt Francis plötzlich heraus. »Ich sehe alle möglichen Dinge in Ihren Karten, die Sie ganz besonders bedrängen, doch ich kann sie nicht mit Ihrer Tätigkeit in Verbindung bringen.«

»Wie, was?« wundert sich der Botschafter.

»Die Erde tut sich auf ... Hier, sehen Sie, das Gericht: dieser gähnende Abgrund.«

»Ja, ja.«

»Und der Tod, hier, unermüdlich arbeitet er, mit seiner Sense, die Furchen in den Boden zieht.«

»Aber ...«

»Und der Eremit, der seine kleine Laterne am vorgestreckten Arm hält. Er geht in das Dunkel hinein wie in einen finsteren Gang.«

»Wollen Sie sagen ...«

»Haben Sie ein Haus, irgendwo in den Bergen?« erkundigt Francis sich unschuldig. »Wo Sie vielleicht einen Brunnen graben lassen oder so etwas?«

Der Botschafter kann nicht unterdrücken, daß seine Lippen sich anspannen. Eine Falte legt sich quer auf seine Stirn. Seine Augenbrauen gehen in die Höhe. Madame Neveu, die bislang nur zerstreut dem Gespräch folgte, hat sich in ihrem Korbsessel wieder aufgerichtet.

»Deine Minen!« ruft sie, während ihr Gatte ihr einen tadelnden Blick zuwirft.

*

»Amado, Casares, Campos ... Das sind die Männer, die Bescheid wissen! Die andern sind doch nur ...« Sandoval suchte nach dem genauen Wort. »*Smoke screen* ... Wie sagt man in Ihrer Sprache? Sie wissen schon, man lenkt die allgemeine Aufmerksamkeit auf sie, so daß ... *Bueno,* wie eine Rauchwolke, die verhindert, daß man sieht, was sich wirklich zusammenbraut. *The others are set up as fall guys, they* ...« Er hat seinen Whisky in einem Zug ausgetrunken. Hinter seiner Brille funkeln die großen Augen, entstellt von den dicken Gläsern, und beginnen heftig zu blitzen. »*Shit! What was I saying* ...« Betrunken vom Alkohol und von der Müdigkeit vergaß er sogar, in welcher Sprache sie das Gespräch begonnen hatten, und fuhr fort: »*Well, Jorge uses to* ...«

*

Francis gönnt sich noch ein Schweigen, er kostet seinen Triumph aus. Madame Neveu hat ihren Sessel an den Tisch herangerückt.

»Ich hab dir's doch gesagt«, flüstert sie ihrem Mann ins Ohr.

Der Botschafter beißt sich in die Oberlippe.

»Unsere Minen sind geschützt.«

Er versucht zu erklären: »In Cerro de Pasco, in den Bergen ...« Und Francis erinnert sich an Sandovals Worte: »Ein Alptraum, diese Stadt, wie aus einem schlechten Western. In 4800 Meter Höhe, die Luft kann man nicht atmen. Samstag abend, in Schnee und Matsch, versaufen die Indios ihren Lohn, um ihn wieder auszukotzen, vergewaltigen sich gegenseitig und murksen sich ab!«

Durch das Fenster dringen die Geräusche des Dschungels zu ihnen.

»Ich sprach eben von einem Problem«, fährt Francis gewichtig fort. »Es gibt verschiedene Arten, ein Problem zu lösen. Ich habe den Eindruck, im vorliegenden Fall hat etwas eingegriffen, was ich eine... Hilfe von außen nennen würde.«

Und dann, wie von einer plötzlichen Inspiration ergriffen:

»Sie sind der Liebende, hier, links. Sehen Sie sich an: ein ratloser Mann zwischen zwei Begleitern. Das sind Ihre Helfer. Ebenso spricht die Karte von einer doppelten Wahl.«

»Maux und Bradie?« rät die Botschafterin.

»Ich sehe einen Fehler – einen Fehler, der schwerwiegende Folgen haben kann.«

Gereizt verscheucht der Botschafter eine Mücke, die ihn belästigt.

»Was für ein Fehler?« schreit er beinahe. »Wo sehen Sie das?«

Francis deutet mit einer unbestimmten Geste auf die Karten.

»Sie suchen jemand oder etwas, ich weiß nicht, aber vielleicht wenden Sie sich an die falsche Person, klopfen an die falsche Tür. Kann ich eine Zigarette haben? An die falsche Tür...«

»Mit wem haben sie sich getroffen?« hatte Sandoval gefragt. »Mit diesem buckligen Krüppel Cortazar oder mit Fuentes, dieser Niete? Marionetten! Wir müssen es herauskriegen.«

»Danke. Ein Mann, der von einem Gebrechen gezeichnet ist«, versucht Francis. »Humpelt er? Nein, eher ein Buckliger.« Aus dem Augenwinkel beobachtet er den

Botschafter – der beinahe aus seinem Sessel emporschnellt:

»Eduardo Castro Cortazar! Aber ...«

Er unterbricht sich, sein Mund steht offen.

»Ein Buckliger? Sind Sie sicher? Vielleicht handelt es sich um General Cortazar? Sie ...«

Die Augen bescheiden gesenkt, erklärt Francis ruhig:

»Ich weiß es nicht. Sehr Genaues läßt sich nicht sagen. Tarotkarten, mehr nicht ...« Er seufzt. »Unsere Kunst ist keine Wissenschaft. Die Karten geben mir Informationen, wie Visionen – die ich miteinander verknüpfe, die ich deute.«

»Doch was können Sie über den Ge ... diesen Buckligen sagen, wie Sie ...?«

Francis beobachtet den Botschafter. Er bemerkt die angespannten Züge, das Zittern der Hände, die dunklen Ringe um die Augen.

»Entspannen Sie sich«, rät er sanft. Er lächelt.

»Dieser Bucklige ... Ich sehe den Tod, den Magier, auch der Gaukler genannt – vielleicht ist er der Fehler.«

*

»Die Menschen«, hatte Sandoval gesagt, »können nicht anders, als immer nur an ihrer Natur festzuhalten.«

Eine graue Dämmerung brach an.

»Ich verstehe nicht recht.«

»*Bueno*, die Mehrzahl der Lebewesen, neunundneunzig Komma neun Prozent der Menschen, folgen blindlings ihrer Natur, die aus Routine und Konventionen besteht, ohne daß es ihnen je gelänge, einmal davon abzuweichen. Sie rasen durchs Leben, wie ein Auto, das ohne Bremse einen steilen Abhang hinabrollt: sie sind unfähig, etwas anderes zu sein als sie selbst. Das ist ihr schwacher Punkt, ihre Achillesferse: diese fatale und unerschütterliche Neigung, sich zu wiederholen, nicht aus ihrer Spur heraus zu können, nichts anderes sein zu können als das, was sie sind. Willst du Macht über sie ausüben – dann lerne ihre Gaben zu begreifen, ihren Geschmack, ihre Eigenschaften, ihre Vorlieben. Dann wirst du immer wissen, wo du sie packen kannst.«

Jorge schlief auf dem Fußboden. Francis mußte ein Gähnen unterdrücken. Sandoval, sein leeres Glas in der Hand, delirierte unerschöpflich:

»Selten sind die, die zur Vielfalt gelangen! Seine eigene Natur überwinden, zwei, drei, vier verschiedene Wesen in einem sein! Solche kann man nicht packen: unaufhörlich improvisieren sie! Sie sind in Bewegung, wie das Universum!«

*

Voller Vertrauen breitet der Botschafter all die Sorgen aus, die ihn bedrängen.

»Wie lange werde ich noch hierbleiben, auf meinem Posten in Peru?«

»Sicherlich mehr als ein Jahr«, sagt Francis nach einer Minute Überlegen aufs Geratewohl.

»Haben Sie eine Vorstellung von dem Ort, an den ich danach berufen werde?«

»Ein heißes Land«, versichert Francis.

Und später:

»Sie sagen, daß unsere Investitionen geschützt seien. Wenn es je zu einem Staatsstreich kommen sollte – es handelt sich natürlich nur um eine Hypothese ...«

»Natürlich.«

»Aber abgesehen von dem Geld, das wir den künftigen... versprechen können... Wie soll ich sagen, Sie wissen ja, unser Land produziert Waffen, unser Absatz – Bradie ist Experte für Südamerika, Madie unser Militärberater. Die CIA, sie...«

Und dann noch:

»Aber was diesen Mann betrifft, können Sie da nicht präziser werden?«

Francis bejaht mit dem Kinn. Er fächert die restlichen Karten in seiner Hand auf.

»Ziehen Sie eine. Vielleicht wissen wir gleich mehr. Wollen wir mal sehen. Der Narr!« Er legt die Karte neben den Gaukler auf den Tisch. »Der Narr und der Gaukler... Wenn ich mich nicht irre, hält sich der Mann, von dem ich sprach, zur Zeit nicht in Peru auf. Er ist woanders. Auf Reisen.«

»Auf Reisen?«

Der Botschafter ist sprachlos.

»Der Narr, das Matt, sind Symbole des Ewigen Juden. Ein alter Mann, verbannt – weit fort von Jerusalem. Aber ich erkenne, er steht im Begriff, wieder in Erscheinung zu treten. Er kehrt zurück. Er naht.«

»Ein alter Mann? Im Begriff, wieder nach Peru zurückzukommen? Vielleicht im Exil?«

»Sehen Sie auf der Karte das Bündel, das er über der Schulter trägt – das ist das Symbol des Wissens, über das er verfügt.«

»Ein älterer Mann«, resümiert der Botschafter, der über sein Talent staunt, Francis' sybillinische Orakel zu deuten, »gebildet, im Exil. Alejandro Catán, oder vielleicht doch nicht... Adolfo Sandoval!« frohlockt er.

Madame Neveu richtet ihr Haar. Der Botschafter denkt nach, das Kinn auf seine geschlossene Faust gestützt.

Er läßt den Marineoffizier rufen.

»Wir müssen heimkehren«, sagt er gedehnt.

Er sieht Francis an, beinahe zärtlich. Dann, wieder nachdenklich, die Augen im Unbestimmten verloren:

»Muß einen Anruf erledigen.«

6

Francis sieht Jorge und Sandoval noch am selben Abend wieder. Lachend teilt er ihnen die Informationen mit, die er gesammelt hat.

Der Grund von Maux' und Bradies Mission, die Namen der Generäle und Personen, die sich mit den zwei Sonderbeauftragten getroffen haben, die Versprechungen und Forderungen der mutmaßlichen Putschisten, die Sorgen und neuen Hoffnungen des Botschafters, die Art des Engagements, das Frankreich gewillt ist zu entwickeln...

Jorge schaut Francis voller Verblüffung an. Sandoval zitiert Schopenhauer, der behauptete, die Geschichte sei nur ein Traum, »der lange, schwere und verworrene Traum der Menschheit«.

7

3. September

In einem glänzenden Leitartikel lobt die *Amazon Times* die »dem peruanischen Volk angeborene Weisheit, die es verstand, in nur einer Nacht das faschistische Joch abzuschütteln und, ohne daß eine allzu große Zahl an Menschenleben zu beklagen ist, auf die strahlenden Höhen des Sozialismus und der Revolution zu gelangen«.

Die Balkone der Plaza de Armas sind rot beflaggt.

Ein großes Bild von Che Guevara schmückt die Wand der Bar *La Caravelle*.

4. September

Die Stimme des Dschungels, der wichtigste Radiosender von Iquitos, spielt unaufhörlich revolutionäre Gesänge, ab und zu nur unterbrochen von kurzen politischen Ansprachen.

Junge Menschen marschieren durch die Straßen – sie ziehen unter den Fenstern der Pension Malecon Tarapaca vorbei –, mit geballten Fäusten.

In der Nacht patrouillieren Armeejeeps am Ufer des Flusses.

Francis erfährt, daß Jorge seit zwei Tagen in Lima ist.

8. September

Die Schlagzeilen der Zeitungen berichten ausnahmslos von der Bildung einer neuen Volksfront. General Camino übernimmt offiziell die Führung der Revolutionsjunta. Ein großes Photo auf der ersten Seite der *Amazon Times* zeigt ihn, umgeben von den Mitgliedern seiner Regierung: ordensübersäte Militärs, erstarrt in feierlicher Habachtstellung. In einer Ecke des Photos, oben links, der einzige Zivilist, verloren zwischen zwei sterngeschmückten Schirmmützen, der eine sichtbare Gleichgültigkeit an den Tag legt. Trotz der mangelhaften Druckqualität erkennt Francis sofort den kurzgeschnittenen Schnauzbart wieder, die dicke Brille, den kahlen Schädel: Adolfo Sandoval, den die Bildunterschrift als neuen Staatssekretär für Wirtschaft und Finanzen kennzeichnet.

25. September

Ein feiner Regen nieselt unaufhörlich auf Iquitos herab.

Zum dritten Mal liest Francis, vollkommen ungläubig, auf seinem Zimmer den Brief durch. Das weiße Blatt Papier trägt (wie auch der Umschlag) den Briefkopf der französischen Botschaft. Unten auf der Seite breitet sich die große Unterschrift des Kulturattachés aus.

Er kam aus dem Kino. Der Film, ein mexikanischer Western, hatte ihn in erträglichem Maß gelangweilt. Als er das Kino verließ, hatte er kein Taxi gefunden und war nun völlig durchnäßt.

Der Brief erwartete ihn auf dem Bett. Seine Wirtin hatte ihn, deutlich sichtbar, auf das Kopfkissen gelegt. Francis dachte an ein Routine-Rundschreiben. Er hatte sich noch die Zeit genommen, sich die Haare trockenzureiben und die durchnäßten Kleider zu wechseln, bevor er ihn aufmachte.

Er benutzte den Stil eines Löffels als Brieföffner und riß die Rückseite des Umschlags damit auf.

Der Brief, datiert mit dem zweiundzwanzigsten, war auf einer elektrischen Maschine geschrieben und ohne den geringsten Fehler. »Sehr geehrter Herr Hélias«, schrieb man ihm, »auf Grund der fortlaufenden Streiks wird Ihr

Verbleib auf der Stelle eines Französischlehrers an der Universität Iquitos (Provinz Loreto) nicht mehr als unabdingbar erachtet.«

Er hatte nicht sofort verstanden. Man wies ihn an, so schnell wie möglich nach Lima zu kommen. Ein Flugtikket auf seinen Namen und ebenso ein Gutschein, der ihm ein Zusatzgepäck von fünfzig Kilogramm erlaubte, warteten auf ihn an den Schaltern der Aeroperu ...

Die schrille Klingel des Telefons ertönt im Flur. Francis stürzt hinaus. »Das ist für mich!« ruft er seiner Wirtin zu, bevor sie abnehmen kann. Er greift den Hörer.

»Sie haben Lima verlangt«, sagt die Telefonistin am anderen Ende der Leitung. »Señor Neveu.« Sie spricht den Namen völlig entstellt aus. »Mit Voranmeldung? Sprechen Sie.«

(Francis hatte gezögert. Fünf Uhr, und mindestens eine halbe Stunde Wartezeit. Die Büros des Konsulats würden geschlossen sein. Morgen ist Samstag, hatte er ausgerechnet. Er wollte nicht zwei Tage lang zappeln. Im Telefonbuch hatte er die Privatnummer des Botschafters herausgesucht.)

»Hallo!«

Ein Brummen. Nebengeräusche. Dann eine Frauenstimme:

»Monsieur Hélias? Elizabeth Neveu am Apparat. Mein Mann ist nicht da. Ich nehme an, Sie haben den Brief bekommen ...«

Sie war auf dem laufenden. Ja, die Entscheidung ging vom Botschafter aus.

»Ich nehme an, Sie werden sich hier besser amüsieren«, sagte sie mit leichtem Spott. »Wir haben für Sie eine ruhige Beschäftigung gefunden. In der Kanzlei, glaube ich.«

Die Verbindung ist schlecht. Er kann sie kaum verstehen. Sie muß ihre Frage wiederholen.

»Ob ich *was* habe?«

»Entschuldigen Sie, wenn ich indiskret bin, aber da ich Sie nie anders als in Hemd und Leinenschuhen gesehen habe...«

»Ob ich einen dunklen Anzug und eine Krawatte habe?«

»Ja. Das würde nützlich sein. Wir geben in ein paar Tagen einen Empfang. Natürlich rechnen wir mit Ihnen.«

Schwarz, schwärzer noch als schwarz ...

1

»Ich muß gehen«, sagt sie.

Doch er hält sie sanft zurück, faßt sie bei den Handgelenken, sie sieht ihn an, aber er zieht sie zu sich, flüstert ihren Namen, drückt sie an sich, er streift ihre Wange, und während sie die Augen schließt, schlingt sie ihre Arme um seinen Hals, er vergräbt sein Gesicht in ihrem Haar, seine Lippen suchen ihre Haut, wandern ihren Nacken hinab, sie macht sich los, streichelt ihn, schaut ihn wie verwundert einen langen Augenblick an, und er lächelt, nähert seinen Mund dem ihren, gierig umarmen sie einander und ihre Lider schließen sich, mit ihrer ganzen Kraft klammert sie sich an ihn, er spürt ihre Nägel in seinem Rücken, seine Hände pressen ihre Brüste, sie stöhnt und ihre Beine schmiegen sich an die seinen, ungeschickt öffnet er die Knöpfe ihrer Bluse, einen nach dem andern, sie löst sich ein wenig, um ihm zu helfen, ohne daß ihre Lippen sich einen Augenblick trennen, er hakt ihren Büstenhalter los, zieht den Reißverschluß ihres schwarzen Rocks auf, der beinahe lautlos an ihren Beinen herab auf den Bastteppich gleitet, und seine Hände fahren über ihren Körper, sie beugt den Kopf in den Nacken, ihre Brust wogt, hebt sich gegen die seine.

Er hat sie auf das Bett getragen, um sie ganz auszuziehen, sie kuschelte sich in seinen Arm, die Strumpfhose, der Büstenhalter, die Bluse flogen zu Boden, zu den Lackschuhen und dem Rock, ihr Leib war sehr weiß, sie fröstelte, und er, noch vollständig bekleidet, drückte sie einen langen Moment an sich, beide eng ineinander verschlungen, ohne daß ein Wort gesprochen wurde, von der Straße drang nur das dumpfe, fortwährende Brummen des Verkehrs zu ihnen, ein Autobus fuhr vorbei und ließ die Fensterscheiben vibrieren, sie lachten, umarmten einander, kurze, heftige Küsse, flüchtige, feuchte, leidenschaftliche.

Ausgestreckt auf dem harten, schmalen Bett, betrachtet sie ihn wieder, während nun auch er sich hastig auszieht, seine Hose, sein Hemd zerknüllt auf einen Stuhl wirft, auf sie zukommt, linkisch, ungeduldig, ihre Hände suchen sich, die Sprungfedern der Stahldrahtmatratze ächzen unter ihrem Gewicht in dem halbdunklen Zimmer, er legt sich auf sie, sie flüstert ein paar Worte, so leise, daß er sie nicht versteht, und zieht ihn zu sich...

Sie hat sich eine Zigarette angesteckt. Er schaut zur Decke; alle möglichen Gedanken, unzusammenhängende Bilder kommen ihm in den Sinn. Sie sucht die Uhr, die sie auf dem wackeligen Tisch abgelegt hat.

»Hast du kein Telefon?«

Sie duzt ihn. Lächelt verlegen. Er legt eine Hand auf ihre Hüfte. Sie liegt auf der Seite und hat das Laken um ihren Körper gehüllt.

»Kann ich auch eine haben?«

Sie beeilt sich, entschuldigt sich beinahe, und reicht ihm das offene Päckchen, ihr kleines Silberfeuerzeug.

»Es ist falsch eingestellt. Oder es hat kein Gas mehr. Ich müßte telefonieren...«

Ein kunstloses Aquarell, in einem weißen Rahmen. Es zeigt Lamas vor einem Hintergrund von Ruinen. Er spürt, daß sie etwas überlegt. Küßt sie auf die Stirn, die Wange, in den Nacken. Wie um einen lästigen Gedanken zu verscheuchen.

»Kann ich ausmachen? Möchtest du, daß ich ausmache?«

»Er...«

Sie beginnt einen Satz. Besinnt sich anders. Das Bett ist so schmal, daß sie einander jeden Augenblick streifen. Er richtet sich auf dem Ellbogen auf.

»Ich mag dein Haar, deine...«

»Weißt du, wie alt ich bin? Ich meine...«

Er legt den Zeigefinger auf ihre Lippen. Zwingt sich zu lächeln, so zärtlich er nur kann, wie um etwas fortzuwischen... streichelt mit dem Finger ihr Kinn, ihren Nasenflügel.

»Hör mal, ganz ehrlich, weißt du...«

Er schiebt seinen linken Arm unter ihre Hüfte. Wälzt sich auf sie. Umschlingt sie. Sie wehrt sich, stößt ihn zurück. Dann klammert sie sich mit plötzlicher Gewalt an ihn, eine Kraft, die ihn erschreckt, all ihre Züge, ihre Muskeln voller Anspannung, er dringt in sie ein, ihr Mund ist geöffnet, wie um zu schreien, als fürchte sie schon jetzt, ihn zu verlieren.

Ihre Augen sind gerötet. Er sieht eine Träne im Schatten ihres Lides. Aber sie lächelt ihn an, strubbelt ihm durchs Haar – wie bei einem Kind.

»Mir ist, als hätte ich das schon einmal erlebt, dieses...« er verbessert sich, »diese Minute, diesen Augenblick, verstehst du?«

»Wie hast du es in Iquitos ausgehalten?«

»Das ist komisch, ich meine, daß du mich duzt.«

Sie zieht die Nase hoch. Ihre Schminke ist verschmiert. Sie ist mager, denkt er. Ihre Brüste sind zart und klein. Sie hat einen schlanken, straffen Körper. Sie hat ihm gesagt, daß sie Tennis spielt, fast jeden Tag, im Club.

»Du antwortest nicht. War es hart in Iquitos?«

Seine Verlegenheit belustigt sie. Er ist noch so ein Kind, denkt sie. Er scheint noch nicht einmal zu merken, wie verschieden...

»Hattest du eine Freundin? Eine von deinen Schülerinnen vielleicht?«

Ich hätte gern einen Sohn wie ihn gehabt, denkt sie. Doch so jung ist er schließlich auch nicht. Ich bin vielleicht zwölf, höchstens fünfzehn Jahre älter als er. Mehr nicht.

»Es gab sicher Mädchen in deinem Kurs, oder? Du gingst doch wohl nicht ins... Na hör mal!«

Sie lachen alle beide, während sie sich küssen.

»Es wird Zeit, daß ich mein Haar wieder richte. Ich muß schrecklich aussehen. Es gibt doch ein Telefon im Hotel?«

»Es gab niemand in Iquitos.«

»Wie?«

»Im Ernst, wenn ich dir sage...«

»Frank? Stört es dich, wenn ich dich Frank nenne? Das klingt...«

»Amerikanischer?«

»Du bist blöd! Sieh mal, ich kannte früher einen Jungen wie dich. An der Universität, in Boston. Der hieß Frank. Meine ganze Familie stammt aus Neu England, weißt du. Das heißt, mütterlicherseits...«

»Du hast gar keinen Akzent.«

»Natürlich habe ich keinen Akzent! Ich hatte ein französisches Kindermädchen.«

»Weshalb wolltest du wegen Iquitos wissen?«

Sie beugt sich balancierend über die Bettkante. Hebt ihre Seidenbluse vom Boden und steht auf, während sie schamhaft ihre Brüste und ihren Unterleib verhüllt. Er sieht sie von hinten, wie sie unentschlossen durch das Halbdunkel geht und die Tür zum Bad sucht.

Durch die dünne Trennwand ruft sie: »Hast du keinen Morgenrock? Oder einen Bademantel?«

Ich sollte mir ein passenderes Hotel suchen, denkt er. Oder vielleicht ein Zimmer oder ein Appartement.

Das Geräusch von fließendem Wasser. Gähnend dreht er sich im Bett herum. Klemmt sich ein Kissen unter den Kopf. Macht die Nachttischlampe an. Fröstelnd zieht er sich die dünne Decke über die Schultern. Die Menschen in Lima wollen nicht von dem Glauben lassen, in einem tropischen Land zu leben, ärgert er sich, dabei ist es gar nicht so warm. Auf dem Tisch – um sie nicht zu vergessen – hat sie ihre goldenen Ohrringe abgelegt.

Die Badezimmertür geht auf. Sie hat ihr Haar im Nacken hochgebunden. Eingehüllt in ein Frotteehandtuch, bewegt sie sich beinahe auf den Zehenspitzen.

Sie kommt und setzt sich neben ihn auf die Bettkante.

»Legst du mir noch mal die Karten?«

Mit einem Kopfnicken gibt er sein Einverständnis.

»Das ist nämlich wichtig, weißt du. Die Nachricht, das Ereignis, das du mir vorausgesagt hast ... Ich hab einen Brief bekommen, du hattest recht.«

»Die Karten, nicht ich«, verbessert er sie sanft. Er kann sich nicht mehr erinnern, was er ihr prophezeit hatte.

»Du hast gesagt, sechs Monate – vielleicht sogar noch früher ... Begreifst du, das ist großartig! Aber es muß unter uns bleiben.«

Sie streift sich die Strumpfhose über.

»Kannst du mir den BH zumachen?«

Sie dreht sich um. Zerstreut streichelt er ihre Brüste, die steifen Spitzen, bevor er das Metallhäkchen in die Öse einhängt.

»Willst du mir helfen?«

»Vielleicht«, sagt er gedehnt.

»Aber ich brauche dich!«

Sie scheint überrascht, verwirrt, ihre Mundwinkel verziehen sich zu einem gequälten Schmollen. Sie legt die Hand auf seine Brust.

»Bitte!«

Mit sicheren Bewegungen frischt sie ihr Make-up wieder auf, vor dem schmalen, ein wenig verzerrenden Spiegel, der an der Wand festgeschraubt ist. Sie hat ihren schwarzen Faltenrock wieder angezogen, ihre beige Bluse artig zugeknöpft, ihre Lackschuhe. Sie räumt ihre Haarbürste in ihre Handtasche, ihren Lippenstift, den sie mit einem trockenen Klacken verschließt. Dann streift sie die Jacke ihres Kostüms über.

Ganz in schwarz gekleidet.

»Vergiß deine Ohrringe nicht.«

Sie dankt ihm mit einem Lächeln. Jetzt fehlt ihr nur noch eine Sonnenbrille, denkt er.

»Ich muß gehen.«

2

La Victoria ist vermutlich das ärmste Viertel in ganz Lima: ein trostloser Markt, der einmal wohl in recht kurzer Zeit monströs aufgebläht wurde, von einer mittelmäßigen, belanglosen Schäbigkeit, die sich stets aufs neue wiederholt, mit Straßen, die alle im rechten Winkel aufeinander stoßen und von keinem Baum aufgelockert werden, aus nacktem Stein oder Beton, den mit Pastellfarben (rosa, pistaziengrün, azurblau) gestrichene Lastwagen verpesten, die sich zwischen den Reihen der Verkaufsstände durchwühlen – Stoff- oder Plastikbahnen, über ein Eisengestell gespannt –, durch die morastigen Abfälle, die dichtgedrängte, lärmende Menschenmenge.

Auf den Gehwegen hocken dicke Indiofrauen, eingemummt in schreiendbunte Pullover, und bieten allen möglichen Trödel an, alte Zeitschriften, auf schmutzigen Laken ausgebreitete Kleidungsstücke. Irgendwo verbreitet ein voll aufgedrehter Lautsprecher eine monotone Musik. In dem Lied heißt es: »Ich hab meine Seele dem Teufel vermacht, / Damit er mir meine Braut wiedergibt, / Damit ich sie heute abend auf meinem Motorrad / Zum Tanz ausführe. / Ich hab ihm meine Seele vermacht, / Damit wir heiraten können.« Die Stimme des Sängers geht in dem Lärm der Blechbläser unter. Noch einmal hört Francis ihn heulen: »Damit wir heiraten können.« Eine Auslage mit Postern zieht seinen Blick auf sich: Filmstars, Politiker, galoppierende Pferde vor dem Hintergrund des Meeres, geometrische Figuren in Phosphorfarben, sorgfältig durcheinander. Ein Mann mit einem Poncho verkauft Uhren. Ein Dreirad, als Garküche ausgerüstet, hat ein Komplettmenü angeschlagen: gekochte Kartoffeln, Hamburger mit Kutteln (sie sieden in einem Kessel, der einen beißenden Dampf ausströmt), *Tamales* – eine Art gekochter Mais. Ein anderer Karren mit Getränken: bunte Flaschen, mit Sirup gefüllt, den man in großen Gläsern mit gestoßenem Eis verdünnt.

Etwas weiter scheinen sich die Verkäufer nach ihren verschiedenen Waren gruppiert zu haben: Wolldecken, die in dichten Reihen aufgehängt sind oder an Masten wehen – mit Tiger- und Kondormotiven –, stachelige Fernsehantennen, glänzende Gummischuhe, Nippes aus Glas oder importiertem Plastik; und noch weiter: Radioreparateure, Mechaniker, die Auspuffe montieren, Trödler, Schrotthändler...

Die Hände in den Taschen schlendert Francis dahin, hier und da von fröhlichen Kindern gestoßen oder einem eiligen Träger, der sich mit gesenktem Kopf unter großvolumigen Lasten beugt. Er weicht einem Radfahrer aus, wird von einer behinderten Bettlerin angepöbelt, macht um einen Abfallhaufen einen Bogen. Ein Polizist, die Faust fest um den Griff seines Holzknüppels geschlossen, folgt ihm, neugierig oder mißtrauisch, mit den Augen.

Francis geht an plätschernden Rinnsteinen entlang, verirrt sich in verstopften Gassen, dringt manchmal in einen übelriechenden Hof, wo die Säge eines Schreiners kreischt, bleibt vor dem Laden eines Hutmachers stehen – aufgestapelte hohe Kappen, in weiß und blau, geflochtenes Stroh, von einer hauchdünnen Schicht Gips überzogen und mit einem Band aus Spitze verziert, dunkle Filzhüte, die an die Gangsterfilme der fünfziger Jahre erinnern, spitze Hauben aus bunten Wollstoffen – er durchstöbert einen Haufen Bücher: chinesische Manifeste, Auszüge aus dem Werk von Karl Marx, bebilderte pornographische Schriften.

3

In dem verrauchten, feuchten Saal des Kinos *La Libertad* schaut er sich am späten Nachmittag ein amerikanisches psychologisches Drama (in Farbe) aus den sechziger Jahren an. Er sitzt auf einem unbequemen Sessel und lutscht kleine Schokoladenbonbons. Auf der Leinwand erklärt ein Mann mit silbernen Schläfen einer Frau mit großen Handbewegungen, daß er die Gegend vor Einbruch der Nacht verlassen muß. Sie weint auf einem Stuhl, während er um sie herum gestikuliert. In einer Ecke läuft ein Fernseher – vielleicht schauten sie zu, bevor der Streit begann. Der Mann bringt eine stumme Angst zum Ausdruck, und die Kamera nähert sich seinem Gesicht.

»Wie willst du begreifen, was ich empfinde?« sagt er. »So viele Dinge können in Verzweiflung enden. Und all die Lügen, die uns zu dem gemacht haben, was wir sind ...«

Die Tage greifen ineinander, kaum daß sie sich voneinander unterscheiden. Sie verschmelzen in ihrer Abfolge. Und es schwindet das Bewußtsein ihrer individuellen Dauer. Nur eine unbestimmte Zeit, die niemals innehalten zu müssen scheint.

Der Jungfrau voller Gnaden . . .

1

Durch die Fenster seines Büros in der Kanzlei blickt Francis auf die grauen Dächer, den ewig grauen Himmel, die grauen Straßen von Lima.

Er nagt an der Kappe eines Füllfederhalters zwischen seinen Zähnen. »Liebe Eltern«, fängt er an. Vor ihm liegen ungeordnet Formulare: Geburts-, Heirats- und Sterbeurkunden. Er räumt ein paar verstreute Büroklammern in ihre Schachtel und reiht auf beiden Seiten seiner Schreibunterlage symmetrisch den Heftapparat und das Lineal auf, das Töpfchen Klebstoff und die Schere, den Radiergummi und die Bleistifte. Er wirft die Papiere lose in eine Schublade.

»Liebe Eltern, die Lage hier hat sich stabilisiert. Im Stadtzentrum ist es jedenfalls recht ruhig. Natürlich gilt noch die Ausgangssperre und auf den Straßen stehen Soldaten. Aber es herrscht nicht mehr der Belagerungszustand, das Revolutionsklima, das ich bei meiner Ankunft vorgefunden habe.«

Ein Werbeplakat, mit Reißzwecken an der Wand befestigt, zeigt die Fensterrose der Kathedrale von Reims. »Habt Dank für die Bücher. Ich habe sie gestern bekommen. Und auch für Euren Brief. Könntet Ihr mir noch weitere schicken?« Er sucht die Titel in seinem Notizheft und schreibt sie ab: »*Die Praxis der Wahrsagekunst* von einem gewissen Marcovich und *Das heilige Universum der lateinamerikanischen Indios* (2 Bände). Laßt Euch durch meine Lektüre nicht beunruhigen, ich versuche nur, besser zu begreifen ...« Er zögert einen Moment, die Feder in der Luft. Dann streicht er die letzten Worte aus. Er schildert seine Spaziergänge, klagt über seine Einsamkeit. Er verstrickt sich in eine detaillierte Beschreibung der Stadt: »mit den kunstvoll gearbeiteten Holzbalkonen, den massigen Kirchen, den Elendshütten aus Stein, die in den nackten Felsen der Hügel eingegraben scheinen und wie Höhlengefängnisse anmuten ...«.

Das Klingeln des Telefons unterbricht ihn. Ein Mann, meldet der Ordonnanzdienst, verlange ihn an der Pforte. Gereizt antwortet Francis, er sei beschäftigt.

»Aber er läßt nicht locker. Er sagt, er sei ein Freund von Léon Bloy.«

»Von wem?«

Eilig versteckt Francis den Block Briefpapier unter den blauen und rosa Formularen, streift seine Jacke über, hat nicht genügend Geduld, um den Aufzug abzuwarten, rempelt einen mit Akten beladenen Sekretär, stürzt die Treppenstufen hinunter.

In der Mamorhalle, deren Fenster bis zur Hälfte mit Sandsäcken versperrt sind, wartet ein Fremder auf ihn, im Stehen, die Hände in den Taschen eines Lederblousons, der ihm zu eng ist.

In kehligem Spanisch wendet er sich an Francis.

»Kommen Sie, er erwartet uns.«

Er zieht unaufhörlich die Nase hoch. Zwei Heftpflaster bilden auf seiner linken Wange ein Kreuz. Seine unruhigen Augen blinzeln, als würde das Licht sie versengen.

Der Ordonnanzdienst behält ihn mißtrauisch im Auge. Auf dem Sprung, den Alarmknopf zu drücken.

»Ich habe ein Auto, dort draußen«, fügt der Unbekannte hinzu. Er deutet mit dem Arm eine unbestimmte Geste an.

Francis tritt beiseite, um ihn vorangehen zu lassen, und hält ihm sogar die Tür auf. »Gehen wir.«

Er setzt sich auf den Vordersitz eines verbeulten Chevrolets. Rüttelnd springt der Wagen an. Ein Teil des Armaturenbretts ist verschwunden und gibt den Blick auf das verrostete Blech frei. Die Fensterscheiben klemmen. Sie überqueren den Platz San Martin und biegen nach dem Hotel *Crillon* in die Cailloma-Straße ein. Es herrscht dichter Verkehr. Mehrere Male bleiben sie stecken, während hinter ihnen gehupt wird.

»Er hat mir gesagt, ich wär ein Freund von Léon Bloy: das sollte ich Ihnen sagen ...«

In einem fort zieht er die Nase hoch. Juckt sich beharrlich an den Nasenlöchern. »Wir sind fast da.« Eine feine Ablagerung weißlichen Kokainpulvers zeichnet seine Nasenflügel nach.

*

Der Sandoval, den Francis in einer finsteren Nische im Hintergrund einer Bar antrifft, erinnert in nichts mehr an den Verbannten von Iquitos: auf seiner dunklen Krawatte glänzt eine Perle, ein englischer Wettermantel, ein Seidenband säumt die Krempe des grauen Filzhutes.

»Mein kleiner Francis!«

Er steht auf, drückt ihn überschwenglich an sich, küßt ihm links und rechts die Wangen, klopft ihm herzlich auf die Schulter. Francis bestürmt ihn mit Fragen über seine neue Tätigkeit, über Jorge, von dem er keine Nachricht hat – »Er hat auf meine Briefe nicht geantwortet« –, macht ihm Komplimente für sein elegantes Aussehen.

Sandoval scheint in Eile. »Leider habe ich heute nicht viel Zeit.« Er weiß nicht, wo er anfangen soll. »Siehst du oft den Botschafter?«

Verwundert bejaht Francis.

»Ich meine, legst du ihm immer noch die Karten? Seid ihr ...«

Er verzieht das Gesicht.

»Francis, du mußt mir helfen.«

2

Elizabeth Neveu empfängt ihre Gäste am Eingang. Die Seide ihres Kleides raschelt bei jeder Bewegung, die Männer verbeugen sich, küssen ihr die Hand, manche Frauen umarmen sie, wobei sie auf ihre Frisur achtgeben, oder sie nehmen sie freundschaftlich beim Arm, verweilen einen Augenblick in ihrer Gesellschaft, bevor sie in das große Zimmer eintreten, und flüstern ihr, ein wenig abseits, diskrete Worte ins Ohr. Sie spielt mit den Perlen ihres Kolliers oder streicht in Gedanken die langen Locken ihres Haars zurück. In dem größeren der beiden Salons hat man ein Buffet aufgebaut. Die Kristallüster bescheinen an den Wänden goldene Barockrahmen, Portraits der Fürsten von Cuzco, steife, gekrönte Jungfrauen, mit Spitzen geschmückt, abgeschmackte Erzengel, bewaffnet und in Brokat gekleidet, finstere Christusdarstellungen, blutend und zwischen blassen Kerzen und Blumengirlanden an ihre geometrischen Kreuze geheftet. In den Gläsern perlt der Champagner. Tabletts auf den Armen, huschen die Kellner lautlos zwischen den Gästen umher. Ihre runden Gesichter – stumm und braun, mit den eckigen Wangenknochen der Inkas und glänzendem Haar – heben sich von ihren weißen, zweireihigen Westen ab; darüber die makellosen, gesteiften Kragen ihrer Hemden, die den schwarzen Strich ihrer Fliege noch stärker zur Geltung bringen. Rund um die niedrigen Tische spinnen sich die ersten Gespräche an, auf englisch oder französisch, manchmal auch auf spanisch, und füllen die zwei Zimmer bis zur Decke mit einem verschwommenen Stimmgewirr.

Francis erkennt einen ersten Sekretär wieder (glattrasiertes, langgezogenes, nichtssagendes Gesicht), drückt die Hand eines Vizekonsuls (Alkoholiker, leicht stotternd), macht sich mit Mühe von einem knochigen, zungenfertigen Handelsattaché los. Man stellt ihm einen höflichen alten Herrn vor, der eingesunken in einem strengen Kolonialsessel mit geschnitzten Arm- und Rückenlehnen sitzt. »Sie sind vermutlich der Jüngste hier. Der Benjamin unter den Anwesenden. Und ich, natürlich, der Älteste«, sagt er zu ihm. »Setzen Sie sich doch zu mir.« Francis rückt einen Stuhl heran. »Was tun Sie in Ihrem Alter in diesem Reagenzglas?« Hinter ihnen kommentieren zwei Männer den Aufstand von Porto Ana, kritisieren die Nachgebigkeit der Armee, erwägen den möglichen Einfluß ausländischer Agitatoren. Ein betreßter Offizier mit blitzenden Orden wundert sich über ihre genauen Kenntnisse. »Der staatliche Rundfunk...« versichert er. »Wir lesen die *Times*, mein Herr«, erwidert einer seiner Gesprächspartner würdevoll. Eine Frau mit bloßen Schultern erreicht unter dem Rascheln von Seide das Buffet, stößt unterwegs mit einer vergnügten und gestikulierenden Gruppe zusammen, hängt sich einem feisten Fünfzigjährigen an den Hals, der sie mit einem spitzen Glucksen empfängt. »Schauen Sie sie an«, sagt der alte Herr zu Francis, »schauen Sie sie an! Ich liebe sie und bin ihnen von ganzem Herzen dankbar! Die Politiker, die Generäle, die Diplomaten ... Ihnen habe ich zu verdanken, daß ich an Gott glaube. Weil ich sie beobachtet, sie studiert, mich mit ihnen herumgeschlagen habe, durfte ich am Ende begreifen, daß die ganze Welt, gäbe es Gott nicht, schon längst hätte verschwinden müssen.« Francis spürt, wie sich eine mollige Hand auf seine Schulter legt. »Francis Hélias? Ich bin eine Freundin von Elizabeth. Sie hat mir viel von Ihnen erzählt.«

Eine Frau von etwa vierzig Jahren. Sie entschuldigt sich, sie beide unterbrochen zu haben. »Ich heiße Alice Wishneim.« Sie mißt kaum mehr als ein Meter sechzig. Jedesmal wenn sie lächelt, werden zwei Reihen eindrucksvoller Zähne sichtbar. Ihr sehr kurz geschnittenes Haar rahmt ein rundes, von Sommersprossen übersätes Gesicht ein. »Erlauben Sie, daß ich Sie entführe.« Sie zieht ihn am Arm. »Ich möchte Ihnen meinen Mann vorstellen.« Sie führt ihn in den kleinen Salon zu einer Ledercouch. Charles Wishneim ist kaum größer als seine Frau. »Sind Sie der Wahrsager? Du meine Güte, so habe ich Sie mir nicht vorgestellt! Setzen Sie sich!« Er schlürft einen Martini und lutscht eine Olive, die er regelmäßig wieder in sein Glas spuckt. »Nennen Sie mich Chuck. Sie haben doch nichts gegen Verniedlichungen? Das ist kürzer. Ich mag Chuck lieber als Charles oder Charlie. Setzen Sie sich doch, du meine Güte!« Francis schlägt vor: »Sie können mich Frank nennen.« »Frank?« Er platzt vor Lachen heraus wie über einen gelungenen Scherz. »Wo ist Elizabeth? Du meine Güte, was macht sie nur mit diesen Kletten! Eine schöne Frau, oder? Alice und sie sind Freundinnen seit ihrer Kindheit...« Er stößt ihm verschwörerisch in die Rippen. »Haben Sie Ihre Karten dabei? Darf ich sie mal sehen?« Alice Wishneim unterbricht ihn: »Dräng ihn doch nicht, laß ihn erst mal was trinken.« Er regt sich auf: »Störe ich Sie, Frank, ganz ehrlich, störe ich Sie? Sagen Sie es ihr!« Ein Mann mit kahlem Schädel und rasierten Augenbrauen beugt sich über den niedrigen Tisch zu ihnen herüber: »War von einer Partie Karten die Rede?« Alice muß ihn enttäuschen, klärt ihn auf. Seine Lippen verziehen sich zu einem skeptischen Schmollmund: »Das ist Ihr Beruf? Verdienen Sie Ihr Geld damit, daß Sie eine glückliche Zukunft voraussagen?« Und seine Nachbarin, die den Sinn seiner Worte nicht recht erfaßt hat: »*What's all this mumbo-jumbo about?*« Eine mit Schmuck behängte alte Dame, das graue Haar von einem schwarzen Schleiernetz zusammengehalten, fleht ihn mit zittriger Stimme an: »Können Sie mir auch die Karten legen? Bitte, ich muß so dringend wissen!« Sie schließt einen durchbrochenen Fächer, dessen Stäbe einen starken Duft von Sandelholz ausströmen. »Frank, Sie kennen Mr. und Mrs. Updike, sie arbeiten mit uns bei der *Aid.*« Die alte Dame gibt nicht auf: »Bei all diesen Ereignissen habe ich so viele Fragen.« Charles Wishneim erinnert sich: »Ich hab mal in Dallas auch so einen Kerl getroffen, er glich Ihnen, und, zack, sagte einem die unwahrscheinlichsten Sachen voraus.« Und Mrs. Updike will wissen: »Sind Sie verheiratet, Frank?« Chuck Wishneim legt seinen muskulösen Arm um seine Schulter: »Wie haben Sie das gelernt? Ich meine, wie haben Sie damit angefangen?« Elizabeth Neveu, die schließlich unter Entschuldigungen zu ihnen gestoßen ist, erklärt: »Das ist eine phantastische Geschichte. Frank hatte einen Meister, einen Zigeuner, nicht wahr, Frank? Der hat ihm ein Päckchen Tarotkarten geschenkt.« Er stammelt: »Es war nur zum Spiel, ein Spiel als Kind, die Karten machten mir Spaß, ihre seltsamen Namen, ihre Bilder...« Sie erzählt für ihn weiter: »Sie wissen ja, wie die Zigeuner sind. Er ließ ihn glauben – Francis war erst fünf oder sechs Jahre alt – die Karten wären Darstellungen von verwunschenen Zauberern und Feen, und er unterwies ihn in seinen Geheimnissen, wie man einem Kind eine Geschichte erzählt.« Mr. Updike knabbert Erdnüsse: »Aber glauben Sie wirklich daran?« Und mit einem herausfordernden Funkeln in den Augen zieht Francis die Karten aus der Tasche, hält ihm das aufgefächerte Spiel hin und schlägt vor: »Los, ziehen Sie zwei.« Die Gespräche verstummen. »Wollen wir mal sehen... Sie haben vier Kinder... Was sonst noch... Sie sind vom Pferd gestürzt, letztes Jahr, und hatten Angst, Ihr Leben lang gelähmt zu bleiben... Ich sehe den Tod, entschuldigen Sie, wenn ich so brutal bin, haben Sie kürzlich eine Ihnen nahestehende Person verloren?«

*

Wegen der Ausgangssperre beginnen die Gäste gegen zehn Uhr aufzubrechen. Vor der Freitreppe reihen sich die langen Limousinen eine hinter der anderen. Lautlos schließen die livrierten Chauffeure die Wagenschläge – sie gleiten auf gut geölten Angeln –, die Scheinwerfer strahlen die weißen Mauern der Villa an, die violetten Blüten der Bougainvilleas, reißen Löcher in den Schatten der Bäume am Golf von San Isidro. Ein kühler Wind frischt auf, durchsetzt von Sand.

Im Innern des Hauses, im kleinen Salon, scharen sich etwa fünfzehn Personen, unterschiedlich an Jahren und Nationalität, um Francis Hélias. Man hat sich dicht bei ihm auf die fahlgelbe Ledercouch gezwängt. Eine Frau mit schrundiger Haut, großzügig überschminkt, hat sich auf die eine Lehne gesetzt und schlägt die Beine hoch übereinander, so daß ihr Rock einen braunen Schenkel sehen läßt. Man hat Stühle herangerückt, Sessel. Ein holländischer Importkaufmann hat sich im Anzug auf den Teppichboden gehockt. Francis bittet darum, das Licht zu löschen. Auf dem niedrigen Tisch, von dem die Gläser abgeräumt sind und der gründlich abgewischt wurde, zündet ein Diener mit weißen Handschuhen die Kerzen zweier Kandelaber an.

Die Augen halb geschlossen, mischt Francis die Karten. Schatten tanzen auf seinem Gesicht. Die alte Dame wedelt mit dem Fächer. Alice Wishneim drückt die Hand ihres Mannes. Er dreht eine Karte herum und die Kaiserin erscheint.

Draußen hört man Schüsse fallen. Eine Maschinenpistole. Gefolgt von schrillen Pfiffen, dann vom Heulen einer Polizeisirene. Sie sind alle zusammengefahren. »Die hören wohl nie auf!« seufzt Mrs. Updike. »Pst ...« flüstern mehrere Stimmen. Hunde kläffen im Chor.

»Die Kaiserin und die strahlende Jungfrau«, beginnt Francis so leise, daß sich die anderen vorbeugen, um ihn besser zu verstehen. »Sie ist die Mutter, so wie die Päpstin die Geliebte war. Sie steht für einen langen Reifeprozeß. Ich sehe ein Zeichen, das ein Versprechen zu sein scheint.«

Und er wendet eine weitere Karte, mit den Bewegungen eines Zauberkünstlers.

*

Die Wishneims schlagen Francis vor, ihn nach Hause zu begleiten. Sie brechen als letzte auf. Monsieur und Madame Neveu bringen sie bis zur Tür.

Im Wagen stimmt Alice ein Loblied auf ihre Freundin an.

»Ihre Mutter war Amerikanerin«, wirft Francis ein.

»Sie stammt aus einer sehr reichen Familie«, beeilt sich Mrs. Wishneim zu erklären. »Bankiers, sie kontrollieren eine bedeutende Pressegruppe, den *Boston Herald*, kennen Sie den? Komisch, ihre Mutter hatte einen französischen Diplomaten geheiratet, stellen Sie sich nur den Skandal vor, in der damaligen Zeit! Und Elizabeth hat nun auch einen französischen Botschafter zum Mann, die Dinge wiederholen sich immer aufs neue. Seit der Großvater vergangenes Jahr gestorben ist, haben sie Probleme mit dem Nachlaß. Elizabeth wartet immer noch auf ihr Erbteil – soviel Geld! Wir haben uns aus den Augen verloren, Briefe schreiben war noch nie meine Stärke, und in diesem Beruf... Und dann haben wir erfahren, daß sie in Lima sind, die Neveus, was unseren Entschluß mit beeinflußt hat, die Stelle hier anzunehmen. Chuck haßt ja das Land, er vermißt sein Büro in Washington, aber wir haben immerhin reizende Freunde, eine angenehme Villa, Dienstboten, was weiß ich... Richtig, Elizabeth sprach davon, für eine Woche in die Staaten zu fliegen, sie hat es Ihnen sicher gesagt, wegen dieser Erbschaftsgeschichte, das kommt mir so weit weg vor, es muß kalt sein dort oben, im Winter, während hier der Sommer kaum angefangen hat...«

Sie fahren durch die verlassenen Straßen des Viertels von San Isidro. Sie sehen einen Augenblick Soldaten, eine Maschinenpistole mit kurzem Lauf in der Hüfte, ein Funksprechgerät mit ausgefahrener Antenne in der Hand.

»Und dieser Mr. Updike arbeitet mit Ihnen zusammen bei *Aid*, nehme ich an?«

*

In seinem Zimmer hat Francis das Jackett ausgezogen, die Krawatte gelockert, den Kopf unter Wasser gehalten und dann aus dem Schrank einen alten, mit einem Gummiband zusammengehaltenen Schuhkarton aus Pappe hervorgeholt.

Die karierten Zettel darin sind nach alphabetischer Ordnung sortiert. Er nimmt einen heraus, um seine Notizen zu vervollständigen. *Apparu (Jean Paul), Notar der Botschaft, geboren in Nordafrika. 43 Jahre. 3 Kinder. Probleme mit der Gesundheit. Haßt M. Überzeugter Katholik.* Er unterstreicht: *Käuflich.* Dann ein anderer: *Von Baith (Rudolf). Geb. Deutscher. Import-Export. Zucker, Tee, Kaffee. Verhältnis mit der Frau von Konsul Steiner. Reaktionär, Rassist. Vielleicht ehemaliger Nazi (hat Deutschland '45 verlassen). Jagen und angeln. Schreibt Gedichte.* Noch ein anderer: *Bojares (Manolo), Innenminister. 52 Jahre. Verheiratet mit der Erbin Guimares (Stahl). Homosexuell, nimmt junge Knaben mit auf seine Jacht Stella. Freund des Präsidenten. Geld in der Schweiz. Autounfall vor drei Jahren. Spielte vermutlich eine Rolle bei der Niederschlagung von Porto Ana.* Und noch einer: *Braga (Claudia), Tochter von . . .* Mehrere Namen sollen seinen Zettelkasten erweitern: Mr. und Mrs. Wishneim, ein spanischer Botschafter, ein . . .

3

Francis Hélias entdeckt den *Platz des Zaubers* durch Zufall. Ziellos schlendert er durch die bevölkerten Gassen des Viertels Victoria. Ein plötzlicher Regen zwingt ihn, Zuflucht in einer übelriechenden Vorhalle zu nehmen. Er sieht die Auslagen mit den getrockneten Pflanzen, den gelbroten, zu Sträußen gebundenen Kräutern, den Schalen voller bunter Körner. Die Halle öffnet sich auf einen langen Durchgang hin, der immer breiter wird und in einen viereckigen Platz einmündet. Er glaubt zuerst, sich auf einem Blumen- oder Kräutermarkt zu befinden. Dann bemerkt er die Kruzifixe, die Flaschen mit trüben Likören, die staubigen Häute von Reptilien mit hohlen Augen, die rauhen Rabenfedern, die Stacheln von Stachelschweinen, die Krallen von Wildkatzen, er sieht die getrockneten Lamafoeten, die man unter den Türschwellen der Häuser vergräbt, die Borkenstücke des *Sangre bravo*, deren Saft offene Wunden heilt, die Kalkamulette mit den verworrenen Bildern, die graue Asche, die Frauen fruchtbar macht, die Rosenkränze aus Messing, die Muscheln, die Wurzeln, die Öle, die Fette, die bunten Pulver in ihren Plastiksäckchen – und er begreift, daß er sich auf dem Markt der Zauberer befindet, der *curanderos*, der *brujos*, der Verzückten.

So oft er kann, kommt Francis hierher, um den Duft des Kopal zu riechen, von blutvermengten Harzen, die auf kleinen Feuerstellen schmoren. Er mischt sich unter die mürrischen Indios, die unter wurmstichigen Balkonen faulenzen, im Schatten der Mauern aus Lehm und Stroh.

Und jedes Mal sieht er ihn auf derselben Backsteinbank in einer Ecke des Platzes des Zaubers sitzen, einen Mann von etwa dreißig Jahren, stets mit einem alten, schwarzen Poncho bekleidet, in regloser Erstarrung. Bei seinem Anblick schlagen die Frauen ein Kreuzzeichen. Etwa alle Viertelstunden bricht er sein Schweigen und stößt schrille, unartikulierte Schreie aus. Er bittet um nichts, er bettelt nicht, er scheint nicht behindert zu sein, doch die Passanten stecken ihm mitunter eine Münze oder einen Schein zwischen die mageren Finger.

Man tut so, als verstehe man seine Fragen nicht, als Francis sich zu erkundigen sucht. Schließlich erfährt er dann (die Information kostet ihn hundert Soles): »Er heißt Amaru. Er ist noch jung. Aber er ist ein großer Zauberer.«

»Rührt er sich nie?«

»Er braucht sich nicht zu rühren.«

»Heilt er mit Pflanzen?«

»Er braucht keine Pflanzen.«

Francis fragt, ob der Mann blind sei, unter Drogen stehe oder an einer Lähmung leide – man könnte es durchaus glauben, so vollkommen reglos verharren seine Glieder, seine Züge ausdruckslos.

»Nein, er ist nicht blind, aber er sieht nicht. Er ist woanders.«

»Träumt er?«

»Nein, er ist woanders, auf der anderen Seite.«

»Redet er nie? Ist er stumm?«

»Nein, er ist nicht stumm, aber er hat noch nie etwas gesagt.«

Francis geht auf Amaru zu, hockt sich vor ihm auf den glitschigen Boden mit den feuchten Steinen. Zwischen verfaulenden Abfällen von Pflanzen, Stengeln und Wurzeln. Dreißig Zentimeter vor seinem Gesicht. Die Kräuter- und Amuletthändler wundern sich, was er da treibt.

Er zieht ein Päckchen Zigaretten aus der Tasche, nimmt eine für sich und hält eine Amaru hin, der sie nicht einmal wahrnimmt – seine Augen sind geöffnet, aber er hat mit keiner Wimper gezuckt.

»Ich bin Ausländer«, sagt Francis zu ihm. »Ich komme fast jeden Tag hierher, um Sie zu sehen. Ich möchte mit Ihnen reden.« Ein Junge macht sich über ihn lustig, zeigt mit dem Finger auf ihn. Amaru reagiert in keiner Weise, er scheint ihn nicht zu hören. Seine unglaublich erweiterten Pupillen starren auf einen unsichtbaren Punkt irgendwo auf der Mauer. »Verstehen Sie, was ich sage? Ich möchte mit Ihnen reden.« Amaru wacht aus seiner Erstarrung auf und stößt, immer noch ohne Francis zu sehen, einen klagenden Schrei aus – wie ein Vogel.

4

Francis liest in einem Band Erzählungen – ethnologische Geschichten –, als es an der Tür klopft.

»Wer ist da?« ruft er mit gereizter Stimme.

Unverständliches Murmeln. Stöhnend steht er auf. »Herein! Es ist offen!«

Señora Viera, die alte Dame mit dem Schleiernetz und dem parfümierten Fächer, steht auf der Türschwelle, ein großes Paket unter dem Arm. Er ist überrascht. Sie ist verlegen.

»Ich wollte mich bedanken«, sagt sie.

Sie hatte sich gescheut, ihm in aller Öffentlichkeit ihre Sorgen anzuvertrauen, neulich abend, beim Empfang in der Botschaft. Sie hatte ihm ihre Adresse gegeben, und

Francis hatte ihr einige Tage später die Karten gelegt, bei ihr daheim.

Die Landreform hatte ihre Familie ruiniert. Die Ländereien enteignet, die Unternehmen verstaatlicht, blieb ihr nichts mehr übrig. Nur noch ein leerer Wohnsitz voller Erinnerungen, zwei unnütze Rolls-Royce und eine ungewisse Zukunft.

Ihr Name war mit der Geschichte Perus verknüpft: ein Viera hatte an der Seite Pizarros gekämpft, ein anderer hatte sich in der Schlacht von Junin hervorgetan, ihr Vater war Senator gewesen. Sie sprach von der Oligarchie wie von einer Zeit vergangenen Glücks.

Klein, zierlich, mit blauen Kinderaugen, hatte sie die Tränen zurückgehalten. Sie hielt sich sehr gerade. Francis sah durch ihre durchscheinende Haut ihre Adern pulsieren. Ein letzter Sonnenstrahl spielte auf dem Porzellan ihres Teeservices. Sie hatte sich wieder gefaßt. Ihre Eltern waren tot. Ihr einziger Sohn hatte es geschafft, in Europa ein an sich schon problematisches Erbe durchzubringen. Nie hatte sie einen Menschen, dem sie sich hätte anvertrauen können.

»Was kann ich noch vom Leben erwarten?« hatte sie ihn gefragt. Zu katholisch, um Selbstmord zu verüben, zu stolz, um sich, wie sie sich ausdrückte, Übergangslösungen zu beugen, begnügte sie sich mit Schlafmitteln und Barbituraten. Sie hatte von einer Neurose gesprochen, »ähnlich einem Diamanten«, einer stolzen Einsamkeit, einer Bitternis, einer fortwährenden Leere.

»Sehen Sie, ich weiß, daß es nie wieder so sein wird wie einst. Es ist nicht so sehr der Reichtum, die Macht ... Die Revolution war vorherzusehen. Es ist wie ein Riß in meinem Innern. Etwas, das aufgehört hat zu funktionieren.«

Die Karten waren nur ein Vorwand. Francis hörte ihr

zu, ohne sie zu unterbrechen. Sie hatten ihren Tee nicht angerührt. Dann aber hatte er zu ihr gesprochen.

»Ich möchte Ihnen danken.«

Ohne die Türschwelle zu überschreiten, reicht sie ihm linkisch das rechteckige Paket, das in braunes Papier eingepackt ist.

»Aber ...«

»Ich hoffe, daß es Ihnen gefällt.«

Er stammelt ein paar Entschuldigungen (sein Aufzug, die Unordnung), fordert sie auf, einzutreten, einen Moment Platz zu nehmen. Sie reicht ihm bis zur Brust. »Mit Vergnügen. Doch ein andermal... Ich werde erwartet.« Und dann, mit gesenkten Augen: »Danke.« Sie verschwindet auf der Treppe.

Francis schließt die Tür, wendet das Paket in seinen Händen, ohne zu begreifen, reißt das Klebeband los, das es zusammenhält. Sorgfältig eingewickelt in Seidenpapier, entdeckt er einen Goldrahmen. Er stellt das Bild auf die Kommode, mitten auf einen Stapel Bücher, und tritt ein wenig zurück, um es besser bewundern zu können:

Eine Jungfrau des 18. Jahrhunderts auf ihrem Purpurthron mit dem Jesuskind auf dem Arm, bis zum Hals eingehüllt in ihr dreieckiges, goldbesticktes, mit Edelsteinen übersätes Gewand – die Jungfrau der Vergebung, die heilige Maria *de la merced*.

Es funkelt das Gold seines Szepters ...

12. Februar

Francis und Sandoval treffen sich wieder auf einer Bank im Park der Nation. Eine triste Sonne scheint zwischen den Bäumen. Ihre Unterhaltung findet auf französisch statt.

»Ich habe dir ein Buch mitgebracht – ewig ist's her! *Die Seele Napoleons*, ich habe dir davon erzählt.«

»Léon Bloy?«

»Mein Gott, schlag es auf, schau!«

»Was ist das?«

Auf Seite 108, unter einem mit einer gepunkteten Linie hervorgehobenem Satz (. . .*in Wirklichkeit ist der Mensch in seiner Gesamtheit symbolisch, und insofern er Symbol ist, lebt er*), klebt in einer Ecke ein Scheck, einzulösen bei der Chase Manhattan Bank, über viertausend Dollar.

Und Sandoval mit einem Augenzwinkern:

»*Bueno*, das ist nur eine Anzahlung.

13. Februar

In Porto Ana hat sich die Lage, die sich der allgemeinen Ansicht nach gebessert zu haben schien, wieder verschlechtert. Es ist die Rede von einem Gegenputsch. Eine aufrührerische Partei der Armee, deren politische Ausrichtung noch unbestimmt ist, versucht mit Gewalt, die Macht an sich zu reißen. Eine Tageszeitung der extremen Linken macht Umtriebe der CIA dafür verantwortlich, und eine entfesselte Menschenmenge verwüstet das *American Cultural Center* – man demonstriert unter den gepanzerten Fenstern der Botschaft, man schlägt öffentlich Tausende von Coca Cola-Flaschen entzwei. In Lima hält General Camino flammende Reden. Zwei Hubschrauber patrouillieren am Himmel.

15. Februar

Auf dem Platz des Zaubers sitzt Amaru wieder auf seinem roten Backsteinwürfel, mit gespreizten Beinen, am Körper herunterbaumelnden Armen, geweiteten Pupillen. Er hat seinen schwarzen Poncho ausgezogen. Francis stellt fest, daß er barfuß ist. Sein Informant – wieder derselbe – nimmt mit zahnlosem Lächeln einen weiteren 50-Soles-Schein entgegen.

»Trägt er nie Schuhe?«

»Nie.«

»Ist er zu arm, um sich welche zu kaufen?«

»Nein. Er zieht seine Kraft aus der Erde.«

»Durch die Füße?«

»Ja. Durch die Füße. Die Kraft steigt die Beine hinauf, *pffft!*, bis in den Kopf.«

»Ist er in Lima geboren?«

»Nein, er ist nicht in Lima geboren.«

»Wo ist er geboren?«

»Ich weiß nicht. Irgendwo.«

»Im Dschungel? In den Anden?«

»Vielleicht.«

»Schläft er hier, auf dem Platz?«

»Nein, er geht nach Hause, abends.«

»Wo wohnt er?«

»Ich weiß nicht, Señor.«

Ein Indio-Paar, den Hut demütig in der einen Hand, eine angezündete Kerze in der anderen, kniet wenige Meter vor Amaru nieder. Die Frau trägt auf ihrem Rücken einen Säugling, den sie in einen Wollschal eingewickelt und festgebunden hat. Sie murmeln ein Vaterunser und legen in derselben Haltung, auf den Knien, die Strecke zurück, die sie von dem Magier trennt. Der Mann zählt mit seinen Fingern die Perlen eines Rosenkranzes, an dessen Ende ein Kupferkreuz baumelt. Sie küssen seine Füße, während sie mit leiser Stimme beten, dann lassen sie ein wenig Wachs auf den frisch gefegten Boden tropfen und stellen beide ihre Kerze etwa zehn Zentimeter vor Amarus Knöcheln auf. Sie stehen auf und machen eine sehr tiefe Verbeugung. Die Frau holt aus einem zusammengeflickten Taschentuch eine goldene Spange hervor (ein Pfau, der gerade ein Rad schlägt und an dessen Federn bewegliche Fischlein hängen), die sie auf der Backsteinbank ablegt. Sie entfernen sich und verschwinden in dem Menschengewimmel des Marktes.

»Was haben sie gewollt?«

»Wie, Señor?«

»Wozu die Kerzen, die Opfergabe?«

»Sie danken ihm, daß er ihre Bitte erfüllt hat.«

»Sie sind schon einmal gekommen?«

»Ich weiß nicht. Vielleicht.«

»Und ihre Bitte wurde erfüllt?«

»Natürlich. Sie haben doch die Brosche geopfert.«

*

Ein wenig abseits setzt sich Francis rittlings auf einen Stapel weißer Lattenkisten. Er wartet. Er beobachtet das Kommen und Gehen der Besucher. Ein Mann weist mit dem Zeigefinger auf seinen Magen und bekommt eine zerkleinerte Wurzel verschrieben; ein anderer zeigt auf einen schmerzenden Zahn, man reicht ihm ein paar vergilbte Blätter; ein dritter klagt über Kopfschmerzen, der Kräuterhändler empfiehlt ihm eine Phiole, in der alle möglichen Substanzen schwimmen. Gelangweilt von diesem gleichförmigen Treiben, zieht Francis einen Erzählband aus der Tasche (*Death Island and Other Stories*) und schlägt die Seite auf, die durch einen Filzstift markiert ist. Er setzt die Lektüre fort, die er ein paar Tage zuvor begonnen hat.

In regelmäßigen Abständen stößt Amaru seinen Schrei aus, moduliert oder durchdringend. Seine Lippen öffnen sich leicht, sein Kinn hebt sich gen Himmel. Kaum ein paar Sekunden. Eine Frau bekreuzigt sich mechanisch. Amaru taucht wieder in sein kataleptisches Schweigen.

Der Autor, ein skeptischer Engländer, erzählt in einem knappen Stil die Abenteuer einer Gruppe Ethnologen im Dschungel: Am Ende einer gefährlichen Reise gewinnen sie Zugang zu einem menschenscheuen Stamm, indem sie zu Füßen eines Baumes alle möglichen Geschenke niederlegen. Die Eingeborenen verschmähen die Glasperlen und Stoffetzen, doch stürzen sie sich gierig auf die Säcke mit Reis und Mehl, das getrocknete Fleisch. Die Ethnologen beginnen mit einer methodischen Untersuchung, sie filmen und registrieren all ihre Handlungen und Gesten. Von den Ethnologen überreichlich mit Nahrung versorgt, vernachlässigen die Eingeborenen ihre Felder, geben all ihre Kultur auf und lassen ihre Hauen und Bambushacken, ihre Fallen und Strickreusen verfaulen. Nach zwei Monaten haben die Ethnologen ihre Arbeit beendet und bereiten sich auf ihren Aufbruch vor. Ihr Führer, ein pfiffiges Halbblut, begreift, daß der ganze Stamm dem Untergang geweiht ist: die Eingeborenen haben die Zeit der Aussaat verstreichen lassen und werden bald bar jeder Mittel sein. Er versammelt die Stammesältesten um sich, den Zauberer, den Herrn der Sonne und den Herrn des Regens, und erklärt ihnen die Lage. Sie fällen eine Entscheidung. Am nächsten Tag vertraut er den Ethnologen an: »Es ist wirklich schade, daß ihr jetzt aufbrecht, wo gerade die Zeit der Feste beginnt.« Die Ethnologen stutzen, beratschlagen sich untereinander und fragen an, ob man ihnen im Tausch für weitere Säcke Mehl und Reis erlaube, zuzuschauen und zu filmen. Und die Zeremonien fangen an. Zu Beginn improvisieren die Eingeborenen aufs Geratewohl, schüchtern zunächst, und begnügen sich, andere, wirkliche Zeremonien nachzuahmen. Dann erfinden sie mit Erfolg neue und lassen sich von ihrem Spiel fortreißen. Bald ahnen sie verschwommen, was den Ethnologen Spaß macht, und befleißigen sich, ihre Vorlieben zu befriedigen: sie erschaffen aus dem Nichts Ringtänze, ersinnen verworrene Mythen, die vor Inzesten und Tabus nur so strotzen, entwickeln blutige Pubertätsriten und opfern mit großem Pomp (auf Kosten der Ethnologen) Wildschweine einem grausamen Gott, den sie Piraja taufen. Voller Entzücken und Vertrauen träumen die Ethnologen bereits von ihrem großen Werk, das die Sozialwissenschaften revolutionieren wird. Doch im Dschungel machen Neuigkeiten schnell die Runde. Das Gerücht breitet sich aus, daß irgendwo ein Stamm existiere, der über bestimmte Zeremonien, eine machtvolle Magie, eine komplexe Kosmogonie verfüge. Aus allen Richtungen eilen Abgesandte herbei, um unter den Augen der verblüfften Ethnologen jene Eingeborenen zu hören und zu sehen, die man bereits die Hüter des Wissens nennt. Und die Eingeborenen vergessen, daß sie alles erfunden haben, erschaffen aus dem Nichts, für ein paar Säcke Lebensmittel und zum ausschließlichen Wohl irgendeiner ethnologischen Expedition – sie haben eine Religion gestiftet, das glauben sie nun, und andere glauben es mit ihnen, und voller Betroffenheit werden sie gewahr, daß sie die privilegierten Hüter einer wunderbaren Kultur sind. Sie spüren, daß sie sie vor Eindringlingen schützen, ihr kostbarstes Gut vor Unheil bewahren müssen. Sie rufen Piraja an, den Gott mit dem Wildschweinkopf, bringen die Ethnologen um und fressen sie auf, um sich dann auf den Kriegspfad zu machen.

Francis klappt das Buch zu. In Lima bricht die Nacht früh herein. Dichte Schatten legen sich über den Platz. Die Kräuterhändler zünden ihre Petroleumlampen an, die über ihren Auslagen an einem Metallhaken hängen. Manche räumen auf oder bauen schon die Bretter ihrer Stände ab. Ihre Habseligkeiten sammeln sie in Jutesäcke. Die Passanten sind weniger geworden.

Amaru ist aufgestanden. Francis betrachtet ihn, wie er aufrecht dasteht: beinahe ein Meter achtzig groß, schlank, mit geschmeidigen Bewegungen trotz der langen Reglosigkeit. Er streift seinen schwarzen Poncho über, hebt eine Stoffbörse auf, die hinter seiner Bank versteckt war, und steckt die Spange hinein, zusammen mit ein wenig Geld, das vor ihm lag, zieht die Schnüre zu und verläßt, gleichgültig gegenüber der äußeren Welt, den Platz des Zaubers.

Francis folgt ihm im Abstand von einigen Metern. Amaru geht mit einem schnellen, sicheren Schritt voran, den Kopf erhoben, mit einer nachlässigen Erhabenheit, von der man meinen könnte, sie sei einstudiert. Nicht einmal wendet er sich um oder bleibt stehen. Ohne die Autos, die ihn streifen, zu beachten, geht er die Avenida Simón Bolívar hinauf, überquert die Brücke, die den ausgetrockneten Fluß überspannt, und taucht in das dunkle Viertel Rimac ein, wo die Straßen kaum erleuchtet sind.

Nach der mit politischen Parolen beschmierten Betonmauer der *cervezería central* biegt er rechts ab und bleibt auf der Schwelle eines unscheinbaren Hauses stehen, in Independencia.

*

Francis klopft an die Tür. Einmal. Da er fürchtet, daß man ihn nicht gehört hat, noch einmal, stärker. Er hört Stimmen von Kindern, die sich gerade zanken. Schlurfende Schritte. Eine alte Frau macht vorsichtig einen der Türflügel einen Spalt weit auf. Aufmerksam mustert sie Francis, von Kopf bis Fuß, als wolle sie seine Größe, sein Gewicht abschätzen. »Was wollen Sie?« Und, nachdem er es ihr gesagt hat: »Amaru ist müde, er empfängt niemand.« Ihr runzeliges, müdes Gesicht drückt zugleich Verachtung wie Mißtrauen aus. Drinnen streiten sich die Kinder um einen Federkasten – ein Mädchen und ein Junge. Wieder einmal zieht Francis einen 50-Soles-Schein aus seinem Portemonnaie. »Es ist wichtig.« Die Alte zuckt mit den Schultern. »Ich will sehen«, sagt sie. Und sie macht die Tür vor seiner Nase wieder zu.

Francis steigt die steilen Stufen einer Treppe hinauf. Ein niedriger Flur. Leise spielt ein Radio. Identische Türen mit Nummern. Der Geruch von Urin und Gebratenem. Vermietung möbliert.

Das Zimmer ist vielleicht drei Meter lang und zwei

breit. Amaru liegt auf einer Lastwagensitzbank, die mit verschossenem, rissigem Englischleder bezogen ist. Eine Truhe, auf der glatte Kieselsteine abgelegt sind, nimmt eine Ecke ein. Eine Kerze brennt unter einem Christusbild, das mit Heftzwecken an der Wand befestigt ist. Eine nackte Birne an der Decke erhellt das Zimmer mit einem kalten Licht. Der Poncho hängt an einem Nagel.

»Du bist mir gefolgt.«

Verblüfft gibt Francis zu, daß es stimmt.

»Warum?«

Er will gerade antworten, als er merkt, daß er soeben zum ersten Mal Amarus Stimme gehört hat. Eine sanfte, melodiöse Stimme – beinahe wie von einer Frau.

Der Hauch, der die Flamme belebt...

1

Schweres Erwachen, Fieber. Ungewisse Dämmerung. Er schlägt die Augen auf, und die Nacht (und mit ihr die Träume) verblaßt angesichts der unverrückten Wirklichkeit seiner vier Wände – er spürt, wie die Zeit ihm entrinnt.

*

Sandoval erwartet ihn in einem menschenleeren Gasthof, draußen vor der Stadt. Gemeinsam essen sie gegrillte Krabben und Reis *à la criolla* zu Mittag.

»Nun?« fragt Sandoval voller Ungeduld.

»Ich glaubte, Sie würden sich nur mit Wirtschaftsfragen befassen.« Diese geheimen Treffen amüsieren ihn.

Drohend: »Hör mal...«

»Überzeugen ist schwer.«

»Ist er mißtrauisch?«

»Er zögert.«

»Aber was hast du ihm gesagt?«

»Wenn es nur ihn gäbe...«

»Die Sonderbeauftragten? Hast du sie gesehen?«

»Sie sind unnahbar. Sie verlassen nie...«

»Ich weiß, wir überwachen sie Tag und Nacht. Aber du hättest in der Botschaft mit ihnen reden können.«

Er reißt die Augen auf:

»Ihr überwacht sie?«

»Sagen wir, sie werden beschützt. Wegen der Attentate. *Bueno*, wenn die anderen sie vor unserer Nase töten, wird es mit der französischen Regierung nie klappen, nicht wahr?«

Sandoval erinnert Francis (er lächelt ihn an):

»Vergiß nicht die gesammelten Werke Léon Bloys« – und während er die Finger auseinanderspreizt – »fünf Bände!«

»Ich werde etwas anderes brauchen. Zusätzlich.«

»Hast du kein Vertrauen in den Dollar, mein kleiner Francis?«

»Nur eine Auskunft. Das dürfte für euch nicht besonders schwierig sein.«

»Über wen?«

»Einen Mann namens Amaru. Er wohnt in Rimac. Ich habe euch die Adresse aufgeschrieben.« Er reicht ihm ein Blatt Papier.

»Die Karten reichen nicht mehr aus?«

»Nein.«

Sandoval wischt sich mit seiner Serviette die Lippen ab und nimmt einen hölzernen Zahnstocher vom Tisch. Vorsichtig führt er ihn zwischen zwei Schneidezähne. Seine Hände sind braun gefleckt.

»Haben Sie Nachrichten von Jorge?«

»Jorge Benites ist ein Idealist.«

»Was wollen Sie damit sagen?«

»Daß er an die Sache glaubte. Und daß eine Regierung eine Regierung bleibt. Das heißt, daß die Form sich niemals wandelt.«

»Haben Sie ihn wiedergesehen? Ich frage mich, was aus ihm geworden ist. Er kann nicht mehr in Iquitos sein. Ohne seine Touristen hat er bestimmt Pleite gemacht.«

»Es wäre besser, wenn du aufhörst, ihm zu schreiben, Francis. Wegen der *control político*. Señor Benites beschäftigt sich nicht mehr mit Tourismus. Er hat seine wahre Berufung gefunden: Schmuggel und Terrorismus. Das eine um zu existieren, das andere ... um zu leben.« Und mit einem Seufzer: »*Bueno*, er hat ja recht, nicht wahr? Das könnte dich kompromittieren.«

Und im Auto, das sie in die Stadt zurückbringt:

»Wir brauchen diese Waffen.«

»Ich tue, was ich kann.«

»Aber was sagt er dir? Er muß dir doch Fragen stellen, wenn du ihm die Karten legst?«

»Er bleibt vage. *Die* Frage hat er noch nicht gestellt. Nur Details. Und dann ändert er jeden Augenblick seine Meinung.«

»Und dein Freund von der CIA?«

»Glaubst du wirklich, daß er von der CIA ist?«

»Nun, deiner Ansicht nach ist die *US Aid* vielleicht ein Wohltätigkeitsunternehmen? Ein Werk des Erbarmens?«

»Ich weiß nicht. Die Updikes habe ich nicht wiedergesehen.«

»Francis, wir brauchen diese Waffen.«

2

Er ist gerade auf seinem Zimmer in ein Buch vertieft, als Elizabeth ihn am nächsten Tag besucht – die Bücher, französische, aber auch englische und spanische, füllen inzwischen die Regale, stapeln sich auf den Tischen, klettern bis zur Decke hinauf, belagern den Eingang, das Bad, breiten sich auf dem Boden aus, auf dem Fensterbrett.

Sie legt alle möglichen Pakete, Schachteln mit Schleifen, Puppen, Plüschlamas aufs Bett. Sie scheint in Eile.

Sie steht vor ihm – er bleibt sitzen, wie bei einer Vorführung, ein Buch von Frazer auf den Knien – und beginnt, sich selbstgenüßlich auszuziehen, die Lippen halb geöffnet, die Augen halb geschlossen: eine Art stummer und naiver Striptease. Sie hat die Vorhänge zugezogen. Wie eine Professionelle streichelt sie sich, läßt langsam die Träger ihres Büstenhalters an ihren Armen herabgleiten, dreht sich im Kreise, wiegt sich im Rhythmus einer imaginären Musik, befreit sich mit einer Bewegung des Absatzes von dem leichten Nylonslip, rekelt sich lasziv und genießt dabei (vielleicht) eine gewisse Vulgarität. Eher ungeschickt als aufreizend.

Sie reibt sich an ihm.

»Hast du Unterricht gehabt?« fragt sie.

Er stellt fest: »Du hast deine Frisur verändert.«

Sie entrüstet sich. Eine kindliche Schnute.

»Deine Voraussagungen bewahrheiten sich.«

Mit weinerlicher Stimme: »Ich werde dich eine Zeitlang nicht besuchen. Ich verlasse Peru. Ich gehe fort.« Er massiert sich nachdenklich die Schläfen. »Ich gehe fort!« Er sagt nichts. »Du bist nicht mal neugierig, warum ich fahre?«

»Ich weiß es«, stöhnt er.

»Ah ja!«

»Er hat von einer Erbschaft und von einer Reise gesprochen. Von einer großen Stadt. Von...«

»Wer ist *er*?«

»Vor allem hat er gesagt: viel, viel Geld. Und daß du vielleicht nicht zurückkommen würdest, und daß...«

»Wer denn?« schreit sie beinahe.

»Amaru. Ich hab dir schon von ihm erzählt.«

3

Der persönliche Bote und Leibwächter Sandovals vernimmt Stöhnen und Schluchzen. Vorsichtig steigt er ein paar Stufen wieder hinauf und lauert, zusammengekauert im Schatten, auf den Weggang der Frau, deren Stimme er hört. Als sie sich eine halbe Stunde später auf den Weg macht, beladen mit Paketen wie einen Tag vor Weihnachten, steigt er wieder hinab und klopft dreimal unaufdringlich an Francis' Tür.

Derselbe schwarze Lederblouson. Dieselben abgewetzten Jeans. Eine Sonnenbrille verbirgt die Hälfte seines Gesichts. Mißtrauisch betrachtet er die Bücher. Während er die Nase hochzieht, holt er aus einem Einkaufskorb einen versiegelten Umschlag hervor.

Francis bietet ihm ein Glas Import-Whisky an.

»Raymundo«, fragt er ihn, »kennen Sie Senor Sandoval schon lange?«

»Warum?«

»Nur so. Wo haben Sie ihn kennengelernt?«

»Beim Wintersport.«

»Beim Wintersport? Fahren Sie Ski? In Peru?«

»Oh nein, Señor, ich fahre nicht Ski, das tut Señor Sandoval. Ich ziehe den Lift.«

»Hmm?«

»Ja, Señor, wir haben hier alles, Skischuhe, ganz moderne, Ski aus Fieberglas, aus Ihrem Land, Anoraks« – er spricht das Wort *anorakos* aus – »aus Nylon, aber keine Lifte. Also mieten die Reichen aus Lima sich ein Dutzend Indios für den Tag, machen oben auf dem Hügel an einem Baum eine Seilscheibe fest, legen ein Seil darum, und wir, unten, ziehen es dann. Fertig ist der Lift.«

»Und Sie, Sie haben das Seil gezogen?«

»Ja, Señor. Und dabei hat mich Señor Sandoval engagiert. Ich war der Stärkste.«

»Und er versorgt Sie auch mit Kokain?«

»Ja, Señor.«

»Nimmt er selbst auch welches?«

»Ja, Señor. Aber er nimmt es mit einer ...«

»Spritze?«

»Ja, Señor.«

Und nachdem er den Umschlag geöffnet hat: »Raymundo, ich habe eine Antwort für ihn.« Francis schreibt: »Ich will die Originale. Vernichten Sie jede Spur, die auf ihn verweist. Amaru hat nie existiert.« Er unterstreicht das Wort *jede* und fügt hinzu: »Ich treffe mich morgen mit Léon Bloy.«

Raymundo läßt die Botschaft in seinen Korb gleiten, zwischen eine Melone und ein Pfund Feigen. Während er hinausgeht, kratzt er sich an der Nase.

*

Francis rasiert sich, parfümiert sich, streift sich ein weißes Hemd über, näht an seinem Jackett einen Knopf fest, der abzufallen drohte.

Auf der Straße kauft er Blumen, sieben Nelken. Er ruft ein Taxi herbei, handelt, wie in Lima üblich, den Preis für die Fahrstrecke aus und gibt dann die Adresse an, in San Isidro, den Sitz der französischen Botschaft.

Elizabeth Neveu empfängt ihn mit einem leichten Wangenkuß, die Blumen übergibt sie einem Dienstboten. Der Botschafter begrüßt ihn mit einem frostigen Händedruck.

»Womit verbringen Sie Ihre Tage, Monsieur Hélias?«

Und noch bevor er ihm einen Platz anbietet: »In der Kanzlei sieht man sie jedenfalls kaum.«

Elizabeth Neveu ist blaß geworden. Der Botschafter pfeift. Er hat den Kopf abgewandt, um dem Blick seiner Frau auszuweichen. »Madame Coulon bedauert Ihre Abwesenheit.« Er lacht höhnisch. »Und Monsieur Rémy berichtet, daß auch Ihre gelegentliche Anwesenheit nicht von besonderer ... Emsigkeit zeugt.« Er berechnet seine Wirkung. »Ich habe Sie heute nachmittag gesucht ...« Und nach einem beredten Schweigen: »Vergeblich!«

Zufrieden setzt er sich auf den am nächsten stehenden Stuhl. Elizabeth Neveu scheint sich nur mit Mühe beherrschen zu können.

»Wie kannst du es wagen!« Francis tritt vorsichtig ein paar Schritte zurück. »Nach allem, was Frank für dich getan hat!«

»Ach so, du nennst ihn inzwischen Frank?«

Er gerät dabei ins Stammeln.

Das Dienstmädchen tritt ein. Sie hält in den Händen eine Chinavase, in der die Nelken stehen. Taktvoll stellt sie sie auf einen runden Tisch und zieht sich dann auf den Zehenspitzen zurück.

»*So what?*«

»Bitte, fang nicht an, Englisch zu reden.« Er stößt einen unüberhörbaren Seufzer aus.

»Er hat dich von einem schlimmen Fehler abgehalten. Dank ihm bekommst du Glückwünsche vom Quai d'Orsay, und du ...«

Der Ton ist um ein Grad gestiegen.

»Das ist eine administrative Angelegenheit, das hat nichts damit zu tun, daß ...«

Francis hüstelt. Der Botschafter wendet als erster den Kopf in seine Richtung. Francis sucht nach Worten. Er zeigt sich untröstlich, Anlaß eines Mißverständnisses zu sein. Er schützt gewisse »Nachforschungen« vor. Er gibt sein Fehlen zu und räumt ein, daß man es falsch hätte auslegen können. Dabei, so betont er, läge ihm die Absicht fern, die Vergünstigungen zu mißbrauchen, die ihm zuteil würden.

»Vielleicht habe ich mir kürzlich zuschulden kommen lassen«, schließt er, »meine Arbeit in der Botschaft zu vernachlässigen. Aber bitte glauben Sie mir, wenn ich das getan habe, so trieb mich ein gewichtiger Grund dazu. Ich habe meine ganze Zeit darauf verwandt, Antworten auf gewisse Fragen zu finden, die Sie beschäftigen.«

Er behauptet, nun in der Lage zu sein, sie befriedigend lösen zu können.

Und später, im Büro des Botschafters:

»Heute abend lege ich die Karten zum letzten Mal.«

Die Tarotkarten liegen ausgebreitet auf einem polierten Mahagonisekretär. Monsieur Neveu macht einen enttäuschten Eindruck.

»Zum letzten Mal, weil ich meinen Meister gefunden habe.« Er spricht von Problemen, die zu umfangreich und zu schwerwiegend seien und zu denen er sich, da seine Kenntnisse leider beschränkt seien, nicht mit Gewißheit äußern könne. Er sagt: »Ich würde Ihnen ja gern helfen, aber ich bin noch so unwissend...«

»Aber es ist keinen Augenblick her, da behaupteten Sie...«

Francis schneidet ihm das Wort ab:

»Ich besitze zwar nicht selbst die Antwort, aber ich habe einen Mann gefunden, der sie weiß. Ich bin einem Mann begegnet, der Sie unfehlbar beraten wird.«

Er flüstert: »Haben Sie schon vom Markt des Zaubers gehört?« Der Botschafter bekundet ein Nein. »Der Platz der Zaubers... Ich habe mit dem Mann gesprochen. Haben Sie keine Angst: er wird Ihre Identität niemals erfahren. Er ist...ein Magier. Vielleicht der größte überhaupt. Gemessen an ihm bin ich ein Nichts. Ich reiche ihm nicht bis zum Knöchel.« Und angesichts der skeptischen Miene des Botschafters: »Sehen Sie, dort, in Ihren Karten, das Arkanum V, der Papst, der sich an die zwei Gläubigen wendet, das ist das Zeichen, die Bestätigung, die ich erwartet habe. Ich habe ein Treffen für Sie erreichen können. Morgen suchen wir ihn auf.«

Und da Francis auf Grund der Ausgangssperre früh heimkehren muß, begibt man sich bereits um halb acht zu Tisch.

4

Sechzehn Uhr.

Francis hat den Schuppen für den Abend gemietet. Die Musiker haben ihre Instrumente, drei längliche Trommeln unterschiedlicher Größe, auf einem Podium abgestellt, das in aller Eile errichtet worden ist. Eine einäugige, humpelnde Indiofrau fegt den Boden.

Er verteilt weiße Rosen in Vasen, steckt Kerzen in die Hälser leerer Bierflaschen und bringt sie in die vier Ecken des Raumes. Auf einen Kanister stellt er ein Christusbild aus Gips. Über der Tür befestigt er eine Papiergirlande. In der Mitte zementiert ein Maurer einen Backsteinwürfel.

Die Indiofrau stellt ihren Besen in die Ecke und geht fort. Eine Viertelstunde später kommt sie zurück und drückt einen Stoffsack an ihrer Brust, aus dem der erschrockene Kopf – mit aufgestelltem Kamm und runden Pupillen – eines schwarzen Hahns hervorschaut. Sie macht das Tier im Hof an einer langen Schnur fest.

Er hat aus dem Umschlag drei Photokopien offizieller Dokumente sowie eine kurze handschriftliche Notiz genommen: eine Meldebescheinigung, ausgestellt auf den Namen Amarus; einen Auszug aus dem Strafregister, ausgestellt auf den Namen Amarus; ein Führungszeugnis der Strafvollzugsanstalt von Callao, ausgestellt auf den Namen Amarus. Die beiligende Notiz, auf französisch, war von Sandovals Hand: »Bravo! Das Zeugnis erwähnt es zwar nicht, aber wenn er nicht die Hämorrhoiden des ersten Gefängniswärters geheilt hätte, säße er heute noch dort.«

Die Indiofrau ist zu Francis herangetreten. Er hockt auf dem Podium und pustet vergeblich auf die Kohle eines

Rauchfasses, um sie anzuzünden. Sanft nimmt sie ihm die Räucherpfanne aus den Händen und legt die Kopalstücke, die sie verstopfen, eins nach dem anderen beiseite. Sie ordnet die bereits entzündeten Stücke, führt die Flamme eines Streichholzes an die schwarze Asche heran, die sich an den Rändern abgelagert hat (sie verschiebt sie mit dem Zeigefinger), schwenkt das Rauchfaß am Ende der Kette, fügt langsam Kopalstengel hinzu, die sie dabei zerkleinert. Ein dichter, schwer duftender Rauch steigt auf. Sie beschleunigt die Schwenkbewegungen des Gefäßes, der rote Schein der Glut fällt dann und wann auf ihr Gesicht, ihr eines Auge ist auf Francis gerichtet. Mit ihren runzeligen Fingern streichelt sie ihm flüchtig über die Wange.

*

Zwanzig Uhr dreißig.

Die Musiker auf dem Podium streichen mit ihren Handflächen die Haut ihrer Instrumente glatt. Der Botschafter, der wenige Augenblicke zuvor eingetroffen ist, tritt unentschlossen von einem Fuß auf den andern. Francis raucht eine Zigarette. Eine Weihrauchwolke nebelt den Schuppen ein. Die Indiofrau hat sich ein schwarzes Band vor ihr fehlendes Auge gebunden.

Einundzwanzig Uhr.

Die Trommeln rollen. Amaru stürmt in den Raum. Er wirbelt wie ein Teufel, schreit, springt in die Höhe. Mit geschlossenen Füßen tanzt er und beschreibt mit den Armen große Kreise, verbeugt sich vor dem zitternden Botschafter und wirft ihm gleichzeitig eine Handvoll Steine vor die Füße, die über den Boden rollen.

»Das ist er«, flüstert Francis.

In seinem Buch wird der Botschafter später schreiben:

»Plötzlich verwandelte sich die Atmosphäre. Es war wie ein Riß, das unvermittelte, spürbare Eindringen einer anderen Zeit. Die Stille bis dahin hatte auf uns gelastet. Frank rauchte eine Zigarette nach der andern. Manchmal schaute er, wohl in dem Glauben, daß ich es nicht sähe, verstohlen auf seine Uhr. Amaru kam wie ein Blitz herein, die Lichter flackerten, die Schatten – sein Schatten –, die im Rauch von Myrrhe und Benzoeharz verschwammen, tanzten wie Riesen an den Wänden. Ich erinnere mich an seine angespannten Muskeln, an seine Züge, die wie eine Fratze aussahen. Er war schwarz gekleidet, und sein verzerrtes Gesicht schien über einem unsichtbaren Körper zu schweben. Er brach, das war beinahe physisch spürbar, in Raum und Zeit ein, hob sie auf und bewirkte eine Art Bruch im Innern des Bewußtseins, mit seinem Körper, mit seinen Gesten, kam herein und warf mir gleichzeitig mit einer heftigen Bewegung runde, glattpolierte Kieselsteine vor die Füße – ihre Bedeutung sollte ich später erfahren –, die Augen verdreht, den Kopf in den Nacken geworfen, ließ er uns, Frank und mich, in eine andere Wirklichkeit taumeln.«

Der Rhythmus der Schlaginstrumente wird schneller. Die Arme zum Himmel erhoben, dreht Amaru sich in der Mitte des Raumes. Er heult unverständliche Silben, eine Speichelspur rinnt an seinen Lippen herab. Das Dröhnen der Trommeln wird stärker und läßt die Wände zittern, den Boden vibrieren. Amaru torkelt wie ein Betrunkener, er stößt einen gellenden Schrei aus, nervöse Spasmen lassen seine Glieder zucken, er schwankt, stürzt in sich zusammen, sinkt langsam hin, das Gesicht zu Boden.

*

»Was wollen Sie damit sagen, ›die beiden Finger sind verschränkt‹?«

»Er sagt, daß die Sache einen positiven Ausgang nehmen wird.«

»Aber er sagt überhaupt nichts, er stammelt nur unzusammenhängendes Zeug!«

»Das ist die Sprache der Zauberer, die Sprache der Trance!«

»Und Sie verstehen dieses Kauderwelsch?«

»Er sagt: Das Geld wird kommen, der Sieg wird unser sein.«

»Was?«

»Er sagt: Haben Sie Vertrauen. Die Kraft der Steine steht uns bei. Wir sind mächtig. Wir werden die Waffen haben.«

Amaru sitzt auf seiner Steinbank und rollt fürchterlich mit den Augen. Ohne Unterlaß murmelt er Worte, die Francis dem Botschafter übersetzt. Die Musiker, angeführt von der einäugigen Indiofrau, singen leise: »Bei der Macht des himmlischen Vaters, des Sohnes und unserer Mutter Erde, / Rufen wir die Steine an, / Rufen wir die Steine an, / Um zu leiten und zu lenken, / Um zu sagen und zu heilen, / Beim Blitz und beim Mond, / Auf daß ihr Wille geschehe!«

Francis erklärt: »Sie können Amaru nichts verbergen. Er sieht nicht in die Zukunft, er sieht direkt in Sie hinein. Er sagt, Sie zögerten, weil Sie Angst hätten, daß die Revolution zu keinem Ergebnis gelange und ein Gegenputsch die Konservativen wieder stärke. Ihre Forderungen würden dann nicht mehr beglichen. Sie haben Angst vor der CIA, die versucht, durch Schürung von Unruhen die

Oligarchie wieder an die Macht zu bringen. Er sagt, wie die Dinge liegen, wird sich das neue Regime auf alle Fälle durchsetzen. Die Aufstände von Porto Ana bedeuten nichts. Er sagt, daß Sie die Waffen nicht an Peru verkaufen, weil Sie fürchten, daß sie nicht bezahlt würden. Aber vielleicht wird es ein anderer Staat tun. Er sagt, Sie sollten den Handel so schnell wie möglich abschließen, bevor Sie sich ein gutes Geschäft entgehen lassen.«

Noch einmal sammelt Amaru die Kiesel in seinen Händen. Er bekreuzigt sich und wirft sie zu Boden. Er redet mit einer belegten, entstellten Stimme, radebrecht die Worte. Sein Kopf baumelt auf seinen Schultern wie der eines Hampelmanns mit verrenkten Gliedern. Er sagt: »Die Kraft der Steine, die Kraft des Lichts!«

5

Eine kurze Meldung in den Morgenzeitungen signalisiert in verschleiernden Wendungen die Nachricht: »Peru und Frankreich treffen wichtige Handelsvereinbarungen.«

Das heißt also: Die Waffen, die die Revolutionsregierung braucht, um ihre Autorität aufrecht zu erhalten, werden in Kürze geliefert; die Niederschlagung wird ein Exempel statuieren, die Universität von Porto Ana wird dem Erdboden gleichgemacht; in dieser einen Stadt werden mehr als zweitausend Tote zu beklagen sein...

Noch am gleichen Morgen erhält Francis Hélias die Bände, die ihm noch vom Gesamtwerk Léon Bloys fehlen. Jeder von ihnen enthält, eingeheftet unter einem bedeutungsvollen Satz (»Er träumte davon, der Champollion der historischen Ereignisse zu sein, die er als die göttlichen Hieroglyphen einer symbolischen Offenbarung betrachtete...«, oder auch: »Das Tagesgeschehen, die umittelbare Tatsache, die plötzlich sich einstellt, auftaucht wie ein riesiges Kryptogramm...«), einen Scheck über viertausend Dollar.

Noch am gleichen Morgen geht Elizabeth Neveu, ohne Begleitung, an Bord einer Boeing der TWA mit dem Zielflughafen New York. Ein Telegramm hat sie wenige Tage zuvor benachrichtigt, daß die Aufteilung des Erbes ihres Großvaters unmittelbar vor einer Regelung stehe. Das Flugzeug verläßt Lima (*Jorge Chaves*) um zwölf Uhr dreißig. Sie soll nie wieder dorthin zurückkehren.

1976

»In jener Zeit war die Theologie eine weit verbreitete Leidenschaft.«

J. L. Borges

Blinder Bogenschütze von seiner hohen Wolke...

1

»Mein Gott, das Kabel! Andrews!« Der Kameramann hebt verzweifelt eine Hand in den Himmel. »Daß es nur ja nicht regnet.« Der Toningenieur eilt im Laufschritt aus dem Regiewagen. Der Kommentator testet das Mikrophon: »Eins, zwei! Eins, zwei!«

»Anhalten!« befiehlt plötzlich einer der zwei Fahrgäste. Überrascht bremst der Chauffeur abrupt ab, und ein schwarzer Plymouth drückt den hinteren Kotflügel seines Taxis ein. Er steigt aus, um den Schaden festzustellen, und seine Fahrgäste nutzen die Gelegenheit, sich auf der anderen Seite davonzumachen, ohne zu zahlen. Er versucht, ihnen nachzulaufen, doch sie verschwinden in der Menge. Bis er wieder zu seinem Taxi zurückgekehrt ist, ist der Plymouth verschwunden. Lauthals schimpfend wirft er seine Mütze zu Boden, stampft mit den Füßen auf ihr, während ein Polizist ihm mit einem kurzen Pfiff befiehlt, weiterzufahren. »Aber sie haben mir...« Er wirft den Wagenschlag zu, flucht, läßt den Motor wieder an, wünscht New York, seinen Bürgermeister und seine Einwohner zu allen Teufeln der Hölle.

»Du nimmst die Menschenmenge ins Bild, den Verkehr, dann machst du mir einen Schwenk auf den Madison

Square Garden, den Eingang, die Plakate, dann Großaufnahmen der Gesichter. Ich will das Gedränge sehen, das Gewühl.« Ein Assistent macht sich Notizen auf einem abgestoßenen Block. Der Kommentator beginnt: »Es sind Tausende, von überall her strömen sie herbei, die U-Bahnstation der 3. Straße ist praktisch nicht mehr zugänglich, die Menge quillt über die Bürgersteige, überflutet die Straße.«

Der Chauffeur stellt seinen Zähler wieder auf Null. »Einen Provinzler!« hofft er. »Einen göttlichen Provinzler!« Doch die Ampel wechselt zweimal auf Rot, ohne daß er mehr als zehn Meter vorankommt. »Er hat mir gesagt, daß ...« Er wird ungeduldig, dann wütend. Die Autos um ihn herum beginnen zu hupen. Ein Übertragungswagen des Fernsehens verbirgt ihm zu seiner Rechten den Eingang des Felt Forum. Er sieht die Kameras, die Techniker, die sich dort zu schaffen machen, die Mikrophone, die Kopfhörer. »Was ist das wieder für ein Zirkus. Und auch noch ein Zebrastreifen!« heult er auf. Ein großer Schwarzer, in einen Satinanzug gekleidet, den gelben Hut tief ins Gesicht gezogen, ein buntes Tuch um den Hals geknotet, überquert ohne jede Eile zwischen den Autos die Straße, ganz gelassen, und führt hinter sich her, wie einen großen Hund an der Leine, ein hochbeiniges, weißes Lama.

»Zu seinem ersten Auftritt in New York konnte sich der Meister keinen besseren Empfang erträumen. Sie sind da, kreischen seinen Namen, beseelt von einem tiefen religiösen Eifer. Ich sehe junge Mädchen weinen, weil sie keine Eintrittskarte bekommen konnten, von Schwarzmarkt ist die Rede. Schon ist der Garden ausverkauft, nicht ein Platz mehr, nicht ein einziger ...«

Mit dem Rücken zu einem der Marmoradler, die den Haupteingang einrahmen, setzt ein Mann sein Saxophon an die Lippen, die Augen geschlossen, den Oberkörper leicht vornüber geneigt, und bläst seine Wangen auf. »Wieder eins von ihren verdammten Konzerten!« brummt der Taxichauffeur. Die Ampel hat auf Rot gewechselt, aber er kommt immer noch nicht voran. Auch er fängt jetzt an zu hupen und drückt mit beiden Händen auf das Chromgestänge in der Mitte seines Steuerrads. »Hören Sie sie nur! Hören Sie sie nur!« heult der Kommentator. Oben auf der Treppe angelangt, verschwindet das Lama erhobenen Hauptes in der Menge.

An der Ecke der 35. Straße bildet sich ein dunkler Menschenzug. Männer und Frauen kommen die Avenue herunter, sie alle bekunden offensichtliche Trauer: schwarze Kleider, schwarze Armbinden, schwarze Plaketten in den Knopflöchern. Sie tragen Transparente über ihren Köpfen, manche haben sich Plakattafeln um den Hals gebunden. Sie marschieren langsamen Schritts, in geschlossenen Reihen, wiegen sich im Rhythmus von einem Fuß auf den andern, rufen ihre Parolen. Der Taxifahrer läßt die Fensterscheibe herunter, um besser hören zu können, der Kommentator nimmt für einen Augenblick sein Mikro von den Lippen, der Sendeleiter der Reportage gibt einem Kameramann ein Zeichen, seine Kamera auf sie zu richten. Sie rufen: »*Give us back our kids* – gebt uns unsere Kinder zurück!«

Und der Chauffeur, der seinen Kopf durchs Fenster gestreckt hat, liest auf den Plakaten, den Tafeln und den Transparenten in großen, handgeschriebenen, schwarzen Buchstaben: »Er raubt uns unsere Kinder!«, »Diebe!« und auch: »Er hat uns unsere Seele und unser Geld genommen!« Eine alte Frau mit einem schwarzen Schleier vor den Augen hat an ihrem Kreppkleid eine Papierfahne befestigt, die ihr bis zu den Knien reicht. Darauf steht geschrieben: »Ich bin eine Mutter, die ihrer einzigen Stütze beraubt wurde.« Eine Assistentin reicht eilig eine Notiz an den Kommentator weiter, der nun fortfährt: »Doch der Meister hat nicht nur Freunde.« Und auf dem gegenüberliegenden Gehweg tanzen Jungen und Mädchen, in orangefarbene Gewänder und gelbe Saris gekleidet, mit kahlrasierten Schädeln, nackten Füßen, mit Ketten und Blumengirlanden behangen. Sie halten angezündete Räucherstäbchen in den Händen, schlagen kleine Tambourins, lassen Messingzymbeln klingeln und singen im Chor: »Betrüger! Betrüger!« Sie überqueren die Straße in Richtung Madison Square Garden. Der Taxifahrer drückt mit aller Kraft auf seine Hupe. Er hört einen lauten Schlag auf der Kofferraumhaube seines Wagens. Er dreht sich um, schon bereit, auszusteigen, um dem da die Fresse zu polieren ... Doch eine dichtgedrängte, brüllende Menschenmenge umringt das gelbe Taxi. »Wo denn? Wo denn?« schreit der Regisseur der Sendung. Der Kameramann schwenkt seine Kamera nun auf das obere Ende der Avenue. Sie sind jetzt noch zahlreicher, alle eingehüllt in blaue Umhänge. Aufgeklebte, aufgemalte oder aufgestickte Kreuze auf der Brust, recken sie große Kruzifixe aus Plastik oder Pappe hoch und rufen rhythmisch: »Lasset nicht vom wahren Glauben!« Und auch: »Jesus nur kann dies Land retten.« Und der Kommentator fährt fort: »Der Auftritt schlägt in einen Aufstand um. Die Gegner des Meisters strömen zu Hunderten herbei, die Anhänger anderer Sekten versuchen, den Eingang des Madison Square Garden zu versperren, sie sammeln sich auf der Treppe.« Der Taxifahrer kurbelt seine Fensterscheibe hoch und verriegelt die Türen. Ohnmächtig sieht er mit an, wie sie, die Haare im Wind, einen entfesselten Rundtanz zwischen den Autos aufführen.

Berittene Polizisten versuchen, die Straße frei zu bekommen. Die Eltern in ihren Trauerkleidern skandieren: »Draußen bleiben! Draußen bleiben!« Die blauen Umhänge und die orangefarbenen Gewänder bekriegen inzwischen einander. Es setzt Hiebe mit Kreuzen und Tambourins, Rosenkränze gegen Gebetsmühlen. Ein junger Mann strauchelt, stürzt und schlägt der Länge nach zu Boden. Er schützt sein Gesicht mit den Händen und stößt einen Schmerzesschrei aus. Das Aufheulen einer Polizeisirene übertönt einen Augenblick lang den Tumult.

2

Große Metallkisten werden mit einer Sackkarre verladen. Jorge Benites zieht den Reißverschluß seines blauen Overalls hoch. Ohne Schwierigkeiten dringt er durch die Polizeikette und mischt sich unter eine Gruppe Techniker, die alle denselben Overall tragen wie er, und passiert den Kontrollposten im ersten Untergeschoß. Er überquert einen lärmerfüllten Parkplatz, auf dem große, gelbe Lastwagen in einer Reihe stehen, dann eine Lagerhalle voller Balken und Bauschutt. Arbeiter montieren gerade das Gerüst einer Kulisse ab. Er biegt in einen langen Gang ein, öffnet eine Flügeltür mit der Aufschrift *Eintritt verboten!*, steigt ein paar Stufen hinauf und gelangt auf einen menschenleeren Flur. Er holt aus seiner Hosentasche einen Plan hervor, der auf die Rückseite einer Restaurantrechnung aufgezeichnet ist, betrachtet ihn kurz, wendet sich nach rechts, dringt in einen finsteren Durchgang ein, stößt auf eine Wendeltreppe (der Lärm seiner Schritte hallt von den nackten Betonwänden wider) und zählt drei Etagen ab. Eilig zieht er seinen fettverschmierten Overall aus, rollt ihn zusammen und versteckt ihn unter einer Treppenstufe. Er klopft seinen grauen Glenscheckanzug ab und rückt den Knoten seiner Krawatte zurecht, bevor er in einen hellen, rechteckigen Saal voller Stimmengewirr eintritt, wo etwa hundert Journalisten vor einem üppigen Buffet warten. Er zieht aus seiner Jackentasche eine rote Plakette hervor, die er an seinem Knopfloch feststeckt. Er irrt zwischen den verschiedenen Grüppchen umher, als würde er gerade einen Freund suchen, nimmt von einem dargebotenen Tablett einen Whisky, den er in einem Zug herunterstürzt, macht einen Bogen um einen langen, rechteckigen Tisch, auf dem sich Sandwiches, Petit fours, Plastikbecher, Schalen mit Oliven und gesalzenen Erdnüssen und ein Kasten mit Flaschenbier türmen, rempelt einen Kellner und gelangt zu einer Tür, die hinter einem Wandschirm verborgen liegt. Mit einem Dietrich öffnet er das Schloß, macht die Tür geräuschlos wieder zu, steigt ein paar Stufen hinauf, durchquert einen Gang, dann einen zweiten, dann einen Raum voller Projektoren, Lampen und elektrischen Leitungen. Ein bewaffneter Wachtposten versperrt ihm den Weg. Er zeigt eine grüne Karte vor, die ihn als Mitglied des Überwachungsdienstes ausweist. In einem kleinen, mit grünem Samt ausgeschlagenen Zimmer liegt ein Mann ausgestreckt auf einer Couch und schläft. Er hört, wie eine Frau klagt: »Wir sind völlig überlastet, wir werden nie die nötige Zeit haben.« Doch ein dicker Mann mit langen Haaren übertönt sie: »Noch nicht mal die Verstärkeranlage ist installiert.« Jorge Benites unterbricht ihn und zeigt zum Beweis seine Karte vor: »Ordnungsdienst, ich muß mit dem Sekretär des Meisters reden.« Und der andere mit einem Seufzer: »Sie können mich mal!« Und als er sieht, wie Jorge durch eine Polstertür hinausgeht: »He! Dort lang dürfen Sie nicht!« Jorge geht eiligen Schritts voran. Ein Polizist in Zivil, den er nicht gesehen hat, ruft ihn an. Er zeigt ihm seine Karte, die der andere untersucht, abtastet: »Aber die ist...« Jorge kann ihn leicht überwältigen. Er fesselt ihn mit seinem Gürtel, knebelt ihn und sperrt ihn in einen Abstellraum. Er wischt sich über die Stirn. Er geht an den Garderoben, den Schminkkabinen vorbei und fragt eine Frau in weißer Nylonbluse. »Man wird Sie nicht passieren lassen.« Schließlich gelangt er in eine Art Vorzimmer, das durch einen Schreibtisch in zwei Hälften aufgeteilt ist. Eine Sekretärin mit strengem Haarknoten spricht in ein Telefon. Bevor er die geringste Bewegung hat machen können, bauen sich zwei Wachtposten neben ihm auf, die Hände am Pistolenknauf.

3

Barry Shapiro hütet zwischen den Fingern sorgfältig seine Eintrittskarte. Er kennt den Meister nur aus den Zeitungen. Persönlich hat er ihn noch nie gesehen. Im Grunde gehört er nicht einmal der Sekte an, noch nicht. Er hat die Karte vergangene Woche gekauft. Parkett. Zu acht Dollar. Verführt, gedrängt vielleicht von der Vorstellung, den Mann, der bereits als ein Heiliger, ein Weiser, ein Messias bezeichnet wird, mit eigenen Augen zu sehen, in Fleisch und Blut. Er erinnert sich an ein Buch – oder an einen Film, das weiß er nicht mehr –, in dem ein alter Greis mit weißem Bart allein durch seine Anwesenheit einem jedem, der in seine Nähe kam, eine friedvolle Erleuchtung zuteil werden ließ. In seiner Tasche hat er eine Sofortbildkamera mitgebracht, mit Blitzlichtern versehen.

Vor ihm versucht eine Frau auf ungeschickte Weise, sich in die Schlange zu schmuggeln. Lächelnd will sie neben einen lockenköpfigen Jungen gleiten, dann neben ein älteres Paar. Deren Nachbarn bemerken ihr Vorhaben und protestieren mit lauter Stimme. Ein rothaariger Riese schreitet ein, ein Regenschirm saust durch die Luft, ein wirres Durcheinander ist die Folge.

Die Schlange setzt sich in Bewegung. Junge Mädchen mit großen Bauchläden aus Korbgeflecht, die an Lederriemen von ihren Hälsen herabhängen, verkaufen T-Shirts mit dem Bildnis des Meisters. Außerdem bieten sie Fähnchen, Poster, Anstecker, Schals und Schirmmützen an, die alle unfehlbar sein Portrait aufweisen, seinen Namen oder den stilisierten Kondor, das Wahrzeichen der Sekte.

Barry Shapiro blickt auf seine Karte, überprüft die Nummer seines Platzes und seiner Reihe. Der Mann mit dem weißen Lama steht vor dem Eingang, doch der Kartenabreißer weigert sich, das Tier in den Theatersaal einzulassen. Er ruft seine Kollegen zu Hilfe. »Ich habe zwei Plätze«, hält der Mann trotzig dagegen. »Außerdem ist es ein Tier aus Peru!« Ein junger Mann mit vorspringendem Adamsapfel kauft bei einem der Mädchen ein rotes T-Shirt, auf dem große Leuchtbuchstaben prangen, um es sich sogleich überzustreifen.

Im Saal beenden die Fernsehtechniker gerade ihre Aufbauarbeiten. Eine Kamera gleitet über ihre Schiene und macht einen Schwenk vor der Bühne. Ein Assistent spricht über ein Funkgerät mit dem zweiten Aufnahmeteam, das sich in einer Loge auf den obersten Rängen, ganz hinten in dem ovalen Saal, eingerichtet hat. Der Regisseur der Sendung, die Hemdsärmel über die Ellbogen geschoben, beobachtet die Bilder auf den Monitoren.

*

»Zum Sekretär der Sekte!« wiederholt Jorge. »Jorge aus Iquitos, er kennt mich. Sagt ihm nur: aus Iquitos.«

Die Leibwächter drängen ihn in eine Ecke.

»Hände an die Wand, Beine breit!« Sie tasten seine Kleider ab, überprüfen, ob er eine Waffe trägt. »Beine breit, hab ich gesagt!« Er bekommt einen Tritt mit dem Absatz gegen den Knöchel und muß die Zähne zusammenbeißen.

»Was willst du?«

»Sagt ihm meinen Namen.«

»Was zum Teufel geht ihn dein Name an?«

»Sagt ihm ihn!«

*

In der Haupteingangshalle, unweit der Schalter und unter zwei riesigen Photos des Meisters (dramatisches Gegenlicht, verschwommener Hof, die Augen halb geschlossen, die Lippen wie bei der Andacht leicht geöffnet), ist ein schwarzgoldener Stand errichtet. Spruchbänder verkünden die baldige Einweihung zweier neuer Zentren (eins an der Greenwich Avenue gelegen, das andere in der 72. Straße Osten) und bieten erhebliche Nachlässe bei sofortigem Eintritt an. »Zahlen Sie, soviel Sie können, und den Rest später«, empfiehlt ein kleines Plakat. Und ein anderes: »Und schon kommt ER zu Ihnen!«.

Im Innern des Saales würde Barry Shapiro gern ein Gespräch mit seiner Nachbarin anknüpfen, die allein zu sein scheint. Ein wenig umständlich streckt er die Beine aus. Sie hat ihre Jacke ausgezogen. Auf ihrer leicht durchsichtigen Bluse baumelt ein Kupfermedaillon, das einen Kondor im Fluge zeigt. Er beobachtet sie von der Seite: ein paar Sommersprossen, eine fein geschnittene, leicht gebogene Nase, eine hohe Stirn, scharlachrote Lippen. Da ihm nichts einfällt, was er sagen könnte, bietet er ihr eine Zigarette an, die sie mit einer einfachen Kopfbewegung ablehnt. Die Verkäuferinnen mit den T-Shirts, Fähnchen und Mützen laufen zwischen den Reihen hindurch. Auf der Bühne richtet ein Mann die Mikrophone. Allmählich füllt sich der Saal.

*

Die beiden Leibwächter befragen sich mit den Augen. »Geh du, ich paß auf ihn auf«, entscheidet schließlich der Jüngere. Jorge Benites darf sich setzen. Der Mann verschwindet hinter einer Panzertür.

Joe Pagliosi arbeitet seit seiner Rückkehr aus Vietnam für eine private Objekt- und Personenschutzagentur. Die Sekte hat ihn am Vorabend engagiert.

In dem ersten Raum diskutieren drei Männer mit sorgenvoller Miene (Hornbrillen, graues Haar) an einem runden Tisch. Vor ihnen türmen sich Akten. Eine blonde, elegante Frau – Joe schätzt sie auf fünfunddreißig, vierzig Jahre – fragt gerade einen mageren, blaßgesichtigen Kerl aus. Sie spricht mit einem leichten ausländischen Akzent. Neben der Tür kämpft ein leicht feminin wirkender junger Mann mit einem Kaffeeautomaten. Joe wendet sich linkisch an ihn. »Hinten, geradeaus«, antwortet er, während er dem Automaten einen kräftigen Schlag mit der Faust versetzt.

In dem zweiten Raum liegt der Meister hingegossen auf einem Ledersessel mit zurückgestellter Lehne – ähnlich denen, die man beim Zahnarzt oder beim Friseur antrifft. Joe erkennt ihn sofort dank der vielen Plakate, die seit einem Monat überall in der Stadt an den Mauern angeschlagen sind. Über dem Meister, rittlings auf einer der Armlehnen, sitzt ein Visagist und beugt sich über sein Gesicht, das von zwei mächtigen Lampen beschienen wird. Eine Schminkpalette in der einen Hand, einen Pinsel in der andern, betont er den Schatten eines Nasenflügels, umrandet die Augen mit einem dunklen Violett, verteilt Goldflimmer auf Schläfen und Augenbrauen.

Der Meister läßt sich willig behandeln. Mit einem trübseligen Auge verfolgt er einen alten Western auf dem Bildschirm eines Fernsehers, dessen Ton abgedreht ist. »Draußen ist ein Typ, der will Ihren Sekretär sprechen«, sagt der Leibwächter und versucht, seine Stimme so selbstsicher wie möglich klingen zu lassen. Der Visagist verstreicht behutsam, die Zungenspitze im Mundwinkel, eine glänzende Schminke auf den Augenlidern des Meisters und tritt einen Schritt zurück, um die Wirkung besser beurteilen zu können. Er seufzt und weist mit dem Kinn auf eine Glastür.

Der dritte Raum ist eine Art enger Zelle. Frank Hélias liegt ausgestreckt auf einem Metallbett. Er spielt mit großen, bunten Karten, die er träge eine nach der andern zu Boden fallen läßt.

»Was wollen Sie?«

Eindeutig französischer Akzent, erkennt Joe. Offene Pillenröhrchen, deren Inhalt sich auf der karierten Decke ausgebreitet hat.

»Wer sind Sie?«

Er trägt nur Socken; ein Paar Stiefel, eine Dose Schuhcreme, eine Bürste und ein Lappen liegen verstreut auf dem Boden herum.

»Joe Pagliosi, Sir, Sicherheitsdienst. Da ist ein Typ, jemand, der behauptet, Sie zu kennen.«

Eine Stimme ruft: »Frank, was willst du mit den Journalisten machen?« Er hat nur noch eine Karte zwischen den Fingern.

»Der Liebende, immer der Liebende. Kennen Sie sich damit aus, Joe? Mit Tarotkarten, meine ich...«

Nachdenklich reibt er sich die Stirn. »Frank!« ruft wieder die Stimme.

»Nur wegen Borgias! Er hat ein Buch geschrieben, einen unlesbaren Schmöker... Wie sagten Sie, ist sein Name?«

»Er wollte mir seinen Nachnamen nicht nennen, Sir, einfach nur Jorge, Jorge aus Iquitos.«

*

»Ist das der Kondor der Sekte?« fragt Barry Shapiro und lächelt mit all seinen Zähnen. »Sind Sie Mitglied?«

»Nein«, sagt das Mädchen.

»Als ich Ihr Medaillon sah...«

Hartnäckig blickt sie geradeaus. Auf der Bühne installieren gerade die unmittelbaren Jünger des Meisters in ihren schwarzgoldenen Uniformen die Musikinstrumente, stellen Stühle für die Ansager auf das Podium, schließen die Lautsprecher an.

»Sie haben schon Verspätung«, läßt Barry Shapiro nicht locker. Und nach einem Schweigen: »Ich glaube, daß ich beitreten werde. Ich habe gesehen, daß sie bald ein Zentrum ganz in meiner Nähe eröffnen werden... Ich wohne in der Horatio Street«, glaubt er erklären zu müssen.

»Das ist im Village.« Der Duft von Marihuana schwebt in der Luft. Die Parkettplätze sind beinahe alle besetzt. »Sie könnten beim Warten wenigstens Musik spielen lassen.« Zum ersten Mal schaut ihn das Mädchen an.

»Meine Schwester ist Mitglied der Sekte«, gesteht sie plötzlich. »Seit sechs Monaten. Sie sagt, der Meister wird die Welt erretten.«

»Das hat sie auch bitter nötig«, sagt Barry mit selbstgefälliger Ironie.

»Im Ernst. Sie sagt, er wird die Menschen verändern, er wird uns alle verändern, er wird die Welt verändern.«

»Es riecht nach Gras«, stellt er fest. »Ich frage mich ... Glauben Sie, daß er immer dieselbe Rede hält, wie in einer Show oder so?«

»Der Meister spricht wenig«, erwidert sie sanft.

»Aber, um zu überzeugen ...«

»Meine Schwester sagt, es ist seine Präsenz. Allein seine Präsenz wirkt. Sie sagt, man muß sich auf sein Wesen konzentrieren. Das ist wie eine Kommunion. Sie hat mir gesagt, man spürt, wie er in den Körper eindringt. Darauf muß man sich konzentrieren.«

Jetzt erinnert sich Barry Shapiro. Es war ein Buch, das man ihm geschenkt hat, als er noch ein Kind war, ein Bilderbuch – er sieht wieder die Bilder mit den zarten Farben vor Augen, die großen blassen, gelben Flächen, die rosa Wangen der abgebildeten Personen – ein Bilderbuch mit Märchen und Feengeschichten. Der alte Greis saß am Eingang einer Höhle, unweit einer Quelle oder eines Baumes. Ein Lichthof umgab sein Gesicht, die weißen Locken seines Haars fielen in Kaskaden auf seine Schultern herab. Leute kamen herbei. Er saß im Schneidersitz auf einer runden Matte, vor ihm rauchte eine große Wasserpfeife. Die Pilger sprachen ein Gebet, eine magische Formel – wie lauteten nur die Worte? –, irgendein idiotischer Satz der Art: das Leben, der Tod. Ich schließe meine Augen und schlafe ein, oder etwas ähnliches, und ihre Wünsche, all ihre Wünsche, die verrücktesten Träume, gingen in Erfüllung, augenblicklich, ohne daß der Greis auch nur einen Finger gerührt oder ein einziges Wort gesprochen hätte.

*

Frank Hélias hat sich die Stiefel übergestreift, sich eilig vor dem angeschlagenen Spiegel, der an einem Nagel an der Wand der Ankleidekammer hängt, das Haar gekämmt. Er steckt die Hemdzipfel in die Hose und tritt mit offenen Armen hervor.

»Jorge, Jorge... Mein großer Bruder, Jorge Benites! Mein Bruder vom Amazonas.«

Lachend spricht er seinen Namen aus, artikuliert sorgfältig alle fünf Silben, die er deutlich voneinander abhebt, wie um besser ihren Geschmack zu schmecken, ihre ganze Fülle zu kosten. »Jorge!« Er will ihn an sich drücken, ihm nach südamerikanischer Art zweimal auf beide Wangen küssen, doch der andere weicht ihm aus, ohne ihn direkt zurückzustoßen, und reicht ihm die Hand.

»*Olà*, Francis«, sagt er.

Doch Frank scheint seine Kälte nicht zu bemerken, und immer noch lachend führt er ihn beim Arm.

»Francis! Du bist wohl der einzige, der mich noch so nennt. Komm, dort können wir besser miteinander reden.«

»Frau Botschafter«, sagt Jorge und macht eine leichte Verbeugung.

Elizabeth Neveu schaut ihn überrascht an.

»Elizabeth ist nicht mehr Botschafterin«, berichtigt Frank ihn gutgelaunt. »Sie widmet sich ausschließlich der Sekte.«

Er stößt ihn vor sich her.

In dem kleinen, engen, fensterlosen Raum setzen sie sich nebeneinander auf das Metallbett. Schweigend schauen sie einander einen Augenblick an. Frank drückt mit dem Fuß die Tür zu.

»Du hast auf meine Briefe nicht geantwortet. Ich habe nicht einmal mehr gehofft, dich eines Tages wiederzusehen.«

»Francis, weißt du, was in Porto Ana geschehen ist?«

Zerstreut legt Frank einen Finger auf die vergilbte Farbe der Wand, als wolle er die Körnung prüfen.

»Die Farbe blättert ab«, sagt er.

»Es gab Tote. Frauen und Kinder. Viele Tote.«

»Seit drei Jahren hab ich dich nicht mehr gesehen, und das ist alles, was dir einfällt, mir zu sagen?«

»Francis, wieviel hast du an diesen Toten verdient?«

»Willst du mich dafür verantwortlich machen, was geschehen ist?«

»Ich bin nicht gekommen, um dich zu beglückwünschen oder mit dir über die Vergangenheit zu reden! Wieviel Geld hast du verdient? Wieviel?« Er drückt ihm das Handgelenk, um ihm weh zu tun.

»Laß mich! Bist du verrückt? Wie bist du hereingekommen? Was hast du?«

»Für zwanzigtausend Dollar hast du das Massaker zugelassen!«

»Jorge, dir zum Gefallen hab ich das erste Mal dem Botschafter die Karten gelegt, und du warst es, der mich Sandoval vorgestellt hat. Wie konnte ich denn wissen!«

»Du hast den Militärs geholfen.«

»Hör mal zu und halt den Mund. Sandoval war dein Freund!«

»Du hättest nie an den Waffen verdienen dürfen, Francis. Aber jetzt ist es zu spät. Du hast mit den Waffen angefangen, also wirst du nun weitermachen.«

»Was soll diese Geschichte?«

»Ich hätte dich gerne in aller Ruhe wiedergesehen, mein kleiner Francis, dich, deinen Kaspar und deine blonde Hure. Wir hätten uns unsere Erinnerungen erzählen können. Aber es ist zu spät!«

»Jorge, bitte, was ist mit dir geschehen? Hat man dich festgenommen? Sandoval hat mir gesagt, daß du gesucht wurdest, daß der *control político* ein Kopfgeld auf dich ausgesetzt hat...«

»Ich weiß alles, mein kleiner Francis, ich habe die Beweise!«

»Welche Beweise?«

»Nimm, nur eine Photokopie, um dich zum Nachdenken anzuregen. Es wäre besser, wenn sie nicht in bestimmte Hände fiele. Paß gut auf sie auf, Francis. Ich werde in ein paar Tagen Kontakt zu dir aufnehmen.«

»Warte, geh nicht weg, ich...«

»*Adiós*, mein kleiner Francis.

Junger König mit lockigem Haar paradiert auf seinem Wagen ...

1

Die Besucher auf dem ersten Rang äußern als erste ihre Ungeduld. Heftig beginnen sie zu applaudieren, trampeln, stampfen rhythmisch mit den Füßen auf dem Boden. Von allen Seiten gellen Pfiffe, der ganze Saal fordert in einem Aufschrei: »Amaru! Amaru!«

»Zwei Stunden Verspätung, das ist zuviel!« empört sich Barry Shapiro. Seine Nachbarin erklärt ihm gelassen: »Der Meister muß sich konzentrieren.« Inzwischen stampfen dreißigtausend Besucher mit den Füßen. »Halten Sie sie solange wie möglich zurück«, sagt Frank zu dem Ansager. »Wo ist Dr. Friedrich? Elizabeth!« In der Halle unter der Bühne wartet Amaru, einen Pelzmantel um die Schultern, und raucht gleichgültig eine Zigarette. Der Visagist deckt ihn mit Blicken ein. »Achten Sie auf Ihre Lippen! Ihre Lippen!« Die Palette, die Pinsel, die Fläschchen und Tuben quellen aus dem offenen Koffer hervor. Dr. Friedrich, seine Tasche in der Hand, erscheint, gefolgt von einem Krankenpfleger in Weiß: ein kleiner, rundlicher Mann mit schlaffen Wangen und hervorspringenden Augen, berühmt in der Welt des Theaters und der Politik für seine Wunderspritzen – einfache Vitaminpräparate, beteuert er. »Was will dieser Esel von mir?« fragt Amaru Frank (auf spanisch). »Krempel deinen Ärmel hoch. Das wird dir guttun.« Amaru zuckt mit den Schultern und hält dem Arzt seinen Arm hin. »Wenn ihr nicht sofort hinausgeht, schlagen die alles kurz und klein«, stöhnt Elizabeth. »Und wir, können wir nicht auch eine kriegen?« fragt einer der Musiker. »Doktor, haben Sie genügend Ampullen für jeden?« seufzt Frank. Der Arzt hebt eine Augenbraue, die ebensogut Mißbilligung wie Interesse ausdrücken kann. »Krempelt alle eure Ärmel hoch«, ordnet Frank an. Der Krankenpfleger reiht auf einem Tisch ein Paar Abschnürbinden auf, eine Flasche Alkohol, ein Paket Watte und eine Schachtel mit vierundzwanzig Einwegspritzen.

*

Stufenweise erlöschen die Lichter, und mit ihnen verebbt der Tumult im Saal. In der Finsternis kündigt der Ansager an: »Der, auf den ihr alle wartet, der geistige Vater der Bruderschaft des Lichts, der Prophet, der Magier,« – seine Stimme schwillt in einem raschen Crescendo an –, »der Meister: Amaru!« Das helle Klingeln einer Glocke unterstreicht seine letzten Worte, und zwölf Schlagzeuger entfachen einen schnellen Rhythmus. Ein ungeheures Geschrei bricht aus, während auf der Bühne das Strahlenbündel eines Scheinwerfers einen schwarzen Steinwürfel erhellt, auf dem im Schneidersitz, mit untergeschlagenen Beinen, der Meister sitzt, eingehüllt in einen dunklen, goldbestickten Poncho. Hände, Schlagstöcke fliegen auf die Häute nieder, die Batterien bauchiger Trommeln, die Congas, die Pauken, die Becken, die vibrierenden Membranen, geschlagen und gepeitscht, die Rührtrommeln, die Bongos, und dann inmitten des Getöses Zimbeln, das

Schnarren der Ratschen, das Rasseln der Maracas, übertönt von dem dumpfen Pulsieren der großen Trommeln und den schneidenden Klagelauten der Cuecas, dem metallischen Klang des Agogo. Die Lippen des reglosen Meisters öffnen sich, und seine Stimme, ein einfaches Murmeln, eingefangen von unsichtbaren Mikrophonen und tausendfach verstärkt, scheint zart und schmeichelnd über dem trockenen Rollen der Schlagzeuge zu schweben, er psalmodiert ein schweres, einförmiges Gebet – »Im Namen des himmlischen Vaters, des Menschen und unserer Mutter Erde...« –, er segnet die Anwesenden, wispert, wie für sich selbst, in näselndem Englisch einen zögernden Singsang – »Im Namen der Steine, im Namen unserer pflanzlichen Brüder, im Namen unserer gefiederten Brüder, im Namen unserer behaarten Brüder, im Namen unser geschuppten Brüder, der Wesen im Wasser, der Wesen auf Erden, der Wesen in den Lüften« –, er summt ganz leise, hüstelt, räuspert sich, und die Lautsprecher geben den Rhythmus seines Atmens wieder, der sich in monströser Verstärkung über den der Trommeln legt, und dreißigtausend Zuschauer stehen ehrfürchtig auf – »Unsere Herzen schlagen mit dir!« –, während sich auf der Bühne der Lichtkreis ausweitet und die Musiker seine Melodie einen Ton tiefer aufgreifen, das Echo seiner Stimme, und er sagt: »Schaut, ich bin ein lebendes Wesen, mein ganzer Leib lebt, und mit meinen Gliedern, mit meiner Haut, mit meinen Nerven, mit meinen Eingeweiden spüre ich das Leben der Welt«, sie folgen seinen Pausen, zerhacken seine Sätze, modulieren sie, passen sie dem Tempo der Schlagzeuge an, er sucht nach einem Ton im allerhöchsten Register, wechselt geschickt von der gesprochenen Rede zum Gesang über, und stehend skandieren die Zuschauer: »Ich bin das Leben der Welt!«

Und hinter ihm richtet sich auf seinem durchsichtigen Gestänge ein wütender Kondor auf, mit gebogenem Schnabel, seine weißgefransten Flügel schlagen in der Luft, hüllen ihn ein, mit ihrer ganzen Spannweite, eine Krone zuckender Federn. »Amaru!« schreit das Publikum. »Amaru!«

Er ist von seinem Steinthron herabgestiegen, stark duftende Rauchspiralen steigen aus schweren, bronzenen Räucherpfannen auf und verschleiern die Bühne, er hat seinen Oberkörper entblößt und tanzt im Kreis, er schwenkt einen Strauß getrockneter Blätter, während nach einem letzten Rollen die Trommeln verstummen, rote Filter das Scheinwerferlicht dämpfen, Schweißtropfen perlen auf seinen Muskeln, leise singt er: »Mit diesem Blätterstrauß vertreibe ich alle schlechten Einflüsse, reinige ich meine Brüder, gebe sie sich selbst zurück«; er tanzt mit abgeknicktem Oberkörper, die an seinen Füßen befestigten Schellen klingeln bei jedem seiner Schritte – »Mit diesem heiligen Strauß wasche ich euch rein von jedem bösen Einfluß, euer Leib soll wieder lauter sein, euer Geist befreit« –, die Musiker klatschen rhythmisch in die Hände, der ganze Saal klatscht rhythmisch in die Hände – »Ihr seid die Brüder des Lichts, geläutert, auf heiliger Erde« –, der riesige Kondor schlägt mit den Flügeln, als wolle er auffliegen, sich losmachen von den Ketten, die ihn am Boden halten. »Ich werde euch die Kraft geben, die Kraft der Erde, die Weisheit wird aus den Steinen kommen, denn die Steine sind vor und nach dem Leben, gehen ihm voran und folgen ihm nach ...«

*

Cindy Schwobbs legt ihren Bauchladen aus Korbgeflecht ab und seufzt. Susan massiert sich die Zehen. Barbara schlürft eine Coca Cola. »Ist es das erste Mal?« Sie kratzt sich am Schenkel. »Ich hab schon geglaubt, das hört nie auf!« Eine Holzbank unterteilt der Länge nach die Garderobe. »Wir müssen noch abrechnen!« Sie setzt sich hin. Ein Mädchen, das sie nicht kennt, zieht sich aus, schamhaft gegen die Wand gewendet. Aus einem der Metallspinde, die an den Wänden stehen, holt sie ihre Kleider hervor, die dort auf einem Bügel hängen. »Ich hab meine Nummer vergessen.« Sie legt ihre schwarze Uniform ab und faltet sie auf der Bank zusammen – goldener Gürtel, Pullover mit goldenem Rollkragen, gerader Rock. »Das wird kein Problem sein, ich habe fast alles verkauft.« In Slip und BH öffnet sie die Türen verschiedener Spinde, bevor sie ihren findet. »Beeil dich! Ich möchte zuschauen, wie der Meister seine Rede beendet.« Das Neonlicht betont den hellen Teint ihrer Haut. Susan zählt die Scheine zweimal nach, bevor sie sie mit Gummibändern bündelt: 1, 5, 10, 20 Dollar. »Ich hab nur noch zwei Mützen, zwei Fähnchen, vier Poster und ein Dutzend Anstecker.« Sie trägt ihre Inventarposten auf einem grünen Zettel ein. »Ein Kerl hat mir sechs Stück abgekauft, einer ganz allein!« Cindy hat ihre Schuhe fertig zugeschnürt. »Das Blöde ist nur, daß sie einen immer nach der Vorstellung treffen wollen.«

Raum 832. Die Mädchen legen das Geld auf einen Tisch und räumen ihre unverkauften Waren in verschiedene Kartons ein, die T-Shirts, eingehüllt in ihre Zellophanverpackungen, nach Farbe und Aufdruck, die großen Plakate flach aufeinandergestapelt, die Aufstecker und Fähnchen durcheinander in ihre Schachteln. Zwei Lageristen überwachen die Eingänge, addieren die Zahlen mit Taschenrechnern und übertragen sie dann in große Register. »Wie kommt man von hier aus in den Saal?« fragt Barbara. Einer der Kassierer zeigt ihr den Weg, ohne von seinen Abrechnungen aufzuschauen.

Eingerahmt von zwei bewaffneten Wächtern, steigen drei Männer mit verschließbaren Packtaschen über den Schultern aus dem Aufzug. Sie durchqueren den Gang und bleiben vor einer Panzertür stehen, die ein Polizist bewacht. »Geldtransport.« Der Polizist drückt auf einen Klingelknopf, ein Auge bleibt auf einen Spion gerichtet. Drinnen räumen zwei Buchhalter in Hemdsärmeln grüne Stahlkassetten in einen Wandtresor ein. Auf einer Art Theke stapeln sich die Bündel mit Geldscheinen, die die Kassierer nachzählen und sortieren. Sie befeuchten dabei regelmäßig ihren Daumen an einem runden Schwamm. Die Objektive zweier automatischer Kameras überwachen die Szene. Das Rattern mehrerer Rechenmaschinen füllt den Raum. Ein Computer spuckt in bestimmten Abständen lange Papierstreifen aus.

In einem Büroraum des sechsten Stockwerks schreit Frank ins Telefon: »Ich will alles noch heute abend haben, die Abendkasse, die Einnahmen von den Beitritten, die Verkaufszahlen. Sehen Sie zu, wie Sie klarkommen!« Er hat nur einen kurzen Blick auf das Papier geworfen, das Jorge Benites ihm gegeben hat – eine Kopie von Amarus Auszug aus dem Strafregister – und es sorgfältig in winzige, konfettigroße Schnipsel zerrissen, die jetzt im Raum umherfliegen.

*

»Wer ist das?« fragt Barry Shapiro seine Nachbarin. Sie legt den Zeigefinger auf die Lippen und bedeutet ihm zu schweigen. Dann flüstert sie ihm ins Ohr: »Er gehört zu den ersten Jüngern des Meisters.« Auf der Bühne spricht ein Mann in ein Mikrophon, während Amaru sich dreht, immer noch im Kreise tanzt und dabei seinen Blätterstrauß schwenkt. Cindy, Barbara und Susan haben sich auf die Stufen der Treppe B im dritten Rang gesetzt. »Ich werde ihnen morgen bei den Vorbereitungen für das neue Zentrum helfen«, murmelt Cindy. »Kommst du auch?« Sie zeigt mit dem Finger auf den Redner: »Kennst du ihn? Aus New York ist der nicht.«

»Bevor ich dem Meister begegnete, war mein Leben ein Chaos«, erklärt der Mann vor seinem Mikrophon. »Wer war ich? Ich arbeitete, natürlich, wie jedermann, aber mein Leben hatte keinen Sinn, irgendetwas fehlte mir, etwas Wesentliches. Ich war Beamter, doch mein Leben war nichts und meine Arbeit brachte mir nichts außer ein Gehalt ein, ein Gehalt und keinerlei persönliche Befriedigung. Welche Befriedigung kann man als Beamter verspüren?« Gelächter. »Ich bin ein Mann wie jedermann, ich bin verheiratet. Ich habe zwei Kinder, die ich unendlich liebe, aber ich sagte mir, bevor ich den Meister traf, da sagte ich mir: auch sie werden wie ich ein belangloses Dasein führen, ein beschränktes Dasein, denn ich litt unter den Dimensionen meines Lebens, und ich sagte mir: auch meine Kinder werden später unter ihren Dimensionen leiden. Und dann begegnete ich dem Meister, und er erweiterte die Dimensionen meines Lebens, er gab ihm einen Sinn. Ja, er hat ihm einen Sinn gegeben!« Zwei Stockschläge auf den Rand einer Trommel. »Ja, er hat mir etwas anderes gezeigt!« Schnarren einer Ratsche. »Dank ihm bin ich ein anderer geworden, bin ich ich selbst geworden!« Dröhnen eines Gongs. »Er hat mich mir zurückgegeben, er hat meinem Leben einen Sinn verliehen!« Die Schlaginstrumente betonen der Reihe nach jedes seiner Worte. »Wollt ihr das Glück verspüren, zu leben? Wollt ihr das?« »Ja!« heult das Publikum. »Wollt ihr das Glück kennenlernen, ihr selbst zu sein? Wollt ihr das?« »Ja!« heult das Publikum. »Ein lebendes Wesen, ein Bruder des Lichts? Nicht mehr die Angst kennen, nicht mehr die Furcht kennen, nicht mehr die Einsamkeit kennen? Wollt ihr das?« Und das Rasseln der Maracas kündigt jede seiner Fragen an, und die dreißigtausend Zuschauer rufen wie aus einem Mund: »Ja, wir wollen!«

*

Die Zigarette verglimmt im Aschenbecher und strömt einen beißenden Geruch aus. Frank preßt seine Schläfen zwischen den Händen. Eingesunken in den kanariengelben Sessel, krümmt er sich zusammen. Das Telefon läutet. Er schließt einen Moment lang die Augen ,als wolle er sich eine kurze Atempause gönnen. Das Läuten hört nicht auf. Er nimmt den Hörer, führt ihn vorsichtig an sein Ohr. »Hallo?« Er versteht nicht sogleich. »Ein Wächter gefesselt in einem Abstellraum?« Sein Gesprächspartner scheint beunruhigt. »Überwältigt, geknebelt?« Er muß beinahe lächeln. »Ah, er hat eine Beschreibung des Angreifers geben können? Ich höre. Ausländischer Typ, schwarzes, glänzendes Haar, stumpfer Teint, leichte Schlitzaugen...« Er erinnert sich an Iquitos – die langen Abende, die er damit verbracht hat, den dahinziehenden Fluß zu betrachten. Er erinnert sich daran mit einem wohligen Gefühl, das er sich nur schlecht erklären kann. Dabei hatte ich es für Langeweile gehalten, aber noch nie lag Langeweile so dicht beim Glück! »Nein, wir haben nichts Ungewöhnliches bemerkt.« Wo kann Jorge jetzt sein? »Lassen Sie die Nachforschungen einstellen, ja, Sie haben mich richtig verstanden.« Eine Ausrede finden ... »Wir haben die Journalisten auf dem Hals, eine Pressekonferenz. Das würde einen äußerst schlechten Eindruck machen.«

Frank kritzelt wahllos Worte auf einen Notizblock. Die Buchstaben vermischen sich, lösen sich voneinander, dehnen sich nach und nach zu Wellenlinien. Der Filzstift gleitet über das Papier, Gesichter, Silhouetten, groteske, ungeschickte Karikaturen bilden sich heraus, die er eine wie die andere wieder durchstreicht, um sie mit Spiralen, Schatten, Friesen, Punkten und Schraffierungen so sehr zu verschnörkeln, bis sie nicht mehr zu erkennen, nicht mehr zu unterscheiden sind, verschmolzen zu einem verworrenen, verschlungenen Chaos.

*

Und wie ein antiker Koryphäe führt Amaru den Sprechchor an, orchestriert ihn: »Ihr werdet eure wahre Natur wiederfinden!« Und sie wiederholen seine Worte, und nach ihnen wiederholt sie das ganze Auditorium. Unterstützt von den Schlägen der Pauken sagt er: »Ihr werdet auf die andere Seite gelangen, auf die andere Seite eures Ichs, denn nur dort findet ihr eure wahre Natur!« Und die Perkussionisten schlagen einen leichten Rhythmus an, jeder seiner Sätze steigt an, um in einem Forte abzubrechen. Und er schwingt dazu die Hüften, verdreht seinen Körper, springt von einem Bein auf das andere, aufrecht wiegt er sich auf dem schwarzen Würfel in der Bühnenmitte, eine schmale, leuchtende Gestalt (»Er schwankt wie ein Schiffsmast im Sturm«, denkt Barry Shapiro). Er sagt:

»Ihr lechzt nach euch selbst, lechzt nach eurem Ursprung, aber euer Ursprung ist in euch, und die Natur hat euch ihre köstlichsten Gaben bestimmt!« Er sagt: »Im Anfang ist alles Lüge. Man hat euch Sorgen eingeimpft, Sehnsüchte, Wünsche, die nicht die euren sind. Ich werde euch von ihnen befreien! Man hat euch gesagt: Schau, das bist du, das ist deine Person. Aber das ist nicht eure tiefe Natur, eure wahre Natur, sondern einzig die Person an der Oberfläche, die euch aufgezwängt wurde. Ich will euch euch selbst wiedergeben! Ich will, daß ihr in euch wiederfindet, was ihr seid! Ich will euch auf die andere Seite führen!«

Und die Zuschauer stehen auf, verlassen ihre Plätze, klettern auf die Stühle, stürmen nach vorne, stürzen sich auf die Bühne, sie versuchen, den Meister zu erreichen, ihn zu berühren, seine Füße zu küssen, seine Kleider, sie wollen auf das Podium steigen, rennen die Photographen um, die Fernsehtechniker, geraten mit den Ordnungskräften aneinander, schlagen sich, die Polizisten zingeln sie ein, stoßen sie zurück, drücken sie ab, und der Meister, der sie nicht zu sehen scheint, fährt fort: »Wir werden wieder leben, was wir sind! Wir werden wieder leben, was wir sind!« Und sie überfluten die Gänge, die Arme emporgereckt, haschen sie ins Leere, flehen ihn an, weinen, heulen wie von Sinnen auf, sie kreischen: »Amaru ist Gott!«, und eine junge Frau sinkt ergriffen zu Boden, den Kopf geneigt, die Stirn ruht in ihren gefalteten Händen, versunken im Gebet, während Tränen ihre Wangen hinabrinnen und ihre Lippen stammeln: »Hallelujah!«, ein Mann gerät in Trance, die Augen verdreht, das Haar zerzaust, die Glieder verrenkt, und eine alte Schwarze klopft sich mit zahnlosem Lächeln an die Brust und murmelt: »Das ist er! Ich erkenne Ihn! Er ist gekommen, danke, oh mein Gott!« und über dem an- und abschwellenden Donner der Trommeln verkündet der Meister mit lauter Stimme: »Ich werde euch euch selbst wiedergeben!«

2

»Mister Hélias!«

Der saure Geruch von Schnaps, Bier und Sekt – kalte Zigarrenasche, verdrehte, ausgedrückte Zigarettenkippen in Schalen, andere, die in Getränkeresten schwimmen – seine Augen wandern durch den Raum – umgestürzte Stühle, leere Filmschachteln, aufgerissene, gelbe Verpakkungen, die auf dem Boden herumliegen, angebissene, liegengelassene Sandwiches, die eine Ecke der Tischdecke beschmieren, Eiskübel, aus denen Flaschen hervorragen, zerknüllte Limonadendosen, Weinkorken, Kronkorken, schmutzige Plastikbestecke, zertrampelt auf dem Boden...

Die Journalisten haben ihre Kassettenrecorder wieder abgeschaltet, ihre Notizhefte geschlossen. Sie gehen hinaus. Sie haben ihre Objektive, ihre Blitzlichter in ihre Umhängetaschen eingeräumt und verlassen den Raum, während sie sich mit leiser Stimme unterhalten – die Pressekonferenz verlief kurz und ohne Überraschungen. Abgespannt zwang sich der Meister zu einem künstlichen Lächeln für die Photographen, während andere die Fragen für ihn beantworteten. Immer dieselben Interviews: »Wissen Sie, daß bereits mehr als vierhundert Klagen gegen Sie erhoben wurden?« »Woher stammt der Reichtum der Sekte?« »Stimmt es, daß die Leute Ihnen ihr ganzes Vermögen überlassen, alles, was sie besitzen, zu Ihren Gunsten verkaufen, um Ihnen zu folgen?« »Glauben Sie, daß Sie der Messias einer neuen Religion sind?« »Finden Sie es in Ordnung, wenn Jugendliche ihre Familien verleugnen, um sich Ihnen anzuschließen?« Mit Erleichterung sieht er sie fortgehen. Er läßt seine Finger knacken und rekelt sich gequält. »Draußen stehen Tausende, die auf Sie warten, die darauf lauern, daß Sie das Gebäude verlassen.« Elizabeth spricht mit den Buchhaltern, den Rechtsanwälten, den Werbemanagern. Wie durch einen Nebelschleier sieht er, wie der Raum sich leert.

»Mister Hélias.«

Amaru sitzt da, verloren, verstört, und wagt immer noch nicht, seinen Platz zu verlassen; steif, reglos, wirft er ihm dann und wann kleine, kurze, gequälte, flehentliche Blicke zu; verwirrt, betrunken, schwitzt er unter seinem Make-up – er mußte für die Pressekonferenz neu geschminkt werden, sorgfältig gekämmt, das Haar mit einem Spray gefestigt...

»Mister Hélias, ich bin Thyna Colbert, vom *City Time Magazine*.«

Drei Monate auf Tournee. Das Gefühl, auf einem Flughafen zu leben, in einer Limousine, einem Festsaal, einem Theater, einem Stadion. Nie allein zu sein – er schüttelt Hände, kommentiert, berät, und Elizabeth diskutiert, erklärt, fordert – auf Versammlungen, Arbeitsessen, Meetings, Banketten – und der Enthusiasmus, der Fanatismus der Jünger – die lokalen Führer, die Sektionsleiter, die juristischen Berater, die Vermögensverwalter.

»Mister Hélias, unsere Zeitschrift möchte dem Meister eine Sondernummer widmen, seine Art zu leben, seine Gewohnheiten, sein tägliches Leben, mehr über seine Person als über sein Werk.«

Immer dieselben Hotelzimmer, das ständige Klingeln des Telefons, das Klappern der Schreibmaschinen, die Stapel von Flugblättern, Plakaten; er verwechselt die Orte, die Namen, die Gesichter.

»Ihre Sekretärin hat mir bereits gesagt, es wäre unmöglich. Aber sie meinte, wenn ich mich direkt an Sie wende...«

Elizabeth kommt herbei, umgeben von schwarzgekleideten Herren. Frank lockert den Knoten seiner Krawatte, macht den Kragenknopf auf. Der Schatzmeister der Sekte, Donald Halsband, der Verwaltungschef, Jeremy Haynes, sein Assistent, Al Rosewater... Elizabeth reicht ihm eine offene Aktenmappe.

»Glauben Sie, daß das möglich wäre? Darf ich Sie anrufen? Mein Magazin denkt an einen Artikel von etwa zehn Seiten.« Braunes, kurzgeschnittenes Haar, dicke, getönte Brillengläser, eine Umhängetasche. Schon versucht man, sie abzudrängen, die Pressekonferenz ist zu Ende. »Fräulein, bitte...« Elizabeth setzt sich wie selbstverständlich neben Frank, einen Füller zwischen den Fingern, den sie beim Reden führt wie ein Dirigent seinen Stab. Al weist die hartnäckige Journalistin höflich zurück. »Warten Sie!« sagt Frank und steht auf. Elizabeth ist überrascht und runzelt die Augenbrauen, eine Falte legt sich quer auf ihre Stirn. Er stellt die Aktenmappe auf die Erde, die Papiere flattern umher. »Sie kommt mit uns.« Jeremy Haynes flüstert seinem Gehilfen ein paar Worte ins Ohr. »Wie heißen Sie noch gleich?« fragt Frank. Er stellt sie der Runde vor, und dann in Elizabeths kaltes, verschlossenes, feindliches Gesicht: »Ich schau mir das morgen an.«

*

Unauffällig verläßt die schwere Limousine mit den getönten Scheiben den Madison Square Garden durch die Lieferanteneinfahrt. Auf dem taghell erleuchteten freien Platz skandieren die Jünger des Meisters immer noch seinen Namen. Erschöpft schläft Frank Hélias auf dem Rücksitz ein. Thyna Colbert hat sich auf einen Klappsitz gekauert.

Schräger Balken der Waage …

»Ich will Pisco«, knurrt Amaru. Er liegt auf dem Bett, vollständig angezogen, in Schuhen und Mantel. Er spielt mit dem birnenförmigen Schalter, der über ihm baumelt. Er knipst die Nachttischlampe an, löscht sie aus. Knipst sie wieder an. »Scheiß Alkohol!« stößt er angewidert hervor, »das richtige Zeug für diese schwulen Gringos, aber ich will Pisco, nicht diese ekelhafte Brühe!« Al Rosewater, der kein einziges Wort Spanisch versteht und ihn sich heute abend zum ersten mal hat betrinken sehen, wundert sich über diese Schmährede. Er wendet sein langes, besorgtes Gesicht zu Elizabeth herum, die in der Mitte des Zimmers auf und ab geht und die Hände ringt. »Warum hast du diese Journalistin mitgebracht?« wirft sie Frank vor. Dickköpfig wiederholt Amaru, diesmal auf englisch: »Ich will Pisco!« Jeremy Haynes legt eine ganze Serie von Röhren, Töpfen und Fläschchen aufs Bett. Frank lüpft einen Zipfel des Vorhangs und schaut auf die Neonreklamen, die die Stadt bescheinen. »Mit Eis und Zitrone«, verlangt Amaru. Er reibt sich das Gesicht mit Creme ein. »Was ist denn Pisco?« fragt Jeremy Haynes. Seine Brille rutscht ihm ständig an der schrägen Nase herab. Mit einer automatischen Bewegung des Zeigefingers schiebt er sie jedes Mal, wenn er zu reden anfängt, wieder hoch. Frank erinnert sich an zahllose *pisco sour* – ein milchiges, gleichzeitig mildes und starkes Getränk –, das Jorge ihm beim Poker abgeluchst hat, in Iquitos, in der Bar *La Caravelle*. Und da Elizabeth nicht locker läßt (»Wird sie die ganze Nacht hier verbringen?«) und er sich bereits aufregt, ist er mehr als glücklich über diese Ablenkung: »Ruft den *room service*. Wenn sie keinen haben, laßt euch was einfallen. Er will Pisco, also werdet ihr Pisco für ihn auftreiben. Klappert alle Getränkeläden der Stadt ab, telefoniert, wenn es sein muß, mit der peruanischen Botschaft, das ist mir egal, aber treibt ja seinen Pisco auf!« Und Amaru, der sich sein Gesicht mit dem Satinbezug der Bettdecke abwischt, stöhnt: »Frank, Frank, erklär es diesen Idioten, du bist mein Freund, nur du!« Elizabeth deutet mit einer dramatischen Geste an, daß sie sich die Ohren zuhalten muß. »Bring ihn zum Schweigen!« zischt sie. »Das Flittchen kann uns hören. Sie ist Journalistin. Weshalb mußtest du sie auch herbringen?«

Im Raum nebenan diskutiert Thyna Colbert mit den zwei Leibwächtern die Vorzüge und Schwächen eines gerade erfolgreichen Films. Stimmengeräusche dringen zu ihnen, gedämpft von den zwei dicken Flügeln der Doppeltür. Joe Pagliosi, der auch das Buch gelesen hat, behauptet, daß er die Verfilmung ziemlich platt gefunden habe. Er streckt seine Beine auf die vergoldeten Lehnen eines imitierten Louis XV.-Sofas. »Die Personen haben keinerlei Leben«, sagt er. »Ich aber mag gerade die Psychologie. Was bleibt in dem Film übrig? Effekte, hübsche Bilder, eine annehmbare Musik. Aber die Komplexität, die Wirklichkeit der Personen?« Sein Kollege spottet über seine Vorlieben, die er als intellektuell abtut. Thyna Colbert räumt versöhnlich ein, »daß im Buch die Dinge immer anders erscheinen«. Sie gähnt und schaut auf ihre Uhr. Sie weiß gar nicht, worauf sie eigentlich hofft, mitten in der Nacht und im Salon dieser Hotelsuite. ›Läßt er mich womöglich stundenlang warten, um sich am Ende zu entschuldigen, er sei untröstlich, und mir zu sagen, daß von dem Interview keine Rede ist?‹ Joe Pagliosi bietet ihr ein Sandwich an. Sie sagt: »Was machen sie denn da drinnen?«

Jeremy Haynes legt den Hörer mit verdrossener Miene auf die Gabel. Er senkt den Kopf. »Sie haben Tequila, Raki, chinesische Sachen, hinduistische, arabische, aber keinen Pisco...« Amaru – seine Nase glänzt von der Creme – klammert sich verzweifelt an Franks Arm. Ein schwärzliches Rinnsal Wimperntusche läuft ihm die Wange hinunter. Geduldig faltet Frank ein Kleenextuch auf, taucht es in einen Tiegel, wischt ihm sanft das Gesicht ab: »Mach die Augen zu«. Wie ein Kind läßt Amaru ihn gewähren – die Augenlider, die Stirn, die Lippen. Elizabeth setzt sich neben sie auf das Bett. Sie schwenkt eine Handvoll Briefe, Nachrichten, Telegramme. »Es ist ein Erfolg, ein Triumph...« Sie redet ihm gut zu: »Wir haben zwar keinen Pisco gefunden. Aber ganz Amerika erkennt Sie jetzt als Meister an. Ein großer Meister! Morgen kaufe ich eine Flasche, ach was, eine ganze Kiste Pisco! Doch im Augenblick müssen Sie schlafen, sich ausruhen. Sie waren großartig.« Und zu Frank gewandt, mit untröstlichem Gesicht: »Um diese Zeit ist nichts mehr geöffnet.« Amaru beißt die Zähne aufeinander. Eine Träne schimmert in seinem roten Auge. »Das sind die Nerven, die jetzt nachgeben«, entschuldigt sie ihn. »Das ist nichts. Die Anspannung.« Verlegen hat sich Jeremy Haynes in die Betrachtung eines rissigen Gemäldes vertieft, das an einer Wand hängt: eine bekannte Gestalt, eine Frau mit verbundenen Augen, gelbem Teint und üppiger Figur, behindert von einem Schwert und einer Waage. »Wir sollten vielleicht Dr. Friedrich anrufen«, flüstert er Al Rosewater ins Ohr. Und Amaru jammert: »Ich bin müde.«

»Ich habe den Eindruck, daß man mich vergessen hat«, seufzt Thyna Colbert. »Ich sollte gehen...« Joe Pagliosi lächelt sie mitfühlend an. Und sein Kollege fügt hinzu: »Sie gehen nie schlafen, ohne uns ihre Anweisungen zu geben.«

Amaru läßt sich an Franks Brust sinken, der ihm den Rücken klopft, ihn tätschelt, ihn beruhigt, ihn fast in seinen Armen wiegt. »Es ist das erste Mal, daß ihm das passiert«, beteuert Elizabeth an zwei Vermögensverwalter der Sekte gewandt. »Ich hab's satt, Frank«, stöhnt Amaru. »Ich bin müde, es ödet mich an.« Und dann fügt er mit einem Schluckauf hinzu: »Gehen wir fort.« Elizabeth holt aus ihrer Handtasche ein Röhrchen mit Beruhigungstabletten hervor. »Glaubst du nicht, daß ihm das gut täte?« Sie geht auf das Bad zu. »Ich hole ihm ein Glas Wasser. Er hat Ruhe nötig, Schlaf.« »Nein«, sagt Frank entschieden.

Amaru hat sich auf einen Ellbogen aufgestützt. »Ich will keine Pillen mehr, sag ihnen das, ich brauche keine, ich bin ein Magier.« Und Frank bestätigt: »Du bist ein *brujo*! Ein ganz großer Magier, ein *maestro*.«

»Erinnerst du dich noch, Frank, an den Markt des Zaubers? Jeden Tag bist du gekommen, um mich zu sehen, jeder kam, um mich zu sehen. Und dann sind wir fortgegangen...«

Er verharrt einen Augenblick in Schweigen.

»Frank, ich will keinen Englischunterricht mehr nehmen. Ich spreche schon sehr gut Englisch. Du hast ja gehört – ich hab dich gar nicht gesehen im Saal, wo warst du? –, ich hab ihnen alles vorgesungen, ohne einen einzigen Fehler: ›Ich werde euch euch selbst wiedergeben!‹ Es war gut, sie haben applaudiert, mein Englisch war perfekt!«

Und Frank murmelt: »Es war perfekt, du brauchst keine Unterrichtsstunden mehr...«

»Erinnerst du dich, Frank: *Rosita Rios*, du hast mich dorthin mitgenommen. Es war das erste Mal. Ich hatte schon davon gehört, aber ich hatte nicht das Geld dazu, es ist ein Restaurant für Reiche. Wir haben gegessen bis zum Platzen! *Chicharones, cau-cau, sangresita, carapulca*, mein Lebtag hatte ich noch nicht so gut gegessen! Es gab auch *choclos*, und wir haben literweise *chicha* getrunken, *chicha morada*, gut gekühlt. Erinnerst du dich an die Adresse? Ich erinnere mich jedenfalls noch an sie: Avenida Cajatambo, Nr. 100. Und das Gesicht von dem Portier, als er mich mit meinem alten Poncho hereinkommen sah! Ich glaubte, der würde uns nie hereinlassen. Und dann hast du mich zum Schneider gebracht, und wir haben dieses Flugzeug genommen.«

Er nähert sich ganz dicht an sein Ohr: »Gehen wir fort, Frank!« Und mit einem tiefen Atemzug: »Ich will nach Peru zurück!« Frank drückt ihn an sich und sagt sanft:

»Weißt du, wo wir sind? Wir sind in New York. Du hast doch immer behauptet, du wolltest New York besichtigen, und jetzt willst du fortgehen, ohne die Stadt überhaupt gesehen zu haben?«

»Du zeigst mir ja nie was, Frank. Alles, was ich gesehen habe, hab ich durch Fenster gesehen, durch Zugfenster, Autofenster, Flugzeugfenster, Hotelfenster, aber ich möchte es berühren, mit meinen Händen, mit meinen Füßen, ich will die Dinge nicht mehr nur durchs Fenster sehen! Ich will sie berühren!«

»Hast du Vertrauen zu mir, sag, hast du Vertrauen zu mir?«

»Natürlich hab ich Vertrauen zu dir, du bist mein Freund. Du schickst meiner Familie Geld, du ernährst mich gut, du kleidest mich gut. Aber ich bin müde, Frank. Warum müssen wir immer nur reisen?«

»Du willst die Stadt sehen? Durch die Straßen laufen? Willst du, daß wir uns amüsieren gehen, wie früher? Willst du, daß wir beide ausgehen, zusammen?«

»Und ob, Frank, aber ohne all die *gringos*. Wir zwei beide...«

»Dann los, komm, zieh dich an!«

*

Elizabeth verzieht zornig das Gesicht. Amaru strahlt in einer Jeans und einem Hemd von Frank. Er schaut sich im Spiegel an, dreht sich im Kreis, bewundert sich. Sein langes, glattes, bläulich schimmerndes Haar ist noch feucht von der Dusche. Ein magerer, fester Körper. Er streckt die Brust heraus.

»Das ist nicht besonders vorsichtig...« gibt Jeremy Haynes noch einmal zu bedenken.

Und Elizabeth voller Sorge:

»Es wird kalt werden.«

»Ich möchte eine Jacke wie der Leibwächter«, verlangt Amaru.

»Nun gut, dann werden wir uns seine leihen«, beruhigt Frank ihn.

Thyna Colbert ist eingenickt. Um sie nicht zu stören, haben die zwei Wächter sich in dem Vorzimmer eingerichtet. Sie warten auf ihre Ablösung. Sie schläft, das Kinn auf ihre Schulter gestützt, zusammengekauert in einem hellblauen Lehnsessel. Sie hat sich die Schuhe ausgezogen, und die nylonbestrumpften Beine baumeln über die Kante des Stuhles. Vor ihr auf dem Marmortisch liegen, höchst unpassend, die Reste von einem Sandwich herum, und die Szene – sie, eingeschlafen, ganz allein, eine winzige Erscheinung in dem Salon mit der hohen Decke, und diese halbe, mit Butter bestrichene Scheibe Brot auf ihrem Pappteller – wiederholt sich unendlich oft in den symmetrischen, mit Goldleisten gerahmten Spiegeln.

»Sie darf euch nicht sehen«, warnt Jeremy.

Doch die schwere Tür hat in ihren Angeln geknarrt. Und schon ist sie aufgewacht, steht auf, entschuldigt sich.

»Wie spät ist es?« fragt sie beunruhigt.

Und ohne Rücksicht auf Elizabeth schlägt Frank ihr liebenswürdig vor:

»Es tut mir leid, daß wir Sie so lange haben warten lassen. Dürfen wir Sie heimbegleiten?«

*

Zu dritt drängen sie sich in den Aufzug. Amaru – unkenntlich in seiner Fliegerjacke und mit der dunklen Brille; Frank – schweigend, lächelnd, aufgeräumt; Thyna Colbert – linkisch, unentschlossen, verlegen. Ein verschlafener Liftboy bringt sie ins Erdgeschoß.

Die große Uhr in der Eingangshalle zeigt auf drei Uhr zwanzig. Der Portier stürzt herbei: »Mister Hélias, man hat gerade einen Brief für Sie gebracht.« An der Rezeption wird ihm ein versiegelter Umschlag gereicht. »Unseren Wagen«, verlangt Frank. Aber der Chauffeur der Sekte hat vermutlich gedacht, daß man seine Dienste nicht mehr benötige, und hat sich allem Anschein nach zum Schlaf zurückgezogen. Frank will Jeremy Haynes rufen, aber Thyna Colbert hindert ihn daran und behauptet: »Draußen muß es Taxis geben.« »Ich werde eins suchen, Madam«, beeilt sich ein Page. Doch sie hält ihn zurück: »Es kommen die ganze Zeit welche vorbei.« Und nach einem Augenblick des Zögerns fügt sie hinzu: »Mister Hélias, Sie haben mir immer noch keine Antwort im Hinblick auf meinen Artikel gegeben.« In seiner Tasche tastet Frank den Umschlag ab, den er nicht geöffnet hat, ein einziges, hartes Dokument – eine Visitenkarte, oder ein Photo? »Können Sie nächste Woche meine Sekretärin anrufen?« Er tritt beiseite, um ihr den Vortritt in die Drehtür zu lassen. Auf dem Bürgersteig bohrt sie weiter. ›Wer kann nur auf den Einfall kommen, mitten in der Nacht auf meinen Namen einen Brief an der Hotelrezeption abzugeben?‹ Mit mechanischen Schritten laufen sie die Straße hinunter, Amaru an der Spitze, als wäre er darauf erpicht, ein ganz bestimmtes Ziel zu erreichen. An der Straßenecke steigt aus gelben Schornsteinen dicker Rauch aus dem Asphalt auf. Völlig verblüfft verlangsamt Amaru seinen Schritt. »Brennt ein Feuer unter der Straße?« fragt er beunruhigt. Und zu Franks großer Überraschung antwortet Thyna Colbert in einem zögernden Spanisch: »Die Heizung. Die Heizung der Stadt.« Sie muß niesen.

»Da ist ein Taxi!« ruft Frank. Wieder muß sie niesen. »Ich bin nicht müde. Es ist schön.« Und Amaru – entzückt, sich in seiner Sprache unterhalten zu können – fragt sie: »Rauchen in New York alle Straßen so?« Graugelbe Wolken stehen am finsteren Himmel. Ein Taxi auf Kundenfang verharrt einen Moment auf ihrer Höhe, dann beschleunigt es wieder.

»Aber wie wollen Sie zurückkommen?«

Sie bleibt wie angewurzelt stehen, verdreht die Augen: »Aber das ist ... Sie sind ...« Ungläubig, noch unsicher, tritt sie näher. ›Sie hat ihn nicht einmal erkannt!‹ wirft Frank sich vor, und ihr Erstaunen verwandelt sich in Freude. In ihrer Verwirrung schüttelt sie ihm die Hand, als wäre er ihr gerade vorgestellt worden, lacht nervös, verhaspelt sich, entschuldigt sich, gerät ins Stottern: »Mit diesen Kleidern ... So anders als auf den Plakaten ...«

Amaru gesteht ihr ohne Umschweife: »Wir machen eine Sause.« Sie packt die Gelegenheit beim Schopf und schlägt vor: »Da brauchen Sie bestimmt einen Führer?« Ein herausforderndes Funkeln blitzt in ihren Augen auf: »Vorausgesetzt, Sie haben keine Angst, daß ich irgendwelche Ausschweifungen enthülle...« Abgespannt schaut Frank auf die schmale Mondsichel, die über den schwarzen Silhouetten der Gebäude aufgetaucht ist.

*

Sie gehen die Avenue hinunter, die sich wie ein Film abspult. Amaru ist begeistert: »Das ist eine gute Stadt!« Flach legt er seine Hand auf die schmutzige Straßendecke. »Sie vibriert!« Und vor dem angewiderten Gesicht Thyna Colberts: »Eine starke, lebende Stadt!« Die blinkenden Neonlichter einer Leuchtreklame versetzen ihn in Entzücken. Frank glaubt, eine fortwährende Unschuld geltend machen zu müssen. Er sagt: »Seine Weisheit ähnelt der eines Kindes, er entdeckt die engelgleiche Arglosigkeit der Kindheit aufs neue.« Manchmal bleibt Amaru stehen, die Augen gen Himmel gerichtet, und atmet mit zitternden Nasenflügeln tief die Luft ein, wie ein Insekt, das seine Fühler ausstreckt, um irgendwelche feinen Signale zu empfangen. »Ich spüre Kraft. Tonnen von Kraft liegen unter dieser Stadt, Tonnen!« Die wenigen Passanten mustern sie flüchtig. Thyna Colbert umkreist ihn wie ein Jäger seine Beute. Schwere Müllsäcke aus leuchtendem Plastik häufen sich auf dem Gehweg. Sie fragt ihn, und er antwortet in *quechua*. Der Türsteher eines Nachtschuppens preist mit vielsagenden Gesten die Reize einer Striptease-Tänzerin an. Sie gehen die Avenue weiter. »Straßen, die rauchen, die beben, die soviele Wunder tragen!« gerät

Amaru ganz außer sich. Er bleibt vor dem Gitter eines Juweliergeschäftes stehen – beugt sich vor, kniet sich hin, um einen Ohrclip, eine Brosche, einen protzigen Siegelring besser bewundern zu können. Unsicher zitiert Frank einen Vers von Whitman. Ein feiner, dichter Sprühregen beginnt zu fallen. Er sieht zwei Männer, die sie bespähen und dann in einen finsteren Winkel eintauchen. Besorgt drückt er den Umschlag in seiner Tasche; etwas weiter übergibt sich gerade ein Pennbruder vor einer Mauer, eine Hand an der Kehle. Er reicht Thyna und Amaru den Arm, das Martinshorn eines Krankenwagens durchschneidet die Luft, und zieht sie beide in eine Querstraße. Sie begegnen einer Gruppe Schwarzer, ein vergnügtes Trio mit wehenden Mänteln, breiten, bunten Krägen, schräg in die Augen gezogenen Mützen – »Klasse Stil«, befindet Amaru. Er schützt die Kälte vor, den Regen, und zwingt sie, den Schritt zu beschleunigen. Fröstelnd knöpft er sich die Jacke zu. Regentropfen fallen in dem Lichtkegel einer Straßenlaterne nieder. Er dreht sich um, gespannt: die zwei Männer, breite Schultern, unauffällige Kleidung, ruhige Selbstsicherheit, folgen ihnen immer noch, passen das Tempo dem ihren an. Mit zugeschnürtem Hals schlägt er vor: »Dort hat noch eine Bar geöffnet. Haben Sie keinen Durst?«

Eine Mahagonitheke, hohe, mit granatrotem Skai bezogene Hocker, an der Wand klemmen Photos von Boxern mit Widmungen. Ein Radio spielt die Akkorde einer wehmütigen Geige. Amaru schüttelt sich wie ein nasser Hund. Thyna wählt einen etwas abseits stehenden Tisch, im Hintergrund des Raums. Sie trinken ein erstes Glas, um sich aufzuwärmen. Dann ein zweites, dann noch eins.

»Gehen Sie oft so, mitten in der Nacht, in New York spazieren?« Thyna Colbert schaut sie interessiert einen nach dem anderen an. Amaru entdeckt eine Speisenliste unter einem Salzfaß. Frank behauptet: »Es ist gut, wenn der Meister sich mit der amerikanischen Gesellschaft vertraut macht. Er will alles mit eigenen Augen sehen. Er mag gern die Dinge berühren, sie abtasten, sie...« Er springt auf: die beiden Männer betreten gerade die Bar (kräftig, unauffällig), hängen nachlässig ihre triefenden Regenmäntel, das gleiche Modell, an eine Garderobe und setzen sich an den Tresen. Thyna Colbert gluckst: »Sie scheinen nervös?« Und sie fügt hinzu: »Man erzählt sich ja die verschiedensten Dinge von den Sekten.« Amaru bestellt ein Hacksteak, ein Spiegelei, Bratkartoffeln. Sie hat keinen Hunger. »Es heißt, daß Sie in kürzester Zeit ein enormes Vermögen angehäuft haben.« Frank versucht, Ordnung in seine Gedanken zu bringen, die Benommenheit von sich abzuschütteln: ihm brennen die Augenlider, ihm ist, als ginge ein Riß zwischen seinen Schulterblättern hindurch. »Wir leben von Spenden«, erklärt er, »aber alles Geld, das wir erhalten, dient ausschließlich der Entwicklung der Bruderschaft. Der Meister besitzt nichts. Er behält absolut nichts für sich übrig.« Dieser Brief, den zu öffnen er nicht den Mut hat... »Schauen Sie ihn an! Er führt das Leben, das er stets geführt hat. Er sagt selbst, daß er, sollte sich der leiseste Profitgedanke in ihm regen, alle Macht verlieren würde. Er könnte reich werden, wenn er wollte. Er brauchte sich nur einer Elite zu widmen – man hat ihm dafür schon irrsinnige Summen geboten. Er hat abgelehnt. Er will, daß die ganze Welt von seinen Gaben profitiert. Wissen Sie, wie lange er schon nicht mehr geschlafen hat? Er reibt sich für die Sekte auf. Haben Sie eine Vorstellung von der Energiemenge, die er aufbringen muß, um sich wie heute abend an einen Saal mit dreißigtausend Personen zu wenden?« Mit sichtlichem Vergnügen vertilgt Amaru sein mit Senf bestrichenes Fleisch. Sie sagt: »Ich habe meine eigene kleine Untersuchung angestellt.« Sie sieht schon einen möglichen Titel. Denkt bereits an die Kopfzeile, die Seitengestaltung, den Aufhänger, den Stil. »Wir würden den Meister gern so darstellen, wie er ist, wie er lebt. Es wäre zum Beispiel großartig, ihn hier zu photographieren, genau so am Tisch, wie er gerade ißt, oder auf der Straße, wie er spazierengeht.« Ausweichende Zustimmung von Frank. Die zwei Männer an der Bar gähnen über ihrem Kaffee. Sie reden nicht, beobachten sie nicht, schauen nicht einmal in ihre Richtung. Ein des Nachts für sein Fach abgegebener Umschlag ... »Wir könnten ihm sogar eine Farbbeilage widmen, und natürlich den Titel«, erklärt sie. Draußen hat der Regen aufgehört, und eine blasse Morgendämmerung bricht an. Arbeiter der Müllabfuhr sammeln die Mülltonnen mit den tropfnassen Deckeln ein. »Wie?« Er hat die Frage nicht gehört, die ihm die Journalistin stellte. »Entschuldigen Sie bitte«. Er steht auf und nimmt im Vorbeigehen einen runden, knackigen Apfel von dem Teller neben ihm. Schon dreht sich Thyna Colbert zu Amaru herum, der seine Mahlzeit mit großen Gläsern Cognac begießt. Und auf der Toilette, hinter verriegelter Tür, beschließt Frank, mit dem Rücken zur Toilettenschüssel (denn er ahnt die Identität des Absenders wie auch des Inhalts), den Brief zu öffnen, der in seiner Tasche lastet. Zuvor schaut er sich in dem ovalen Spiegel an, rückt seine zerknitterte Krawatte zurecht – noch ein Aufschub. Auf die Rückseite einer Photographie (Vergrößerung eines zweifachen Portraits Amarus, von vorn und von der Seite – mit kahlrasiertem Schädel, in gestreifter Uniform, eine Nummer auf der Brust) hat Jorge mit ganz kleinen, ganz unleserlichen Buchstaben geschrieben: »Nur Dienstag, in Deinem Zimmer, 15 Uhr dreißig.« Er zerreißt Photo und Brief, wirft sie in die WC-Schüssel und betätigt die Wasserspülung. Von der Bar hört er Schreie und stürzt hinaus: Amaru droht gerade einen Skandal zu schlagen. »Frank, er will mir nichts mehr zu trinken geben!« Der Kellner, ein feister Italiener mit buschigen Koteletten, verlangt: »Zahlen! Wir schließen!« Frank fällt ein, daß er kein Geld mitgenommen hat. »Sie wissen nicht, wer ich bin! Sag es ihnen, Frank!« Mit Sorge beobachtet er, wie die zwei Männer am Tresen von ihren Hockern aufstehen. Einen sieht er an seiner Revolvertasche nesteln. Instinktiv weicht Frank einen Schritt zurück. Einer der beiden Männer reicht dem verblüfften Kellner einen 50-Dollar-Schein. »Sicherheitsdienst, Sir. Mister Rosewater meinte, daß vielleicht...« Amaru nimmt gemessen wieder Platz. Thyna Colbert stößt ein albernes Lachen hervor. Der Kellner prüft den Schein im Gegenlicht, fährt mit dem Daumen über das Wasserzeichen, läßt das Papier rascheln. »Wir haben auch einen Wagen, Sir. Der Chauffeur ist uns gefolgt.«

*

Und in der Limousine, die sie wieder zurückbringt, erinnert sich Frank: Ich war einmal bei Freunden auf dem Land, für ein Wochenende, wir verbrachten dort mehrere Tage, ohne zu schlafen; die Fensterläden waren geschlossen, es goß in Strömen, niemand mochte hinausgehen; reden, trinken, arbeiten; wir bereiteten unser Examen vor, wir verwandten keinerlei Zeit auf die verstreichende Zeit; und dann mußten wir doch heimkehren; jemand öffnete das Fenster, wir packten unsere Sachen zusammen; am Horizont stand eine rote Sonne, unsere Uhr zeigte auf sieben, und wir rechneten aus: wir werden noch vor Mitternacht ankommen; wir hängten die Fenstergitter vor, im Dämmerlicht; es gab keinen Verkehr, das Auto rollte über die Autobahn, die Scheinwerfer eingeschaltet, aber statt dunkler zu werden, wurde der Himmel immer heller, und einer von uns sagte: das ist komisch, die Nacht fällt rückwärts herein, und dann: wir sind in einem Spiegel, die Dinge laufen anders herum, und wir brauchten einen Moment, um zu begreifen; es war kurz vor acht Uhr morgens: der Tag brach an.

Fernab der grausamen Sanduhr...

1

Ganz außer Atem stammelt Barry Shapiro: »Um beizutreten...« Der Aufzug ist auf Grund der Bauarbeiten außer Betrieb, er mußte zu Fuß die vier Stockwerke emporsteigen. Farbeimer, Bauschutt, Leitern versperren den Weg. Man führt ihn zu einem viereckigen Büro, der Teppichboden ist mit einer Plastikplane bedeckt. Nackte elektrische Leitungen baumeln von der Decke. Der Geruch von frischem Gips. Hinter Glas und angelehnt an eine Wand, wartet ein Portrait des Meisters darauf, aufgehängt zu werden. »Möchten Sie Platz nehmen?« Heftige Hammerschläge, das Kreischen einer Säge.

Im Stockwerk darüber wischt Cindy Schwobbs sich gerade über die Stirn. Sie hat das Haar hochgesteckt und es unter einem zum Turban geknoteten Schal versteckt. Susan pfeift, einen Schraubenzieher in der Hand. Sie reibt ihre feuchten Handflächen am Stoff ihrer Hose ab. »Würden Sie bitte den Fragebogen ausfüllen? Ihre Beitrittserklärung. Kennen Sie die Charta der Sekte?« Barry Shapiro überfliegt die Formulare. »Setzen Sie sich doch hierher, da haben Sie es bequemer.« Name, Vorname, Alter. Bitte deutlich schreiben, in Großbuchstaben. Glaubensbekenntnis, wie haben Sie von der Existenz unserer Bruderschaft Kenntnis genommen? Motive. Man reicht ihm einen Kugelschreiber. Persönliche Einkünfte, Ehestand. Er trägt ein: Beruf – Versicherungsvertreter. Besondere Fähigkeiten, Neigungen, Hobby? Er denkt einen Augenblick nach und schreibt dann: *Malerei, Briefmarken.* Er streicht *Briefmarken* durch und ergänzt: *Tennis*...

Cindy erklärt: »Du mußt den Bohrer so drehen, damit er reingeht. Dann drückst du den Dübel in das Loch.« Sie kramt in ihrem Werkzeugkasten. »Die Regale müssen vor morgen früh hängen.« Susan reibt sich das rechte Handgelenk. Eine schmerzhafte Blase hat sich an ihrem Daumen gebildet. »Ich muß zurück zu meiner Arbeit... Ich komm nach sechs wieder.«

»Heute abend ist Versammlung«, erinnert Cindy sie.

Barry Shapiro unterschreibt seinen Beitrittsantrag. Überfliegt ihn noch einmal. »Sechs ganze Wochenenden abtreten«, faßt er zusammen. »Wie möchten Sie zahlen? Scheck, Kreditkarte, bar?« antwortet man ihm. »Barry, ich sehe hier, daß Sie malen. Aquarell, Akt, Öl, Landschaften, was interessiert Sie am meisten, Barry? Wir sind eine große Familie. Der Meister legt Wert darauf, daß ein jeder seine Gaben ausschöpft. Haben Sie vielleicht Ideen zur Gestaltung dieses Zentrums hier? Wir machen nämlich alles selbst, wissen Sie. Glauben Sie, daß Sie ein wenig Zeit übrig haben werden, um uns helfen zu können? Es gibt noch eine ganze Menge Wände zu streichen. Und außerdem können Sie auf diese Weise Kontakt zu den anderen Mitgliedern der Sekte bekommen. Die Kasse ist im Erdgeschoß.«

*

Thyna Colbert befragt den Hotelportier.

»Was soll ich schon sagen? Sie haben drei Suiten gemietet. Fast die ganze dritte Etage. Sie gehen nicht oft aus, viele Besuche ... Es gibt zwei Leibwachen, die sich normalerweise alle acht Stunden ablösen. Ich weiß nicht. Das sind Leute wie jedermann. Wenn Sie verstehen, was ich meine. Natürlich, es gibt ein Telex, sie haben ihre Chauffeure. Nichts besonderes. Mietwagen.«

*

»Hör auf, die Nägel zu kauen!«

Elizabeth leert den Aschenbecher in den Papierkorb. »Und laß das Rauchen sein!« Sie hebt sein Kinn. »Wieviel Päckchen rauchst du am Tag?« Sie versucht, ihrer Stimme einen sanfteren Ton zu geben. »Kommst du voran?« Im Nebenzimmer klingelt das Telefon. »Für Frank!« ruft Jeremy Haynes durch die halboffene Tür. »Ich geh ran!« sagt Elizabeth. Sie nimmt ab. Und mit einer Hand auf der Sprechmuschel: »Es ist Dr. Friedrich. Was soll ich ihm sagen?« Frank legt den Füllfederhalter hin. »Er soll heute abend vorbeikommen.« Sie legt auf. Setzt sich ihm gegenüber: »Es gibt etwas, das du mir nicht sagst.« Sie strubbelt ihm durch das Haar. »Hast du Geheimnisse vor mir?« Sie sucht seinen Blick. »Warum hast du Dr. Friedrich gebeten, herzukommen?« Auf dem Blatt Papier vor ihm folgen die Sätze aufeinander, verketten sich, gleichmäßige Absätze, in Reih und Glied, ohne eine einzige Streichung oder Hinzufügung, die die Ordnung stören würde. »Du wirst diese Rede später zu Ende schreiben!« Ungeduldig klappt sie den Aktendeckel über der unvollendeten Seite zu. »Ist es wegen mir? Hab ich etwas gemacht? Sag doch!« Er schüttelt den Kopf. »Was stimmt also nicht?« Und während sie ihn an den Handgelenken packt: »Hast du ein Problem? Versteckst du etwas vor mir?« Ausweichend beruhigt er sie.

*

Thyna Colbert setzt ihre Nachforschungen in der Hotelküche fort.

»Die unmöglichsten Sachen bestellen sie bei mir!« beklagt sich ein Kellner. »Gerichte, die wir extra aus einem Restaurant kommen lassen müssen! Gekochte Hühnerleber mit Paprika, Maispüree, ausländische Sachen. Aus ihrem Land, glaub ich. Gestern noch haben wir ihnen eine Kiste Schnaps hochgebracht, Pisco nennen sie den, und Früchte für drei Dollar das Stück! Eingepackt in Seidenpapier, mit Baumwolle drumherum. Zwei Tage geht das jetzt so. Vorher haben sie alles gegessen, genau wie wir eben. Jetzt wollen sie nur noch solche Sachen. Aus einem Restaurant unten in der Stadt lassen wir das alles kommen. Aber nun ja, in punkto Trinkgeld ...«

*

Elizabeth dreht ihm den Rücken zu.

»Nie sagst du was! Ich hab dir immer gehorcht, immer! Ich hab meinen Mann verlassen, und du hast das ganz normal gefunden. Dann wolltest du, daß ich dich mit in die Staaten nehme, du verlangtest, daß ich auch Amaru kommen ließ, ich kannte ihn ja gar nicht, und ich hab dir nicht die geringste Frage gestellt, ich hab immer Vertrauen zu dir gehabt!«

»Elizabeth ...«

»Ich hab dir geholfen. Ich hab dir alles gegeben, was du

wolltest, ich hab mich dir mit Leib und Seele geweiht, dir und der Sekte. Natürlich glaub ich an Amaru! Ich hab dich immer unterstützt. Aber du, was hast du mir dafür gegeben? Wir schlafen praktisch nicht mehr miteinander, du läufst vor mir davon, du behandelst mich wie . . .wie eine Angestellte. Fordere ich etwa zu viel? Bin ich zu anspruchsvoll? Ist es denn zuviel verlangt, wenn ich mir wenigstens eine Spur Zärtlichkeit wünsche? Du beachtest mich nicht mehr, ich kann mir die Haare grün, rot oder blau färben, du würdest es nicht mal merken! Du siehst nichts, du hörst nichts, du bist kalt, Frank! Manchmal schaust du mich an, und ich komme mir vor wie eine Fremde in deinen Augen. In deinen Augen zähl ich nicht mehr als Jeremy Haynes oder Sol Richter oder . . . Du kannst mir noch so schöne Phrasen sagen, mir von der Sekte erzählen, aber ich Frank? Existiere ich nicht? Existiere ich nicht, ich?«

»Elizabeth, bitte . . .«

»Was wärst du ohne mich? Und deine Sekte? Was wäre sie ohne mich, meine Zeitungen, die Zeitungen meiner Familie? Man mußte sie erst lancieren, deine Sekte! Woher hättest du das Geld genommen? Wenn es meine Erbschaft nicht gegeben hätte, meine Beziehungen, was hättest du gemacht? Wer hat sich darum gekümmert, sie zu lancieren, deine Sekte? Sag doch was! Antworte wenigstens!«

»Elizabeth!«

»Du hast dich meiner bedient, Frank . . . Findest du mich zu alt? Zu häßlich, nicht mehr schön genug?«

*

Thyna Colbert befragt in einem Anrichtezimmer ein Zimmermädchen; sie sortiert gerade Wäsche, räumt Tabletts ab. »Bücher haben die! In meinem ganzen Leben hab ich noch nicht so viele Bücher gesehen. Und Bilder, Dutzende. Wie kann man nur mit all dem Krempel herumreisen? Ganze Koffer voll mit Schmökern haben sie heraufgeschleppt! Man kann ja glauben, die wollten in ihrem Zimmer eine Bibliothek aufmachen! Und sie lassen mich noch nicht mal sauber machen. Das ganze Papier, all die Sachen, das macht Staub, und wie! Ich darf nichts anfassen, sie räumen alles in die Wandschränke. Der Direktor wollte ihnen schon eine Bibliothek einrichten, Regale, aber sie wollten nicht. Sie schließen alles in die Schränke ein, verstecken es. Ich hab schon ein Buch unterm Bett wiedergefunden. Sogar die schönen, die eingebundenen, verstekken sie. Als müßten sie sich dafür schämen. Also, wenn ich die alle hätte... Und sie bekommen noch mehr, jeden Tag, in Paketen! Können Sie das vielleicht begreifen? Die schönsten Appartements im Hotel...«

»Liest Mister Amaru all diese Bücher?«

»Mister Amaru? Oh nein, von Mister Hélias erzähl ich Ihnen die ganze Zeit. Mister Amaru guckt lieber Fernsehen. Sie haben diese Apparate, Sie wissen schon, Videos, gleich mehrere Geräte. Er schaut sich Dokumentarfilme an, die selben Filme läßt er zehn Mal hintereinander laufen! Wissen Sie, Afrika, so Geschichten über die Wilden, mit tamtam und Masken. Ich bin einmal in sein Zimmer reingekommen. Sachen, daß einem das Blut erstarrt! Und dann sieht er sich selber an, wissen Sie, auf der Bühne. Ich würde ihn ja so gern hören! Mein Schwager meint, man müßte ihn ins Gefängnis stecken, er wär ein gefährlicher Irrer, der die Leute verhext... Ich finde ihn eher nett und nicht besonders störend. Manchmal sieht er ein bißchen traurig aus, er redet ja nie mit jemand. Außer mit Mister Hélias. Und sehr sauber, sehr korrekt...«

»Entschuldige, ich weiß nicht mehr, was ich sage.«

Sie kniet vor ihm, beugt ihr Gesicht über seine Schenkel. »Verzeih mir.« Mit flehender Stimme: »Aber du bist... Du bist so ...« Sie wischt sich die Augen, zieht die Nase hoch. »Wer war der Kerl neulich?«

»Ich hab dir doch schon von Jorge erzählt, ein Freund aus Iquitos.«

»Aber was wollte er? Wie ist er bis in die Garderobe vorgedrungen? Und der überwältigte Wachtposten?«

»Ich weiß nicht. Er wollte mich sehen.«

»Hab Vertrauen zu mir, wenigstens ein Mal...«

»Es ist nichts, glaub mir.«

»Du hast ein Problem, ich weiß es, Frank, ich spüre es! Was hat er dir gesagt? Er ist nicht mal zehn Minuten geblieben. Ich kann dir helfen, das weißt du, du weißt, daß du auf mich zählen kannst, ich hab dir noch nie etwas abgeschlagen, Frank, lüg mich nicht an. Ich weiß, daß du einen Anwalt aufgesucht hast. Antworte mir, ist es schlimm? Ist es eine Geldangelegenheit? Was wolltest du von ihm? Hab Vertrauen zu mir! Wenigstens ein Mal!«

»Du regst dich auf um nichts...«

»Frank, ich kenne dich. Schau dich an, du bist nicht mehr derselbe seit ein paar Tagen!« Sie legt eine Hand in seinen Nacken. »Wir sind alle müde, einfach müde, seit drei Monaten... Zwei Jahre... Er macht sich lustig über mich, immer mehr!«

Sie steht auf, wobei sie sich auf der Stuhllehne abstützt. Sie ballt die Fäuste. »Wie komm ich mir vor?« Sie geht auf und ab, wie um ihre Ruhe wieder zu gewinnen. »Amaru geruht nicht einmal mit mir zu sprechen...« Sie versucht, das Zittern ihrer Hände zu beherrschen. »Für wen hält er mich?« Sie sucht eine Zigarette in ihrer Handtasche. »Sag etwas! Bleib nicht so da sitzen mit deiner hochmütigen

Miene!« Das Feuerzeug fällt ihr aus den Händen. »Er verachtet mich, ich weiß, sie verachten mich alle! Wie komm ich mir vor?« Er beugt sich vor, hebt es auf, zündet ihre Zigarette an. »Du bist leer, Frank! Es ist nichts in dir! Luft... Du bist unfähig für Gefühle, unfähig für...« Er legt seine Arme um ihre Schultern. »Rühr mich nicht an!« Sie tritt beiseite: »Du findest mich zu alt für dich. Antworte offen, sei ein Mal offen! Hab ich Falten, Ringe unter den Augen, weiße Haare? Warum dich zwingen, du brauchst mich nicht mehr...stoß ich dich ab, widere ich dich an? Sag schon! Für Peru war ich wohl gut genug, so gerade noch, aber hier, jetzt? Was ist passiert, Frank?« Bestürzt: »Hast du mir etwas vorzuwerfen? Hab ich etwas gesagt, hab ich etwas getan?«

Wieder klingelt das Telefon. »Wir sind nicht da«, ruft sie. Sie rückt einen Stuhl heran. »Kannst du mir schwören, daß es keine Beziehung gibt zwischen diesem Jorge und...« Im Türrahmen taucht der Kopf von Jeremy Haynes auf: »Eine gewisse Miss Colbert, für Frank.« Elizabeth heult auf: »Ich hab gesagt, wir sind für niemand da!« Sie dreht sich zu Frank herum. »Kannst du mir das schwören?«

»Ich schwör's dir.«

Voller Empörung schüttelt sie den Kopf.

»Du lügst... Du hast mich immer angelogen. Wie hab ich nur so schwach sein können, mir einzubilden...?«

Die Asche ihrer Zigarette fällt auf ihr Kleid. Sie klopft sie mit dem Handrücken ab. »Du bist feige, du verteidigst dich nicht mal!« Mit einer wütenden Handbewegung fegt sie alles vom Schreibtisch herunter, die Bleistifte, die Radiergummis, den Aktendeckel, aus dem die Blätter herausfallen und umherfliegen, ein kleines tragbares Radio, das sie ihm geschenkt hat, den Kristallaschenbecher, die

Bücher, die Blume in ihrer Vase, die in Stücke bricht und aus der das Wasser ausläuft, sich auf dem Teppich verbreitet.

»Elizabeth!«

Er zuckt mit den Schultern.

»Das ist ungerecht, das ist so ungerecht...« weint sie. »Dein Mangel an Vertrauen...«

Schluchzer unterbrechen ihre Sätze. »Deine Probleme kümmern mich einen Dreck! Aber daß du dich so gar nicht für mich interessierst, mich nicht mehr liebst, Frank. Du bist so gleichgültig, du gibst mir nichts, dein Egoismus, deine Kälte... Hast du je an mir gehangen? Was willst du? Daß ich dir überallhin folge, wie ein Roboter, ohne je etwas dafür zu bekommen, wie ein treuer Roboter? Glaubst du, daß ich das ertragen kann, so zu leben, an deiner Seite, ohne dich anrühren zu dürfen? Für dich arbeiten, deine Launen befriedigen, ohne einen Dank, ein Lächeln, ohne je ein einziges Wort des Dankes? Ich bin eine Frau, Frank. Weißt du, was das ist, eine Frau? Ich lebe, ich bin nicht aus Eisen, eine Maschine, auch ich lebe, ich bin zweiundvierzig Jahre, mein Leben ist noch nicht vorbei, ich brauche Zärtlichkeit, Zuneigung, ich lebe Frank!« Er hebt sie auf in seine Arme, zieht sie an sich heran. »Du wirst mich nicht verlassen, Frank, du behältst mich bei dir?« Er streift mit den Lippen ihre Stirn und sagt: »Du bist erschöpft, wir alle sind erschöpft. Warum fährst du nicht fort und ruhst dich eine Zeitlang aus, bei deiner Schwester, auf dem Land? Eine Woche?« Sie krallt sich an seinen Pulloverärmeln fest; die Nägel dringen durch die Wolle. »Ich will dich nicht verlassen«, stöhnt sie. Er streichelt ihre Nase, ihre Augenbraue, ihre Schläfe. »Nur ein paar Tage, ich liebe dich...« Und sie preßt sich an ihn. »Es wird besser, das verspreche ich dir.«

2

Elizabeth sitzt auf dem gepolsterten Puff vor ihrem geschwungenen Mahagoni-Schminktisch und nimmt eine Klammer nach der anderen aus ihrem Haar, die den Knoten festhielten. Befreit fallen die ausgebleichten Strähnen in Kaskaden auf ihren seidenen Frisierumhang herab. Auf der Marmorplatte liegen ihre Ringe, ihr Amethystkollier, verstreut zwischen den Bürsten, den Lotionen, den Nagelzangen, den Feilen, den Nagellackfläschchen, den Parfüms und den Pudern. Mit dem Finger rührt sie den Eiswürfel in ihrem Glas. Benetzt ihre Lippen mit der gelbfunkelnden Flüssigkeit. Ein Tropfen Whisky quillt aus ihrem Mundwinkel, rinnt an ihrem Kinn herab. Sie rückt ihren Hocker vor, nähert ihr Gesicht dem Spiegel, macht die Wangen hohl, dreht sich auf die rechte, auf die linke Seite, betrachtet sich, untersucht sich, prüft sich unter jedem Gesichtswinkel, streckt den Hals, preßt die Kiefer aufeinander; sie betastet ihre Haut, zieht sie straff, reibt sie, als wolle sie ihr Gewebe begutachten, kneift sie, wie um ihre Geschmeidigkeit zu beurteilen, ihre Zartheit und Festigkeit zu bestimmen. Sie streckt die Hand nach ihrem Glas aus. Im Schlafzimmer liegt Frank ausgestreckt auf einem der Ehebetten und liest eifrig in einem dicken Buch. »Ich werde die Koffer morgen packen«, denkt sie. Sie tränkt einen Wattebausch mit Nagellackentferner. Der süßliche Geruch des Azetons vermischt sich mit dem der Cremes und Schminkpasten. Sorgfältig entfernt sie den Lack von ihren Nägeln; manchmal unterbricht sie ihre Arbeit, um einen Schluck Whisky zu trinken. »Drei Jahre«, denkt sie, »drei Jahre . . .«

Sie öffnet den Gürtel, streicht die Schöße ihres Umhangs zurück. Im Bad findet sie in einer Schublade ein Pillendöschen aus Perlmutt. Sie nimmt eine Tablette, kann sie nur mit Mühe herunterschlucken – trotz des Whiskys behält der Speichel hinten in der Kehle einen bitteren Geschmack. Sie drückt auf den Schalter der Dekkenlampe.

Im Schlafzimmer hat Frank seine Kleider unordentlich über einen Stuhl geworfen. Die Laken, die Decke sind sorgfältig über Eck geschlagen, die geblümte Tagesdecke fällt in Falten zwischen den Messingpfosten herab, das Kopfkissen wölbt sich vor der großen Nackenrolle. »Du schläfst nicht?« Er stützt sich auf einen Ellbogen auf. »Hör mal, das ist unglaublich! Wußtest du, daß die Irokesen eine Art rituelle Psychoanalyse praktizieren? Hör zu.« Er sucht den Abschnitt. »Nicht heute abend, bitte.« Sie zieht ihre Armbanduhr auf, legt sie auf den Nachttisch. »Darf ich an deine Seite?« Er macht ihr Platz in seinem Bett. »Wir sind zu diesen Junggesellentricks verdammt«, scherzt er. »Eines Tages verlangen wir die Hochzeitssuite.« Sie sagt, er solle das Licht ausmachen, und heftig umarmt sie ihn, klammert sich fest an ihn, zwängt ihn ein mit dem Schraubstock ihrer Arme, ihrer Schenkel, hält ihn mit den Knöcheln fest, mit den Füßen. »Hör auf, sonst kullern wir gleich noch auf den Boden!«

Unsicher, verwirrt, spürt er, wie feucht sie ist, wie gierig, ihre schweren Beine und die Ausdünstungen des Alkohols, er gibt sich Mühe, nicht zu denken, wie heiß sie ist, und den abgehackten Rhythmus ihres Atems, nicht denken, das Gesicht in das Laken vergraben, ihr zierlicher Leib, gibt er sich wortlos ihren verlangenden Liebkosungen hin.

Stolze Sphinx, bewaffnet, geflügelt und gekrönt...

Dienstag, der 22.

Das Rasseln des Weckers macht seinem Alptraum ein Ende – ein saugender Dschungel, Schröpflianen, die um seine Gliedmaßen stritten. Er steht auf und stolpert im Dunkeln gegen ein Möbelstück, er rutscht aus und schlägt mit dem Schenkel schmerzhaft gegen den Stahlrahmen eines fahrbaren Serviertisches – eine kalte Mahlzeit, die er am Vorabend bestellt hatte –, er stößt einen Fluch aus, tastet vergeblich entlang der Wand nach einem Lichtschalter, reißt an der Schnur des Vorhangs. Humpelnd gelangt er ins Bett zurück. Eine doppelte Schnittwunde, gezeichnet von gepunkteten Striemen, zieht sich quer über seinen rechten Schenkel. Zwischen den winzigen Lippen der Wunde beginnt ein rotes, unwirkliches Blut hervorzuquellen. Er stillt es mit einem Frotteehandtuch, darauf die aufgestickten Initialen des Hotels. »Alles, was je geschieht«, sagt Seneca, »ist Vorzeichen des Zukünftigen«, *Naturales Quaestiones*, II, 32. Jemand klopft an die Tür. »Scheiße!« Al Rosewater tritt herein und bringt das Tablett mit dem Frühstück. Frank versteckt sein Bein unter dem Laken. Die Post auf einem Teller. Al lächelt zaghaft hinter seinen blauen Brillengläsern. »Wir haben Probleme in Cleveland.« Frank reibt sich die Augen. Rührt abwesend den Zucker in seinem Kaffee um. »Wir haben ein

Telex bekommen«, flüstert Al. »Ein paar etwas allzu eifrige Jünger ... Die Eltern haben Klage erhoben. Körperbedrohung und Erpressung von Geld.« Er schiebt seine Brille wieder auf der Nase hoch. »Diese Miss Colbert hat wieder angerufen.« Der Löffel klappert am Porzellan der Tasse. »Sie wird allmählich lästig. Wir mußten auch noch zwei Photographen aus dem Hotel jagen.« Frank bestreicht methodisch eine Scheibe Brot mit Butter. Sein Bein brennt. Jeremy Haynes taucht aus dem Salon auf, mit sorgenvoller Miene, ein Telex in der Hand: »Was sollen wir mit der Pound-Spende machen?« Die Augenlider geschlossen. »Vierzigtausend Dollar!« Der siedendheiße Kaffee verbrennt ihm die Zunge.

»Laßt mich allein, geht raus!«

Orange, blaue und grüne Gelatinekapseln auf einer Untertasse.

»Wie bitte?«

»Laßt mich allein! Raus, ein bißchen dalli!«

*

»Mister Benites?«

»Ja«, bestätigt Jorge überrascht.

»Hier entlang, bitte.«

Der livrierte Page geht ihm durch die Halle voraus. Blumensträuße mit Gladiolen, Tulpen, Hyazinthen stehen in Alabastervasen auf Sockeln mit geschwungenen Beinen. »Mister Benites, zu Mister Hélias.« Die Kulissentür des Fahrstuhlkorbs gleitet mit einem metallischen Knirschen zu. Der Liftboy macht eine respektvolle Verbeugung. »Oberste Etage.« Eine Art Butler mit rotem Gesicht (gestreifte Weste, graues Haar) führt ihn durch einen Gang, der mit abgeschmackten Samtstoffen bespannt ist. Ein unifarbener Teppichboden erstickt das Geräusch ihrer Schritte. »Bitte sehr.« Zwei bleiche Karyatiden stützen die Türzarge. Unterwürfig. »Mister Hélias wird Sie in einem Augenblick empfangen.« Der Butler hilft ihm aus seinem Mantel. Auf einem niedrigen Tisch liegen Zeitungen und Zeitschriften verstreut. Jorge Benites nimmt auf einer Couch Platz. ›Lieber Gott‹, denkt er, ›der will sich wohl über mich lustig machen!‹ Die angebotene Erfrischung lehnt er ab.

Ein riesiger, grotesker, ausgestopfter Kondor schaut mit seinen Glasaugen auf einen falschen Kamin. Die Stores vor den Fenstern, die ein leichter Luftzug bewegt, dämpfen das einfallende Nachmittagslicht. Eine Standuhr schlägt in großen Abständen vier Mal.

Durch den Spalt einer Tür, die hinter einer Abschirmung von Grünpflanzen versteckt ist (Philodendren, elegante Palmen, Farne), beobachtet Frank Jorge verstohlen. Zu drei Vierteln. Er wird ungeduldig, blättert zögernd in einem Magazin. Kurz das Profil: die Hakennase, herabgezogene Augenbrauen, die kräftigen, herrischen Kiefer. Er betrachtet die Bilder, die Kronleuchter. Sein Blick verirrt sich in den Arabesken des Teppichs. Frank sieht, wie er in Gedanken die geflochtene Troddel eines Kissens wiegt, seine braunen Finger die Fransen zausen. Er sieht, wie er die Beine übereinanderschlägt und wieder streckt, aufsteht, wütend im Zimmer auf und ab geht.

»Jorge!«

Frank drückt mit seinem ganzen Gewicht den Messingtürgriff herunter, läßt den Riegel des Schlosses ins Leere schnappen. »Jorge! Man hat mir gerade erst Bescheid gesagt.« Er tritt hervor, mit ausgestreckter Hand, und humpelt übertrieben.

»Glaubst du, mich damit beeindrucken zu können?« Er zeigt um sich her. »Mir genügt nur ein Brief, ein einziger, um euch alle an den Bettelstab zu bringen! Und du glaubst, mich einschüchtern zu können...«

Er schnappt nach Luft. »Ich stehe mir hier wegen dir die Beine in den Bauch! Hast du nicht begriffen, daß ich ausreichend Beweise besitze, um wieder eine Null aus dir zu machen?«

Frank lächelt.

»Beruhige dich!«

»Du wirst tun, was ich dir sage! Deine Sekte ist eine ideale Tarnung. Und auf diese Weise wird sie wenigstens zu etwas nutze sein!«

»Jorge, denk doch ein wenig nach. Was du von mir verlangst, ist unvorstellbar. Völlig abwegig.«

Er seufzt: »Ich hoffte, du wolltest nur Geld.«

Und Jorge schreit:

»Ja, Geld werde ich auch brauchen. Du kennst mich schlecht, und du hast schlecht begriffen!«

»Jorge, beruhige dich. Wenn du Geld brauchst, werde ich dir welches geben. Aber vergiß, was du eben von mir verlangt hast, vergiß das alles, das ist doch nicht dein Ernst!«

»Du wirst diese Stiftung gründen!«

»Jorge, wir sind in den Vereinigten Staaten, wir sind nicht in Peru. Worauf willst du mit dieser Komödie hinaus? Du schleichst dich wie ein Dieb in meine Garderobe, du überwältigst einen Polizisten, du bedrohst mich, du willst mich erpressen. Wenn du Geld brauchst, werde ich dir welches geben. Ich hätte dir auch so welches gegeben, aber red nicht so absurdes Zeug! Warum hast du mich nicht einfach besucht, als Freund? Warum hast du mich nicht angerufen? Du beschuldigst mich, Millionen von

Menschen umgebracht zu haben, du versuchst mir Angst einzujagen, indem du des Nachts Nachrichten in meinem Hotel hinterlegst. Sind wenigstens deine Papiere in Ordnung? Hast du eine Aufenthaltserlaubnis? Ich glaubte dich bei den Guerilleros. Bist du sicher, daß du dich ordnungsgemäß in diesem Land aufhältst?«

»Francis, du hast nicht begriffen, du wirst mir gehorchen! Du wirst genau das tun, was ich dir gesagt habe! Du wirst diese Stiftung gründen!«

»Angenommen, ich lehne ab. Amaru ist im Gefängnis gewesen, na und? Seine Geschichte klingt nicht besonders hübsch, einverstanden. Aber glaubst du, es würde mir große Mühe machen, die Beschuldigungen umzukehren? Ihn als einen Märtyrer erscheinen zu lassen? Als Opfer eines diktatorischen, verrotteten, unterentwickelten Regimes? Hast du überhaupt die Mittel, eine Kampagne gegen uns ins Leben zu rufen? Hast du dafür die nötige Unterstützung, das nötige Geld?«

»Amarus Auszug aus dem Strafregister war nur ein Vorgeschmack, mein kleiner Francis. Nur ein Vorgeschmack! Und das da? Schau: ein Scheck über viertausend Dollar, und noch ein Scheck über viertausend Dollar, und noch einer... Natürlich Photokopien. Ich habe meinen Namen geändert, aber du heißt wohl immer noch Hélias, oder? Was werden die Zeitungen wohl sagen, wenn sie erfahren, daß der Generalsekretär der Bruderschaft des Lichts Geld von einem Minister empfängt, der einem verrotteten, unterentwickelten, totalitären Regime angehört? Was werden sie wohl sagen? Einem sozialistischen Regime!«

»Wie bist du in den Besitz dieser Schecks gelangt?«

»Nun siehst du, daß du mir gehorchen wirst, mein kleiner Francis. Du hast keine Wahl.«

»Wer hat sie dir gegeben? Wo hast du dir Amarus Strafregister beschafft?«

»Rate mal... Wer ist der einzige Mensch, der...«

»Sandoval?«

»Du glaubtest doch wohl nicht, daß er sie vernichten würde? Nur um dir zu gefallen? Sandoval hat zehn Revolutionen überlebt. Sandoval wurde gefoltert, verbannt, aber er hat den Kopf immer wieder aus der Schlinge gezogen. Und weißt du warum? Weil er nie etwas verliert, nie etwas vergißt. Er ist sehr vorausschauend, sehr geduldig. Er hat immer große Wertschätzung für dich gehegt, mein kleiner Francis, mehr als nur Zuneigung: Wertschätzung! Er ahnte sehr wohl, daß dir eines Tages große Dinge gelingen würden, und er hat dir zugeschaut, wie du wuchsest, aus der Ferne. Er hat deine Fortschritte mit den Augen einer Mutter verfolgt, die ihr Kindchen hütet, wie du die Botschafterin von den Fähigkeiten deines Schützlings überzeugt hast, wie du dich ihrer Erbschaft bedientest, um diese Sekte zu lancieren, wie man einen Schlagersänger lanciert, oder eine neue Margarinemarke, mit großem Werberummel, mit Tourneen, mit aufwendigen Shows. Er hat dich von weitem beobachtet, und er hat gewartet.«

»Sandoval hat dir die Schecks gegeben?«

»Du siehst überrascht aus. Schockiert dich das? Das findest du wohl nicht sehr moralisch?«

»Er hilft Terroristen, er ist Minister und er...«

»Mein kleiner Francis! Wir Südamerikaner sind und bleiben stets Idealisten. Sandoval fing schließlich an, sich in seinem Büro im Ministerium zu langweilen. Da hat er eben wieder Kontakt zu seinen alten Freunden aufgenommen. Weißt du, er hat die Idee deiner Sekte bewundert! Ganz offen. Er hat mich beauftragt, dir zu sagen, er selbst hätte sich nichts besseres einfallen lassen können. Und da er vor allem wirtschaftlich denkt, ist er auf den Gedanken einer Stiftung verfallen. Bedank dich bei uns, Francis, bislang habt ihr eure Geschäfte als Amateure geführt – als talentierte Amateure, gewiß –, aber eben doch als Amateure. Dank Sandoval werdet ihr nun zu Profis. Möchtest du jetzt, daß wir gemeinsam die Satzungen durchgehen?«

Gefangener Löwe in einem Garten ...

Mittwoch, der 25.

Der Page erstarrt in Habachtstellung. Sein vernickelter Karren verschwindet unter einem Berg Gepäck. Ein Zimmermädchen erkundigt sich: »Soll ich die Koffer in Madames Ankleidezimmer auspacken?« Der Chauffeur stellt auf einer Kommode mehrere Aktentaschen ab sowie eine prall gefüllte Ledermappe, deren Reißverschluß aufgesprungen ist. Elizabeth streift ihre Handschuhe ab, hängt ihren Mantel über die ovale Lehne eines Stuhls. »Frank?« Jeremy Haynes verteilt Trinkgelder in der Runde. »Al, setzen Sie die Anwälte von meiner Rückkehr in Kenntnis. Sie sollen am frühen Nachmittag vorbeikommen.« Angewidert zeigt sie mit dem Finger auf den ausgestopften Kondor mit den Glasaugen. »Woher kommt denn diese Scheußlichkeit?« Sie trommelt gegen die Tür: »Frank!« Und an Jeremy gewandt: »Befreien Sie mich umgehend davon!« Sie macht die Türflügel einen Spalt breit auf. »Frank? Schläfst du?« Sie schaltet das Licht ein, ruft ihn, sucht ihn bis ins Bad. »Wo bist du? Fragen Sie bei der Rezeption nach, ob ihn jemand hat fortgehen sehen.« Sie untersucht die Gegenstände auf den Nachttischen, dem Schreibtisch, die Papiere und Briefe, die auf dem ungemachten Bett verstreut liegen. Sie zieht eine Schublade auf, durchstöbert einen Einbaukleiderschrank, blättert ein Notizheft mit Goldschnitt durch, das sie in einer Jackentasche gefunden hat. Zwei Telefone klingeln auf einmal. In ihrer Überstürzung stößt sie den gepolsterten Puff um, auf dem sie gesessen hatte.

»Sie haben vor meiner Nase wieder aufgelegt«, stöhnt Al Rosewater. »Ich verstehe gar nichts mehr.«

»Wer? Wo ist er?«

Al Rosewater scheint völlig perplex.

»Sie sagen, daß ihre Kanzlei sich nicht mehr um die Belange der Sekte kümmere. Seit gestern. Mister Philipps behauptet, er sei nicht mehr unser Anwalt. Verstehen Sie das vielleicht? Ich verstehe jedenfalls gar nichts mehr.«

*

»Es ist weitaus bemerkenswerter, wenn sich ein wildes Tier mit Milde zähmen läßt.«

Frank reicht ihr das Buch. »Sehen Sie die Illustration: *das Einhorn hat sich gerade zutraulich am Schoß der Jungfrau gerieben*; so steht es in der Legende.«

»Sie haben meine Frage immer noch nicht beantwortet: Wann kann ich ein Interview mit dem Meister machen?«

Ihre Brille ruht schräg auf der äußersten Spitze ihrer Nase und klemmt die Nasenflügel leicht ein. Eine fragende Augenbraue. Sie setzt die Augengläser ab und versucht, die verbogenen Bügel wieder gerade zu richten, ohne den Blick von ihm abzuwenden. Ungeschickt hantiert sie an dem Gestell und gleicht die Krümmung mehr recht als schlecht wieder aus. »Ich habe jeden Tag probiert, Sie zu erreichen. Mehr als eine Woche lang.« Sie putzt die getönten Gläser an ihrem Schal. »Sie ließen mir ausrichten, Sie seien nicht da oder in einer Konferenz.« Ihr kurzes, dichtes

Haar wirft kampflustige Wirbel. »Stört Sie die Grundrichtung des Artikels? Damals waren Sie jedenfalls einverstanden?« Das Brummen eines elektrischen Staubsaugers unterbricht sie. Frank steht auf, entschuldigt sich und schließt die Bürotür. »Ich durfte mit einem Führer Ihre Einrichtungen besichtigen, Sie haben mir Ihre neuen Zentren gezeigt. Jetzt unterhalten Sie mich mit hermetischer Literatur. Ich nehme an, Sie werden mir gleich Tee und Gebäck anbieten? Mister Hélias, bekomme ich, ja oder nein, einen Termin mit dem Meister?«

*

Amaru lugt gähnend aus seinem Bett. Er reibt sich die Augen. »Veranstaltet euren Zirkus woanders! *Carajo*! Laßt mich in Frieden!« Elizabeth zieht die Vorhänge zurück, macht das Fenster weit auf. »Wo ist er?« Er verdreht die Augen: »Eh! Sie sind ja...« Er stammelt eine Entschuldigung. »Wie kann man nur in einem solchen Saustall schlafen!« faucht sie. Klebrige Abfälle von *tamales* besudeln den Marmorkamin, Fischgräten, kleine, rote Paprikaschoten, Zwiebelringe schwimmen in einer Kristallvase. »Wo ist Frank?« schnaubt sie. Amaru gähnt noch einmal. Eine scharfe, verächtliche Falte bildet sich um seinen Mundwinkel. Langsam, nicht ohne eine gewisse Majestät, äußert er: »Mein Freund Frank ist fortgegangen, um die Stiftung des großen Amaru zu gründen.« Leere Korbflaschen Pisco füllen den Papierkorb. Er wiederholt: »Meine Stiftung!«

*

Das Summen des Staubsaugers ist verstummt. »Erzählen Sie mir nichts von Werbung.« Frank streichelt mit der Fingerspitze über den Zellophanumschlag des Buchs. »Ihr Magazin hat bereits geschrieben – ich zitiere aus dem Gedächtnis –, daß die Ideologie unserer Bruderschaft verblüffende Ähnlichkeiten mit der Ideologie des Faschismus' aufweise. An dieser Art Werbung haben wir keinen Bedarf. Der Ausdruck *Gehirnwäsche* erscheint systematisch in Ihren Artikeln, sobald Sie die Sekte erwähnen.« Er sucht aus einem Metallordner ein Dossier hervor und bringt eine Reihe von Zeitungsausschnitten zum Vorschein, die jeweils mit Datum und Anmerkungen versehen sind. »Das ist zwar nicht Ihre Signatur, aber es ist immerhin Ihr Periodikum, nicht wahr?« Thyna Colbert verteidigt sich, erinnert an die jüngsten Vorfälle in Cleveland: Jünger benutzen Einschüchterungsmethoden, um Jugendliche zu bekehren, um ihre Eltern zum Schweigen zu bringen. Anonyme Briefe, Drohungen treffen bei jedem ein, der versucht, die Sekte zu verlassen. »Haben wir das etwa alles erfunden?« hält sie ihm vor. Sie beruft sich auf die Pflichten der Presse, die Objektivität, die Unparteilichkeit des Wochenblatts, dem anzugehören sie stolz sei. Sie erklärt ihm, daß ihr Projekt, wie sie es plane, der Bruderschaft weder das Loblied singen noch den Prozeß machen werde, sondern einfach versuche, »dem Leser zu helfen, sich eine persönliche Meinung zu bilden über die Art, wie ein Meister lebt, wer er ist, wie er darauf gekommen ist, eine Sekte zu gründen, die Motive, die ihn dazu gedrängt haben, sein tägliches Leben ...«

*

»Ich habe verlangt, daß man mich davon befreit!« heult Elizabeth.

Jeremy beugt sich vor, sucht nach einem Griff, packt das Tier ungeschickt am Hals, der nachgibt und, den Kopf bedrohlich voraus, mit einem Klagelaut abknickt, graue, flauschige Daunen lösen sich und fliegen zwischen seinen Beinen, er greift mit einer Hand nach dem Sockel, hebt ihn an, die riesigen Flügel schlagen gegen die Möbel, bringen ihn aus dem Gleichgewicht, der weißgefleckte Schwanz zerbricht an einem Sessel, eine schmutzige Staubwolke wirbelt auf, und das komplizierte Gestell wird sichtbar, ein Gewirr von Drähten, der Hals gibt nach, er stürzt in eine Lawine von Federn, und die befreiten Eingeweide des großen Raubvogels – Reste von braunem Wachs, verknotete und ineinander verwickelte Bindfäden, verschimmeltes, zerknülltes Zeitungspapier, beige Wattebäusche – ergießen sich auf den Teppich.

*

»Sie haben das Hotelpersonal gedungen.«

»Ich übe nur meinen Beruf aus! Ich befrage die Leute, denn das ist der einzige Weg, um ...«

»Sie spionieren uns aus! Sie sammeln Klatsch und Tratsch!«

»Über Sie? Über Sie, Mister Hélias? Wer sind Sie eigentlich? Jedes Mal, wenn ich glaube, eine Auskunft über den Meister bekommen zu haben, werde ich am Ende gewahr, daß von Ihnen die Rede ist. Soll ich daraus schließen, daß Sie der alleinige Meister der Sekte sind? Kann ich das in den Druck geben: *Der Mann hinter Amaru*? Ein guter Titel, finden Sie nicht?«

»Miss Colbert, ich versuche nur, dem Meister zur Hand

zu gehen so gut ich es vermag. Damit er sich ausschließlich seinem Werk widmen kann. Es handelt sich nicht um mich.«

»Merkwürdig. Ich habe unser Archiv durchstöbert, bei der Zeitung – nirgendwo taucht Ihr Name auf. Ich habe unsere Photos zu Rate gezogen: bestenfalls kann man in der dritten Reihe Ihre Silhouette erspähen. Ich habe meine eigene kleine Untersuchung angestellt. Wenn Ihre Sekretärin mir nicht eines Tages geraten hätte, mich wegen des Artikels an Sie zu wenden, wüßte ich bis heute nichts von Ihrer Existenz. Und Sie reden, Sie handeln, als würde die ganze Sekte Ihnen gehören. Sie geben Befehle, Sie treffen Entscheidungen, Sie sind der einzige, der sich dem Meister nähern darf. Unser Korrespondent in Peru meldet, daß Sie dort nur ein subalterner Botschaftsangestellter waren. Ein Entwicklungshelfer. Die einzige Spur, die er in Lima von Ihren Beziehungen zu Amaru hat ausfindig machen können, ist der Visumantrag, den Sie für ihn in unserem Konsulat gestellt haben. Was ist Ihre Funktion, Mister Hélias? Wer sind Sie für den Meister?«

Das Klingeln des Telefons hindert ihn an einer Antwort. Ein rotes Blinklicht. »Mister Hélias, Sie werden an Apparat vier verlangt.« Er drückt auf die Leuchttaste. »Elizabeth? Bist du zurück?« Mit einer Hand hält er die Sprechmuschel des Hörers zu. »Könnten Sie hier ein paar Augenblicke auf mich warten? Nur eine Minute.« Er stöpselt einen schwarzweißen Stecker um. »Legen Sie sie mir in die Bibliothek.« Dann hängt er auf.

*

»Du hattest eine gute Reise?«

»Diese Anwälte arbeiten seit Jahrhunderten für meine Familie. Weißt du das nicht? Sie arbeiteten für meinen Großvater!«

»Warum hast du mir nicht telegraphiert, daß du heute zurückkommst? Ich hätte dich am Flughafen abgeholt.«

»Seit wann kümmerst du dich um Verwaltungsfragen? *Ich* habe die Sekte finanziert. Du wirst sofort bei den Anwälten anrufen!«

»Beruhige dich.«

»Wie gedenkst du, ohne sie auszukommen? Der *Internal Revenue Service* stellt schon Nachforschungen über uns an, von Anfang an, seit dem ersten Tag, als wir begonnen haben! Sie durchforsten unsere Rechnungen, beobachten all unsere Ausgaben, bis auf den letzten Cent. Das Finanzamt wartet nur auf eine Gelegenheit, um ...«

»Laß mich auch mal was sagen ...«

»Du hast noch nicht mal eine unbefristete Aufenthaltserlaubnis für die Vereinigten Staaten, genauso wenig wie Amaru! Willst etwa du euch die grünen Karten beschaffen?«

»Elizabeth ...«

»Die Untersuchungskommission der Finanzbehörde tritt in weniger als einem Monat zusammen. Versuchst du, die Sekte zu sabotieren? Willst du uns zugrunde richten? Seit der Affaire in Cleveland hat sich die amerikanische Öffentlichkeitsmeinung gegen uns gerichtet. Zum Glück bin ich rechtzeitig zurückgekehrt – Jeremy hat mich gewarnt, daß du etwas im Schilde führst. Als erstes rufst du umgehend die Anwälte an!«

»Das ist zwecklos. Ich habe unsere Akten einer Kanzlei in Washington anvertraut. Ich habe das im Interesse der Sekte getan. Sie werden eine Stiftung gründen ...«

»Was ist das für eine Geschichte von einer Stiftung? Amaru hat nur noch dieses eine Wort auf den Lippen! Was ist das wieder für eine Schrulle? Wir haben drei und eine halbe Millionen Dollar für den Ankauf der Lokale in New York gezahlt, und du amüsierst dich damit, Stiftungen zu gründen?«

»*El Condor, Gesellschaft zur kreativen Verbreitung von Kultur*. Das ist der Name, den ich für die Stiftung gewählt habe.«

»Frank, sie versuchen überall, uns in die Ecke zu treiben. Sie können euch ausweisen. Das Finanzamt wartet nur auf eine Gelegenheit, um unsere Steuerbefreiung wieder rückgängig zu machen, und du ...«

»Sie werden uns nicht anrühren. Das schüfe einen Präzedenzfall, du kennst ja die amerikanische Gesetzgebung: in den Vereinigten Staaten sind alle geistigen Bewegungen von der Steuer befreit. Sie können unsere Befreiung nicht wieder rückgängig machen.«

»Seit wann interessierst du dich für die amerikanische Gesetzgebung? Was verstehst du davon? Ich warne dich, Frank, treib mich nicht bis zum Äußersten! Wie gedenkst du sie denn zu finanzieren, deine Stiftung? Mit meinem Geld? Ich gebe dir keinen Cent mehr, hörst du? Wenn es sein muß, gehe ich noch weiter und ziehe alles wieder zurück!«

»Welches Geld, Elizabeth? Das der Sekte? Du hast mir nichts gegeben, mir nicht. Und wie könntest du überhaupt irgend etwas zurückziehen? Du hast dir ein Spielzeug gegönnt, das dich nichts gekostet hat!«

»Was willst du damit sagen?«

»Ich habe lange gebraucht, um die Gründe deiner Selbstlosigkeit zu begreifen, deiner angeblichen Großzügigkeit! Die Sekte ist dir billig zu stehen gekommen ...

Die Gesetze dieses Landes sind einfach großartig! Anstatt dem Staat im vollen Umfang die Erbschaftssteuer zu zahlen, als du das Erbe deines Großvaters antratest, hast du lieber eine Spende getätigt. Um mich, in Ketten, bei dir zu behalten, und weil es lustiger ist, sich um eine Sekte zu kümmern als um Dekorationen und Schneiderarbeiten! Du hattest die Wahl, die Steuern zu zahlen oder die Mäzenin zu spielen, großen Werken zu spenden! Was willst du da zurückziehen?«

Elizabeth hat aufgelegt, bevor er zu Ende gesprochen hat.

*

»Sie täuschen sich, Miss Colbert.«

Er macht es sich in seinem Sessel bequem. »Wir sind bereit, Ihnen rückhaltlose Zusammenarbeit anzubieten. Ich mag Ihre Idee, den Mann und weniger das Werk darzustellen. Aber Sie haben unseren Gesichtspunkt nicht erfaßt: Es ist uns gegenwärtig nicht möglich, Ihnen zu erlauben, zusammen mit einem Photographen den Meister bei all seinen Tätigkeiten zu verfolgen. Das steht außer Frage. Dafür aber können wir Sie zu verschiedenen Versammlungen laden, auf denen er erscheinen wird. Oder, noch einfacher, wir können Sie mit den Informationen und den Photos versorgen, die Sie brauchen.«

Er zieht aus seiner Jacke ein kleines Perlmuttdöschen mit dem Bild des Kondors hervor, wählt eine orange Gelatinekapsel und schluckt sie mit einem Schluck Mineralwasser herunter. »Einfache Vitamine.«

Sie prüft ihn, mustert ihn. Die Wangen schlecht rasiert, die Strickjacke angeschmutzt. Widersprüchliche Eindrükke.

»Gefilterte, stereotype Informationen, die sie nach Ihrem Gutdünken sorgfältig aufbereitet haben?«

Er klärt sie auf:

»Thyna, Sie haben mich eben gefragt, warum mir der Meister solches Vertrauen gewährt. Ich werde es Ihnen sagen. Weil ich sein erster Jünger bin, weil ich dabei war, weil ich Zeuge war an jenem Tag, da ihm zum ersten Mal die Offenbarung seiner Mission zuteil wurde. Sie haben sich darüber gewundert, daß mein Name in Ihrem Archiv nicht erscheint. Aber ich bin nichts. Ich bin nur ein Schatten, dazu bestimmt, ihm zu dienen.«

Er nimmt ihre Hand. »De Quincey spricht von einer lateralen, gespaltenen Wahrheit... Aber die Wirklichkeit ist *per definitionem* fragmentarisch, unvollständig. Weil die Dinge selbst nur episodisch, aufgestückelt, in der Phantasie existieren.«

Und wie von einer plötzlichen Eingebung ergriffen: »Nehmen Sie die Einladung an, heute mit mir zu Abend zu essen?« Er rückt näher heran: »Sie waren eben so freundlich, mich darauf aufmerksam zu machen, wie zahlreich die Sekten in den Vereinigten Staaten sind, daß es noch andere *gurus*, andere Meister außer unsern gibt. Aber die Geschwindigkeit unseres Aufstiegs fasziniert Sie – so sagten Sie doch, nicht wahr? Ich könnte Ihnen dasselbe sagen. Ihr Magazin ist nicht das einzige, das Nachforschungen über uns anstellt. Die Informationen, die Sie verschmähen und die ich Ihnen heute geben wollte, würden den Ruhm eines jeden Journalisten sicherstellen. Ich hatte Zeit, mir ein Urteil über Sie zu bilden, an dem Abend, als wir gemeinsam bis zum Morgengrauen durch die Straßen von New York irrten. Ich habe mich erkundigt, ich mich auch. Ich habe Ihre Artikel gelesen, ich schätze Ihren Stil – dicht, barock, lyrisch, kämpferisch...«

»Worauf wollen Sie hinaus?«

»Es gibt Details, Anekdoten, die allein ich kenne. Ich kann Ihnen Tatsachen anvertrauen, Thyna, die kein Mensch je entdecken könnte. Über unseren Meister, über die Bruderschaft, über die Persönlichkeit Amarus.«

»Warum sollten Sie das tun?«

»Ich bin bereit, Thyna, alle Ihre Fragen zu beantworten. Aber unter einer Bedingung. Einer einzigen Bedingung. Sie werden mir schwören, niemals den Frieden unseres Meisters zu stören!«

*

Und später, in einem Restaurant im oberen Teil der Stadt, während die Kellner um ihren Tisch huschen:

»Glauben Sie an den freien Willen?« Er murmelt: »Es gibt keine Wahl ...« Er klagt die Wege des Zufalls an, »das heißt, die Zwangsläufigkeit, die Banalität der Dinge«. Er sagt: »Wir haben nicht die Wahl gehabt unserer Geburt.« Er sagt: »Wir haben weder die Wahl unserer Möglichkeiten noch, und vor allem, unseres Willens.« Er sagt: »Sie verdächtigen uns vielleicht irgendeines Ränkespiels, dabei sind wir selbst die Rädchen einer großen sozialen und kulturellen Maschine, die uns benützt, um Geschichte zu produzieren.« Er erinnert an das Argument Baruch Spinozas, um es zugleich abzuwandeln: »Verleihen Sie der Frucht, die vom Baum fällt, das Bewußtsein, und sie wird überzeugt sein, frei zu sein, und ihren Fall, ihre Entscheidung zu fallen, allein der Tätigkeit ihres Willens zuschreiben. Das Verdienst ihres Falls!« Um seine Rede zu illustrieren, läßt er von seiner hochgehaltenen Gabel eine von Mayonnaise gelbe Erbse herabfallen. Er zwinkert mit den Augen: »Doch andererseits, wie können wir eine totale, absolute Ordnung annehmen?« Er spricht vor sich hin, wie zu sich selbst, die Augen auf das Mischgemüse geheftet, gerät immer mehr in Fahrt: »Das Universum ist gewiß ein grandioser Mechanismus, doch einer, der nicht vollkommen sein kann, der Irrtümer in sich birgt, in sich bergen muß, Fehler, Ungenauigkeiten! Sein Funktionieren verblüfft uns, weil wir es mit dem unseres eigenen Verstandes vergleichen – vielleicht sind wir gleichermaßen vollkommen in der Perspektive der Mikroben –, aber auf einer höheren Stufe? Dort gibt es, unbedingt . . . wie Mängel in der Endfertigung . . .« Vergebens sucht er nach einem Zitat von Heisenberg, das Sandoval mit Vorliebe anführte: » . . . wie ein Spiel im Räderwerk.« Und indem er den Ton wechselt und sie ihm mit höflichem Interesse zuhört: »Das Absolute, die Vollkommenheit, sind die Köder, die Täuschungen, die Verführungen der Sprache. Das Blendwerk der Konventionen – alle möglichen Schwächen, Zufälligkeiten am Rande . . .« Er hebt seine Serviette auf, die unter den Tisch gerutscht ist. »William James vertrat eine geschickte Theorie. James erkannte die Existenz einer Ordnung an, einer Art Gesamtplan, eines kosmischen Szenarios, das die Unendlichkeit der Zeit beinhaltet, den Gang des Universums bestimmt, die Menschen, die Sterne, doch dessen letztliche Ausführung, die praktische Umsetzung der einzelnen Szenen, seiner Meinung nach nicht vorherbestimmt ist. Unsere Aufgabe sei es, so meinte er, zu improvisieren, diese Szenen zu spielen, das heißt, unser Leben, so gut wir eben können. Ein raffinierter Kompromiß: der freie Wille existiert, doch allein auf der Ebene der Details, in den Grenzen des Banalen, des Alltäglichen. Ich bin unfähig, den Gang der Dinge zu beeinflussen, ich muß mich an die Rolle halten, die mir vorgegeben ist –, aber ich bin meines Glückes Schmied, das letztlich nur von meinem Talent als Akteur abhängt.« Er trinkt sein Glas aus. »Sandoval ging noch weiter. Er sagte, vielleicht sei das der Zufall: die Frucht unseres Willens, das Reich unserer Wahl... Die einzigen Ursachen unserer Leiden, unserer Enttäuschungen, unserer kleinen, individuellen Freuden. Er sagte: Von allen Unvollkommenheiten der Natur ist der Mensch wahrscheinlich die größte, das Sandkorn, das den Mechanismus hemmt, ihn verfälscht...«

Thyna Colbert fragt: »Wer ist Sandoval?« Und er hört sich antworten: »Unser aller Meister, ein zwielichtiger Idealist. Sie können ihn nicht kennen. Ein vergessener Philosoph des vergangenen Jahrhunderts.«

1977

»...Ein Schmetterling, der durch die Lüfte flattert und gar nichts weiß von Chuang Tzu.«

HERBERT ALLAN GILES: CHUANG TZU (1899)

Faulendes Samenkorn in der Sonne ...

Denver, Freitag, der 4. Mai 1977

Dreiundzwanzig Uhr. Allan Mogler, Altbruder der Sektion *Colorado*, vergleicht die Zahl der Anwesenden mit der der Eingeschriebenen. Er hakt die Namen auf seinen Listen ab. Dann schließt er die Außentüren des Zentrums, riegelt sie elektrisch ab. Im dritten Stock schaltet Melvin Ribbs das Überwachungssystem ein. Nach und nach, eins nach dem andern, stabilisieren sich die Bilder auf den Schirmen der acht in die Konsole eingelassenen Fernsehgeräte: Apparat III und IV – die Adepten haben sich gerade in dem schwarzen Sitzungssaal versammelt; Apparat I, II und V – ein paar Nachzügler unterhalten sich auf dem Gang, in der Halle; Apparat VI, VII und VIII – die Cafeteria, die Bibliothek, der Gymnastikraum, alle drei menschenleer. Er rastet die Spule auf dem Tonbandgerät ein, prüft mit dem Finger die Spannung des Bands, drückt die Taste *Start/Stop*.

Ihre Kerze in der Hand eilt Rose Cardosa durch den Gang. Verborgen in der Zwischendecke, knistern die Lautsprecher. Sie hört eine weiche, melodische Stimme flüstern, schmeichelnd wie die einer Flughafenhostess: »Schwestern und Brüder des Lichts, seid uns willkommen.« In der Vorhalle zieht Rose, auf einem Bein stehend, angelehnt an einen Stuhl, ihre Schuhe aus, streift ihre Strümpfe ab, rollt sie zusammen und steckt sie in ihre blankgeputzten Mokassins, die sie zusammen mit ihrer Armbanduhr in eine der Wabenzellen einräumt (es sind nur noch ein Dutzend frei), numerierte Parallelfächer, die wie Flaschenregale in einem Weinkeller die Wand bedekken. Die unpersönliche Stimme – ein unwirklicher Klang, der aus allen Ecken gleichzeitig zu kommen scheint – fährt fort: »Habt ihr eure Kerzen angezündet? Habt ihr unseren Meister gegrüßt?«

Daniel O'Rooke schlängelt sich durch die Grüppchen hindurch bis vorn zum Altar, erkennt hier, sucht dort ein vertrautes Gesicht – ein dunkelhaariger Junge, dessen Namen er vergessen hat, sie haben zusammen bei den Umbauarbeiten des Zentrums mitgeholfen; zwei Animatricen in langen, schwarzen Wollgewändern mit einer goldenen Borte am Kragen, auch sie barfuß, die Altschwestern; Nancy Russel, die einmal bei einer früheren Sitzung ihren Platz neben ihm hatte, er lächelt sie an, ein Augenzwinkern, ein Kopfnicken, sie winkt ihm mit den Fingerspitzen zurück, eine flüchtige, freundschaftliche Geste; die schlaksige Gestalt des Kassierers der Sekte, Ray; Liz Land, das Haar zu einem Knoten hochgesteckt, das Kinn in Andacht auf die Brust gedrückt. »Seid ihr bereit?« fragt die Lautsprecherstimme. »Unsere Türen sind geschlossen. Habt ihr eure Kerzen angezündet?«

Rose Cardosa wirft sich zweimal vor dem Altar zu Boden, unter dem Bildnis des Meisters. Unaufhörlich wiederholt die verschwommene, singende Stimme: »Habt ihr eure Kerzen angezündet? Habt ihr unseren Meister gegrüßt? Unsere Wochenendsitzung wird gleich beginnen. Seid ihr bereit? Diejenigen, die heute zum ersten Mal bei uns sind, erinnern wir daran, daß die Türen des

Zentrums von nun an geschlossen sind. Wir alle hier sind für sechsunddreißig Stunden eingeschlossen. Ihr könnt nicht mehr fort. Eingeschlossen im Schoß der Bruderschaft, eurer wahren Familie. Eingeschlossen in uns selbst. Habt ihr unseren Meister gegrüßt?«

Daniel O'Rooke spitzt den Docht seiner Kerze an (ein weißer, dicker Schaft, den das blaue Profil eines Kondors mit ausgebreiteten Flügeln ziert), die er eine Stunde zuvor in der Boutique im ersten Stock gekauft hat. Die Flamme knistert, der Geruch von Ruß, sie zögert noch, dann richtet sie sich auf, hell und klar – er steckt seine Kerze auf eine der letzten freien Spitzen des vom Paraffin geschwärzten, abgestumpften, fettigen Ständers.

»...sechsunddreißig Stunden lang«, mahnt die Stimme sanft. »Seid ihr bereit? Anderthalb Tage lang werdet ihr nichts essen, euer Leib wird rein sein. Auch schlafen werdet ihr nicht, euer Geist soll gespannt sein wie die Sehne eines Bogens. Nur Wasser werdet ihr trinken, denn aus dem Wasser strömt das Leben.«

Die Neonlichter, die sich in dem schwarzen, metallischen Deckenlabyrinth der Träger, Balken, Schienen, Rohre, Kabel und Luftschächte verbergen, erlöschen zusammen mit den Lampen der Vorhalle – nur ein paar Nachtlichter sowie die Kerzen auf dem Altar brennen noch. Ein Murmeln wandert durch den Saal.

Die ölige, monotone Stimme fährt fort: »Seid ihr bereit? Nichts verbindet euch mehr mit der äußeren Welt. Niemand kann herein. Niemand kann heraus. Ihr seid nicht mehr allein. Eure älteren Schwestern und Brüder sind bei euch. Der Blick unseres Meisters ruht auf euch. Seht in euch hinein: ein kleines Lichtlein brennt von nun an in eurem Herzen. Es brennt dort wie die Kerze, die ihr angezündet habt. Seid ihr bereit? Ihr seid nicht mehr allein.

Schwestern und Brüder des Lichts, unser Meister will, daß diese Kerzen zwei volle Nächte und einen Tag lang brennen. So lange dauert unsere Sitzung. Die Zeit, die sie brauchen, um niederzubrennen, die Zeit, die euch zugemessen wurde, euch wiederzufinden. Wenn die Flamme der letzten Kerze auf dem Altar erloschen ist, wenn völlige Dunkelheit in diesem Raum herrscht, erst dann werden die Türen sich öffnen, denn dann werdet ihr frei sein. Habt ihr alle unseren Meister gegrüßt? Habt ihr auch eure Kerzen angezündet? Seid ihr bereit?«

Die Stimme verstummt. Eingeschüchtert von dem Zwielicht, dem plötzlichen Schweigen und dem Geruch des Weihrauchs, den ein verstecktes Gebläse verströmt, sitzen die neuen Jünger, die Jungschwestern und Jungbrüder, wie versteinert da. Sie wagen nicht zu sprechen, halten beinahe den Atem an, wagen sich nicht zu bewegen, die Haltung zu ändern, beobachten sich gegenseitig, belauern einander, daß einer als erster die Initiative ergreift und sich rührt, ein Wort sagt – unter den blasierten, beinahe ironischen Blicken ihrer älteren Schwestern und Brüder –, bis daß nach einer langen Minute einer von ihnen schließlich, kaum wahrnehmbar, an seinen Nachbarn heranrückt und flüsternd fragt: »Glaubst du, daß man hier rauchen darf?« Dadurch ermutigt protestiert eine junge Frau, noch bevor eine erste Antwort erfolgt, energisch und mit scharfer Stimme: »Unmöglich herauszukommen?« Und nun kommen die Fragen aus allen Ecken (empörte, neugierige oder auch verängstigte): »Darf man sich nicht setzen? Gibt es keine Stühle?« »Was wird geschehen?« Und dann: »Was sollen wir tun? Wo soll ich hin?«

*

»José! Carlos!« Luis richtet den Lichtkegel seiner Taschenlampe auf die Mauer. »Der fünfte Ziegel von links ... Ist der Laster schon da?« Er entdeckt den Spalt, ganz am Rand des Gerüsts. Er steckt die Klinge seines Taschenmessers hinein. Der Stahl knirscht zwischen dem rauhen Mauerwerk. »Sag ihnen, sie sollen im Hof abladen.« Aufspringen einer Feder. Er schwitzt. »Wir müssen jetzt über den Kesseln sein. Hoffentlich wird das nicht gefährlich für die Ware.« Der Ziegel gibt nach. Antonio beugt sich vor, zieht an einem Messinggriff, der in das Gemäuer eingelassen ist. »Hilf mir.« Er stemmt sich mit ganzer Kraft auf der Fußplatte ab, ein Mauerstück verschiebt sich und gibt eine dunkle Passage frei. »Die Schiene muß geölt werden«, stellt er fest. Und Luis fügt hinzu: »Das ist noch alles neu. Deshalb.«

*

Melvin Ribbs verfolgt auf den Bildschirmen III und IV die Diskussion im Sitzungssaal. In einen Plastikbeutel wirft er eine noch halbvolle Flasche mit lauwarmen Bier. ›Ich schau lieber zu.‹ Er konzentriert sich auf eine kleine, blonde Frau. Allan Moggler redet ihr gerade zu: »Der Meister hat gesagt: Leben heißt kommunizieren.« Die Jünger sitzen im Schneidersitz, liegen auf dem Boden, stehen oder gehen im Raum auf und ab und versuchen, ihr Mut zu machen. Starrsinnig wiederholt sie: »Aber ich hab nichts zu sagen. Laßt mich in Ruhe. Ich ... Ich werd schon gleich reden.« Allan Moggler erklärt: »Der Meister sagt, daß die Worte, die man für sich behält, sich im hinteren Teil des Kopfes ansammeln. Sie verstopfen den Kopf und lassen ihn schließlich verfaulen.« Die Frau verbirgt ihr Gesicht in den Händen. »Warum guckt ihr mich alle so an?« stöhnt sie. »Laßt mich doch ...« Daniel O'Rooke, der auf den Knien neben ihr hockt, legt einen Arm um ihre Schulter: »Ich hatte am Anfang auch Schwierigkeiten. Sag irgendwas. Das ist die Regel. Wir sind deine Brüder. Wir wollen nur dein Bestes. Das ist der Grund, weshalb der Meister uns versammelt: damit wir lernen, uns gegenseitig zu läutern. Spürst du denn nicht, daß wir nur dein Bestes wollen?« Rose Cardosa fragt ihre Nachbarin: »Ist das eine Art Psychodrama? Ich bin zwar neu hier, aber ich hab schon mal eine Analyse gemacht. Ist das wie beim Psychodrama?« Jemand ruft: »Laßt sie doch, wenn sie nicht reden will. Ihr Schaden!« Ein Jungbruder empört sich: »Sie hat ihren Beitrag gezahlt, wie jeder sonst auch. Also müssen wir ihr helfen, sie zwingen zu kommunizieren. Das ist unsere Pflicht!« Und die Frau schluchzt: »Aber was wollt ihr denn, was ich sagen soll?« Nancy Russel hebt ihr Gesicht hoch: »Warum mißtraust du deiner wahren Familie?« Die Frau klagt: »Aber ich kenne euch doch nicht, ich hab noch nie mit jemand gesprochen, laßt mich fort!« Sie steht auf. Ein Mann brummt: »Ihr Geist ist schon verfault von all den Schweinereien, die sie für sich behält.« Und ein anderer: »Du weißt doch genau, daß du nicht hinaus kannst.« Nancy wiederholt: »Wir sind hier, um uns gegenseitig zu helfen.« Und die Frau heult: »Ich bin's nicht gewohnt zu reden, das versteht ihr nicht, ich hab immer ganz allein gelebt, ich bin's nicht gewohnt!«

*

Carlos bringt den Lastenaufzug zwischen den zwei Stockwerken auf ihrer Höhe zum Halten. Er macht die Sicherheitskette los, schraubt die Schutzverkleidung ab. »Riskieren wir nicht, daß sie uns hören?« Antonio zuckt mit den Schultern: »Sie sind zu sehr mit ihren idiotischen Gebeten beschäftigt.« Er schätzt das Fassungsvermögen des Aufzugs ab. »Ein Dutzend Fahrten. Das müßte gehen.« Er schaut auf seine Uhr: »Wir haben Zeit.«

Auf dem Hof ragt die Motorhaube des Lastwagens aus einem Wellblechschuppen hervor. »Hast du das Schloß wieder so hingehängt, wie es vorher war?« Zwei Männer lassen die Kisten eine schräge Rutsche hinabgleiten. »Was ist passiert?« Luis unterdrückt ein Stöhnen. Er zeigt seine Handgelenke, seine Finger, die unter Binden und Heftpflastern verschwinden. »Tut es noch weh?« Er setzt sich auf eine der Kisten, auf denen *Oben* und *Unten* geschrieben steht, und in einer Ecke *Zerbrechlich*.

Er sieht wieder die winzige Zelle vor Augen, das Feldbett, in dem es von Flöhen und Läusen nur so wimmelt. Ein Hustenanfall, so heftig wie ein Schluckauf, steigt in seiner Brust auf – die Ketten, die Röhren, die zwischen seinen Beinen klirren, die Elektroschocks, die Zangen ...; täglich Hinrichtungen, tatsächliche und vorgetäuschte, unter seiner Fensterluke; sie haben ihn in diesem Verließ gefoltert, ihn völlig isoliert, sie haben ihn glauben gemacht, daß seine Frau, sein Sohn ...; sein verbranntes, aufgerissenes, zerschnittenes, zerfetztes Fleisch; die Drohungen, die Beleidigungen, die Schläge, der fade Geruch des Blutes – seines Blutes –, er erbrach sich auf seine Wunden, er urinierte in seine Hose, als sie den Strom durch ihn hindurchjagten, konnte den Stuhl nicht mehr halten, noch töten sie mich nicht, sie wollen nur, daß ich zusammenbreche ... Er schaut auf seine Hände.

»Tut es noch weh?«

Er glaubte sich gegen den Schmerz gewappnet, psychisch und physisch. Aber er hatte nicht die Zeit vorausgesehen, die Wiederholung. Er war noch stolz auf seine

Reaktionen gewesen, nach dem ersten Elektroschock. Aber er hatte nicht vorausgesehen, daß dies immer wieder von neuem anfangen würde, jeden Tag, das Aufschrecken beim Wecken, die Nacht, die Zeit... Er schließt die Augen, preßt die Kiefer aufeinander.

Carlos setzt das Stemmeisen unter einer Kiste an und kippt sie auf den Karren.

*

»Es ist wahr!« sagt die blonde Frau auf dem Bildschirm. »Es ist wahr, das habe ich tausendmal gewünscht.«

Angeödet stellt Melvin Ribbs die Lautstärke des Empfängers leiser. Er denkt: Alles verläuft normal. Niemand wird etwas merken, wenn ich für eine Viertelstunde fortgehe. Er nimmt seinen Mantel vom Haken. Bier und Zigaretten kaufen in der Kneipe an der Straßenecke. Er stößt die Tür der schalldichten Kabine auf. Niemand. Nur ein Viertelstündchen.

Auf dem Gang fällt ihm ein, daß die Haupteingänge elektrisch verriegelt sind, und er beschließt, über den Hof zu gehen. Er macht kehrt, um von einem Regal die Schlüssel des Liefereingangs zu holen, meidet die Büroräume, drückt mehrmals vergeblich auf den Rufknopf des Lastenaufzugs. ›Dabei funktionierte er doch heute nachmittag‹, wundert er sich. Schließlich findet er sich damit ab, daß er die Feuertreppe nehmen muß, als plötzlich der Mechanismus sich in Gang setzt, die Seilscheibe sich zu drehen beginnt, das Gegengewicht am Ende des Seils in die Höhe schwebt. Von seiner Position aus schätzt er: »Im Erdgeschoß, oder auf der ersten Etage.« Wieder drückt er auf den Rufknopf. Aber allem Anschein nach ist der Lastenaufzug endgültig stehengeblieben.

Er steigt mehrere Stufen hinab, beugt sich über den Vorsprung. Offenbar ein Licht, das sich bewegt, eine Fackel, eine Lampe in der Dunkelheit.

»Es geht schon«, sagt Luis. »Mach dir keine Sorgen.« Die Räder des Karren ächzen auf dem unebenen Boden.

Melvin Ribbs hört (der Treppenschacht bildet das Echo) Stimmenlaute, den Aufprall eines schweren Gegenstands (einer Kiste, eines Möbelstücks?), der auf die Erde fällt, an dem gezogen wird, der gegen eine metallische Oberfläche schlägt. Er steigt noch ein paar Stufen hinab, diesmal langsamer, auf Zehenspitzen – ein Lachen, ein Satz (das Licht verschwindet) in einer Sprache, die in seinen Ohren wie Spanisch klingt. Er kehrt auf den Treppenabsatz zurück, öffnet lautlos ein Oberlicht und sieht im Hof, im Schein des Mondes, Männer in blauen Arbeitsanzügen, die gerade weiße Holzkisten von einem Lastwagen abladen. »Um diese Zeit, das können keine Arbeiter der Sekte sein.« Schnell eilt er in seinen Kontrollraum zurück.

Bildschirm III und IV: »Unsere Schwester hat gestanden«, freut sich ein Altbruder. »Sie hat die Ursache ihres Übels gestanden!« Er ruft alle Jünger als Zeugen auf. »Ihre geheimsten Träume, ihre Ängste, ihre Wünsche! Erinnert euch, was unser Meister gesagt hat: wir müssen jeder der Reihe nach öffentlich unseren Geist läutern. Wenn die Frauen und Männer sich nicht in der Läuterung vereinen, vereinen sie sich im Leid!«

Melvin schaltet alle Geräte ein. Menschenleere Gänge, stumme Säle, verlassene Hallen.

In einem Notizbuch – mit einem Bindfaden an der Wand befestigt – sucht er die Nummer des Notrufs, rot unterstrichen. Beim Wählen zittern seine Finger. Er vertut sich in der Nummer. Verbessert sich zweimal. »Hallo!« Er begreift nicht sofort. »Hallo!« Die Stimme des automatischen Anrufbeantworters endet: »Nach dem Piepton haben Sie drei Minuten Zeit, Ihre Nachricht zu hinterlassen. Danke.« Er stammelt seine Befürchtungen in die Muschel. »Unbekannte, im Keller...« Doch als er auflegt, wird ihm klar: ›Das sind gar keine Diebe. Sie sahen nicht so aus, als würden sie irgend etwas wegnehmen. Sie luden ihren Lastwagen *ab*.‹

Er zögert. »Im Dunkeln. Sie sprechen nicht unsere Sprache. Sie tragen nicht die Sektenuniform.« Bildschirm III und IV: »Nehmt euch in acht vor den Wörtern, hat der Meister gesagt. Die Wörter sind Fallen, laßt euch nicht von den Lügen der Wörter verleiten.« Allan Moggler ruft aus: »Befreit euch von euren Gewohnheiten, von den Gemeinplätzen! Sprengt die Barrieren der Sprache! Auch euer Körper soll reden! Sprengt die Fesseln der Routine, lernt im Licht zu leben!« Melvin Ribbs holt aus einer Schublade einen schweren Revolver mit vernickelter Trommel hervor.

*

Kurze, heftige Stiche. Luis läßt die schmerzenden Gelenke seiner Finger spielen. ›Vier Monate, die ich heraus bin.‹ Sie haben ihn – zusammen mit siebzehn weiteren Kameraden – gegen einen in Argentinien entführten Diplomaten ausgetauscht. »Das verheilt.« Das Geräusch von leisen Schritten. Er glaubt, sich verhört zu haben. Er spitzt die Ohren. Über ihm. Eine Ledersohle, die über eine Stufe streift. Er löscht seine Taschenlampe. Jemand kommt die Treppe herunter. Er geht in die Hocke (der Schmerz ist verschwunden), bereit zum Sprung. In dem Kellergewölbe, am Ende des geheimen Durchgangs, dessen Öffnung in der Mauer klafft, stapeln Antonio und Carlos die Kisten aufeinander. Der Mann kommt näher. Mit unendlicher Vorsicht. Luis hört seinen kurzen Atem. Er kauert sich in seiner Ecke zusammen. Melvin Ribbs erscheint auf seiner Höhe. Er stolpert über eine Eisenstange. Luis springt auf ihn. Er stemmt ihm ein Knie ins Kreuz, umklammert mit dem linken Arm seine Kehle und schlägt ihn mit dem Griff seiner Taschenlampe nieder. Ohne einen Schrei stürzt Melvin zu Boden. Im Laufen hebt Luis den Revolver auf und steckt ihn ein.

»Antonio! Carlos!«

Sie fesseln ihn, zwingen seine Zähne auseinander, stopfen ihm ein Taschentuch in den Mund.

»Was sollen wir mit ihm machen?« Melvin gelangt wieder zu Bewußtsein. »Zuerst müssen wir wissen, ob er mit jemand gesprochen hat.« Und mit zusammengekniffenen Augen schlägt Luis vor: »Hängt ihn mit den Füßen hier an dem Träger auf. Ich werd ihn schon zum Singen bringen. Wir haben keine Zeit.« Er klappt die Klinge seines Taschenmessers heraus.

Schwarzer Humus, mit Schädeln bedeckt . . .

1

Sandoval sagte: »Lateinamerika ist Symbol und Exempel unseres Schicksals; wir sind die letzte Bastion, die letzte Zuflucht, die letzten überalterten, verbrauchten, getreuen und wehmütigen Hüter eurer verfaulenden Kultur, vielleicht weil wir sie immer von ferne wahrgenommen haben, wir haben immer nur das angeschwollene Echo empfangen, und mit Verspätung, vom Grund unserer barbarischen Unermeßlichkeit; vielleicht weil wir alle halbe Mischlinge sind und dunkle, eifersüchtige und zähe Bande uns, zu unserer Schande oder zu unserem Stolz, mit unseren Indios vereinen, unseren Sklaven, unseren Schwarzen, unseren Cabocles, eben denen, die uns, durch unser Blut, dieses Leben gespendet haben, diese Kraft, diese Üppigkeit, die euch fehlt – wir finden euch ja so blaß! Wir haben um so vieles eindringlicher als ihr die Agonie, den Niedergang eurer Kultur gespürt, dieser Kultur, von der ihr uns ausschließen wolltet und die wir ängstlich hüten, wir, eure armen Verwandten, in unseren staubigen Patios, auf unseren melancholischen Haciendas, im Schatten der Mangobäume, der Avocadohaine, der Mangroven, in unseren undurchdringlichen Dschungeln und unseren elenden Bergen – ein Buch, ein Gedanke, ein Stil erschienen uns als etwas unermeßlich Seltenes –, wir haben gesehen, wie sich eure Kultur auflöste, vergeilte, zerfaserte, zerrann: unser kostbarstes Gut, und ihr tatet nichts, wurdet euch nicht einmal dessen bewußt, willigtet ein und schrittet fort zu einer andern, und es war, als verschwände ein Teil von uns selbst, und nur wir allein, wir alten lateinamerikanischen Dinosaurier, wir verfaulenden Folkloremumien, waren da, um sie zu beweinen.«

Amaru, im Badekostüm – lange, weite Bermudashorts –, zieht sich triefend aus dem Schwimmbecken. Von einem Korbtisch nimmt er ein Frotteehandtuch und rubbelt sich kräftig den Rücken ab, die Brust, die Schenkel. Er beugt die Knie, atmet tief ein, streckt sich, ein Ausdruck von Zufriedenheit, schnäuzt sich mit den Fingern, reinigt sich die Ohren. »Frank!« Er ruft zu ihm herüber, die Hände zu einem Trichter vor dem Mund geformt: »Es ist herrlich! Komm und mach einen Hechtsprung!« Er macht ihm mit dem Handtuch Zeichen.

Ein Wasserstrahl sprengt den Rasen. Das feuchte Gras kitzelt seine Zehen.

Er tritt zu Frank auf die Terrasse, schenkt sich ein Glas eisgekühlten Orangensaft ein. Mit großer Geste weist er auf die Palmen, die Sonne, das Meer... »In Lima war California der Name einer Bar der Verlierer, in der Calle Barbosa, weißt du das?« Er pfeift durch die Zähne. »Es ist wirklich gut. Du solltest auch baden.«

Frank blinzelt mit den Augen, ganz benommen von der Hitze. Müde Glieder. Salzige Schweißtropfen rinnen zwischen seinen Wimpern. (»...keine Sonne und keine Erde; sondern immer nur ein Auge, das eine Sonne sieht, eine Hand, die eine Erde fühlt...«) Ein Gärtner schneidet gerade eine Buchsbaumhecke. Das regelmäßige Schnippen seiner Gartenschere (*Welt als Wille und Vorstellung*: 1819).

»Kann ich eine Platte auflegen oder stört dich das?«

Amaru legt eine Single auf den Plattenteller und stellt den Wählschalter auf Automatik. Der Arm hebt sich, schwenkt aus, senkt sich auf der Höhe der ersten Rillen herab. Die Akkorde einer kakophonischen *Salsa* füllen die Luft.

»Ist es wegen ihr?« Er läßt sich an seiner Seite in einen Liegestuhl fallen. (»Die Romanze zweier Scherenblätter, schnipp-schnapp, die sich aus Liebe kreuzen...«) Mit dem Fuß klopft er den Takt.

»Hast du nichts Geschmackloseres?« brummt Frank. »Stell das Stück leiser.«

Er fächelt sich mit einem Aktendeckel, der auf dem Bastteppich herumlag, Luft zu. Amaru seufzt:

»Ich hab's dir ja gesagt: auf den Rhythmus kommt es an! Wichtig ist nur der Rhythmus. Um die Worte kümmern sich die Leute einen Dreck.«

Er macht es ihm vor. Er klappert mit seinem Siegelring gegen den Rand seines Glases. (»Um die Liebe einer Frau, schnipp-schnapp, schlagen sie sich auf alle Zeit...«) Kreischender Einfall der Trompeten, schmachtende Tremolos. »Denkst wohl noch daran, wie?« Frank verzichtet auf seine Lektüre. Amaru, plötzlich ernst, erkundigt sich: »Hast du das Gesicht gesehen, das du ziehst? Such dir jemand anders...« (Unfähig, sich zu konzentrieren, der Nacken schwer, ein kränkelndes Gefühl.) »Vergiß sie. Denk an was anderes. Versuch, dich zu amüsieren... Du hast nichts gegessen. Zieh dich aus, mach dir's bequem. Und heute abend lassen wir uns Mädchen kommen, oder wir gehen in die Stadt, hauen auf die Pauke...«

»Was, nichts gegessen?«

Amaru fährt fort:

»California! Es ist heiß und keine Fliegen. Hast du so

was schon mal gesehen, heiß und keine Fliegen? Kein Mensch arbeitet hier, und trotzdem hat jeder Autos, Schwimmbecken, schöne Häuser. Und wozu ist das alles gut? Was machst du? Du liest dir die Augen aus dem Kopf mit deinen Büchern. Das Geheimnis des Magiers ist sein Leib. Das ist sein Geheimnis.«

Mit überzeugter Miene nickt er mit dem Kopf. »Schüttel dich mal, lerne zu leben.«

Ans Ende der Rille angelangt, hebt sich der Tonarm, bleibt stehen. Fasziniert schaut Frank ihm zu, wie er um seine Achse schwenkt, sich senkt, sich auf die Gabel legt.

»Das ist der Traum«, sagt er. »Ein fühlloser Apparat sein, ohne Verantwortung für die Dinge, Tonarm werden, Musikmaschine.«

Und Amaru erwidert:

»Es war nicht deine Schuld. Hör auf, daran zu denken.«

2

Der Wagen verläßt die Straße, biegt in einen holprigen Hohlweg ein, an den sich eine von Kokospalmen gesäumte Allee anschließt. Daniel O'Rooke schaltet in den zweiten Gang zurück – die Räder drehen auf dem Kiesbelag durch. Er vermindert die Geschwindigkeit. Neben ihm zieht Allan Moggler nervös an seiner Zigarette. Auf dem Rücksitz pudert Nancy Russel sich noch einmal, die Handtasche auf den Knien, prüft in einem kleinen Taschenspiegel den Zustand ihrer Frisur. »Man erstickt ja.« Er bremst vor einem geschlossenen Gitterportal. Ein Hund schlägt an. Er hupt. Ein bewaffneter Wachtposten mit umgehängtem Jatagan kommt aus seinem Schilderhäuschen geschlendert. Eine Hand als Schirm über den Augen, um sich gegen das grelle Sonnenlicht zu schützen, mustert er die schmutzigen Chromteile des alten Ford, dann das Gesicht eines jeden Fahrgasts. »Können Sie nicht lesen? Privatgrundstück.« Allan Moggler beugt sich durch das offene Fenster: »Wir sind Mitglieder der Bruderschaft. Ich bin der Leiter des Zentrums in Denver.« Er zeigt eine Karte vor. »Wir haben einen Termin.« Der Wachtposten hält über ein Funksprechgerät Rücksprache. Er läßt sie aussteigen, tastet sie gewissenhaft von Kopf bis Fuß ab, untersucht die Sitze, den Boden des Wagens. »Okay.« Er hält seinen Dobermann zurück. Sperrt das Gitter auf.

Daniel O'Rooke parkt unter einer Bougainvilleahecke. Ein Butler erwartet sie auf der Schwelle, vor der schmiedeeisernen Brüstung der doppelläufigen Freitreppe. Von irgendwoher hört Nancy Russel ein Geräusch, das einzige, von einem Springbrunnen oder einem Wasserstrahl. Sie betrachtet einen Augenblick die Fassade, die von der Nachmittagssonne beschienen wird – gewundene Säulen im maurischen Stil, Wandpfeiler und Balkone, Steinverstrebungen, die die Ziegel der Mauern einrahmen, dreieckige Frontgiebel, mit Friesen verziert, Wandnischen, die nach einem regelmäßigen Rhythmus von rosa und schwarzem Mamor einander abwechseln, bevölkert von Dianen und Faunen, und weiter oben die symmetrische Abstufung von Kuppeln und Domen. »Gehört das alles der Sekte?« Allan Moggler stößt sie sanft vor sich her. »Beeil dich, sie erwarten uns.«

Sie durchqueren eine Galerie, pastellfarbene Zierleisten, einander gegenüberliegende Spiegel, Kronleuchter aus buntem Kristall. Die Paneelen des Eichenparketts knarren unter ihren Schritten. Ein großes Glasfenster gibt den Blick frei auf die Mosaikumrandung eines Schwimmbekkens, Brunnenschalen und, jenseits des Vorhangs von Zypressen, Mimosen, Palmen und Pinien, auf den gelben Strand, den Ozean. Ein Gärtner schleift seine Sense. Ein roter Außenborder durchfurcht die Bucht.

*

»Wir haben die Polizei nicht gerufen.«

Allan Moggler fährt sich mit der Zunge über die Lippen. Er erzählt: »Das haben seine Eltern getan. Sie haben am Montag sein Verschwinden angezeigt. Und seine Verlobte, die sich gleichfalls Sorgen machte. Weil sie ihn nicht haben wiederkommen sehen. Sie haben Klage erhoben. Sie beschuldigen die Sekte, sie beschuldigen uns, ihn der Freiheit zu berauben. Ihn entführt zu haben ... Die Polizei ist gekommen, hat unsere Mitglieder verhört, eins nach dem andern, stundenlang. Sie haben unsere Kartei kopiert. Doch abgesehen von ein paar, die fehlten, waren wir an dem Tag, als Melvin verschwand, alle bei der Sitzung. Sie haben alle Räume durchgekämmt. Sie hatten einen Durchsuchungsbefehl.« Er beschreibt Melvin Ribbs als einen netten, anständigen Jungen. Er erklärt: »Nichts fehlt. Ich habe die Kasse überprüft, die Papiere.« Er sagt: »Sie haben nichts gefunden, aber ich weiß, daß sie uns nicht glauben, daß sie uns in Verdacht haben.« Ausgezehrtes Gesicht, glanzlose Augen in tiefen Höhlen. Fliehendes, kraftloses Kinn.

Frank trommelt mit Zeige- und Mittelfinger auf der Rauchglasplatte des Tischs, die von den Schnäbeln vier vergoldeter Schwäne getragen wird. Er fragt:

»Wie weit ist es von hier bis Denver?«

Daniel O'Rooke meint:

»Tausendzweihundert, tausenddreihundert Meilen werden es schon sein...«

»Sie haben einen Sondertermin beantragt, Sie haben diese ganze Strecke zurückgelegt, nur um mir eine Nachricht mitzuteilen, die in den Zeitungen stand?«

Allan Moggler befeuchtet wieder seine Lippen mit der Zungenspitze.

»Wir würden gern den ständigen Sekretär der Sekte sprechen.«

»Ich bin der ständige Sekretär der Sekte.«

Allan Moggler blickt seine Begleiter ratsuchend an. Nancy Russel rutscht ungemütlich auf ihrem chinesischen Stuhl. Daniel O'Rooke fröstelt trotz seines Anzugs aus blauem Köper: Unter einem Fenster summt eine Klimaanlage.

Allan Moggler entschuldigt sich, beruft sich auf die Gewichtigkeit der Informationen, die er weder per Telefon hätte mitteilen noch irgend jemand anvertrauen können. Er sagt: »Es ist wegen der Blutflecken.« Und er erläutert: »Nancy hat Blutflecken entdeckt auf der Treppe, die in den Keller hinabführt.« Er senkt seine Stimme: »Wir haben noch niemand etwas gesagt. Wir haben alles weggewischt, geputzt, wir selber. Aber es waren Blutflecken.« Er schweigt ein paar Sekunden, als wolle er die Wirkung abschätzen, die seine Worte hervorgerufen haben. »Und dann gab es Spuren auf dem Boden. Holzsplitter, Schrammen, als wären Kisten in den Keller geschleppt worden. Ich habe nachgeforscht. Wir haben alle drei nachgeforscht. Normalerweise hätten wir gar nichts gemerkt, aber...« Teilnahmsloses Gesicht von Frank. »Es stimmt etwas nicht mit dem Grundriß, der Raumaufteilung des Untergeschosses. Ich habe die Baupläne des Gebäudes studiert. Es paßt nicht zusammen. Und dann noch diese hohl klingende Mauer.«

»Was vermuten Sie?«

Allan Moggler flüstert, den Oberkörper vorgebeugt, als fürchte er, von einem indiskreten Ohr belauscht zu werden:

»Melvin Ribbs war an dem Tag, oder vielmehr an dem Wochenende, auf Wache im Kontrollraum. Es gab einen Revolver in der Kabine: der Revolver ist verschwunden. Auf seinem Tisch lag ein aufgeschlagenes Telefonverzeichnis, mit einer unterstrichenen Nummer: der Notruf. Ich habe mich erkundigt – die Anrufe werden von einem automatischen Anrufbeantworter aufgezeichnet. Doch das Band von diesem Wochenende ist gleichfalls verschwunden. Seit einigen Monaten wiederholen sich Vorfälle dieser Art innerhalb der Sekte. Aus Pittsburgh, aus Memphis, aus Detroit meldet man uns ähnliche Ereignisse... Ich glaube, daß Melvin Ribbs tot ist. Ermordet. Ich weiß nicht, was ihn überrascht hat. Aber man hat ihn ermordet, um ihn zum Schweigen zu bringen, und jemand im inneren Kreis der Sekte oder der Stiftung kennt und schützt die Mörder. Wir haben der Polizei noch nichts gesagt. Wir wissen nicht, wie wir uns entscheiden sollen, und bitten darum demütig den Meister, er möge uns erleuchten.«

Schüttet das Wasser der Kelche um ...

Aufputschmittel, Tequila, Valium. Frank Hélias wälzt sich auf seinem Bett. Ein Ticken in der Finsternis. Er erinnert sich: die verschneiten Straßen von New York, sie lief an seiner Seite, er reichte ihr den Arm. Die Bilder ziehen an seinem inneren Auge vorüber, gewinnen an Klarheit, ordnen sich. Er erinnert sich: sie trug an jenem Tag einen braunen Tweedmantel, mit Pelzbesatz am Kragen und an den Handgelenken. Ganz klein und zierlich. Auf ihren getönten Brillengläsern flimmerten weiße Pailletten und verbargen ihren Blick, ihren immer lachenden, lebhaften Blick. Er ließ seine Hand auf ihrer Schulter ruhen. Jeden Augenblick, wie aus Versehen, streifte er ihr Gesicht, ihre Wangen. Sie schien nicht darauf zu achten. Wieder sieht er ihr kurzes, dichtes Haar – den Pony, der ihre Stirn bedeckte. Sie liefen nebeneinander, erzählten sich aus ihrem Leben, verglichen ihrer beider Kindheit miteinander. Die Lippen in der Kälte aufgesprungen.

Er redete drauflos: »Wie Abpraller im Gedächtnis, schon einmal erlebte Wahrnehmungen, die auf andere verweisen, und wieder andere, sie löschen die Zeit aus und nähern sich so der Ewigkeit.«

Vorsichtig öffnet er die Augenlider. Die Hitze eines Körpers an seiner Hüfte. Ein unbekanntes Zimmer.

...ein scharfer Wind fegt über die rutschigen Straßen, stülpt die Schirme der Passanten um. Vor Kälte erstarrt, traten sie in eine Buchhandlung der Lexington Avenue, um sich einen Moment aufzuwärmen. Sie war kaum geschminkt. Schneeflocken übersäten die Schaufensterscheiben des Ladens. Sie putzte an ihrem Schal ihre beschlagene Brille. Er hatte darauf bestanden, ihr ein paar Bücher zu schenken.

Die vereisten, endlos langen Bürgersteige. Die eine, bestimmte Minute, als er sie, nach mehreren ungeschickten Versuchen, die sie kaum zurückgewiesen hatte, behutsam in den Arm nahm, sie einander küßten. »Thyna!« Sie hatte gesagt: »Warte!« Sie hatte ein Taxi herbeigerufen.

Frank Hélias stützt sich auf einem Ellbogen auf. Die Kehle ausgetrocknet. Er tastet um sich. Feuchtes, nachgiebiges Fleisch. Die Rundung einer Pobacke, die Wölbung eines Rückens. Ein modriger Geruch. »Thyna!« Sein Kopf fällt auf das Laken zurück.

Sie hatte ihn mit zu sich nach Hause genommen, eine ruhige Wohnung im oberen Teil der Stadt. Im Taxi küßte er sie auf die Lippen, seine Hand zögerte noch, sich auf ihre Haut vorzuwagen, unter ihren Wollpullover, noch ganz verwundert, daß er sie umarmen, ihren Namen flüstern durfte. Das Auto hatte vor einem kleinen Haus mit bunten Fensterläden gehalten. Ausgedörrte, nackte, finstere Bäume, überpudert vom Schnee, rahmten den Eingang ein.

Ein dichter Schleier.

... sie zeigte ihm ihre Bücher, ihr Schlafzimmer, eine Radierung an der Wand, sie zögerten, aus Wollust, den Augenblick hinaus, da – leichte, flüchtige Berührungen, immer wieder ein Streifen der Haut, sie hielten einander umschlungen im Schlaf, manchmal wartete er auf sie am Ausgang ihrer Zeitungsredaktion, am Sonntag spazierten, wanderten sie durch den Central Park, über vereiste Wege, ein paar Schlittschuhläufer auf dem See, er hatte nicht einmal das Gefühl, daß er sie belog, er war zum ersten Mal so unruhig, so ungeduldig, seine Verwirrung hatte sich in Eile verwandelt, sie hielt ihn ernst zurück, ihre Augen in die seinen versenkt, sie hatte ihre Brille abgenommen, ihr kurzsichtiger Blick schien verloren, schutzlos, so ernst, sie war ihm so jung vorgekommen, so zerbrechlich und zugleich so – ihr Rock öffnete sich wie ein Blütenkelch, als sie zu ihm sagte: »Mir, nur mir«, der Tag, an dem er ihr zum Spaß die Karten legte, sie hatte sich ganz geöffnet, nach hinten gebeugt, er konnte mit einem Arm um ihre Taille fassen, das mit rosa Satin bezogene Daunenbett, ihre Finger ineinander verschlungen, das nach Gardenien duftende, schwere Parfüm.

Er setzt einen Fuß auf einen harten, abgewetzten Teppich. Dort, wo die Ebenholzplatte mit dem eingelassenen Schildpatt, Perlmutt und Elfenbein des kleinen runden Tisches hätte sein müssen: die unebene Oberfläche eines wackligen Nachttisches. Ein Lichtstrahl fällt quer in das Zimmer. Er steht auf, mit weichen Knien, schwankend. Eine Frau schläft in dem Bett. Der schmutzige Untergrund der Matratze. Die verästelte lila Spitze eines Strumpfhalters, ein Slip, ein BH, ein getragenes Kleid. Ein Bidet hinter einem Wandschirm. Und seine eigenen Kleider auf dem Boden verstreut.

. . .sie hatte unter seinen Nasenlöchern ein kleines Glasröhrchen zerbrochen. Er hatte geglaubt, gleich müßten seine Lungenflügel platzen, ein Brennen, gefolgt von einem scharfen Stechen, eine kurze Halluzination, einen Augenblick lang hatte sich *sein* Gesicht über das *andere* gelegt. Dann der Ekel, die Angst. Und nach und nach erwachte wieder die Realität, holte ihn ein, tauchte wieder auf, wie von ganz weit her – das Mädchen schläft, den Kopf in das Kissen vergraben, und dreht ihm den Rücken zu – holt ihn ein, behauptet sich, zehrt von neuem an ihm, packt ihn von neuem, taucht wieder auf, wie von ganz weit her, um wieder in die Realität der Dinge zurückzukehren – in dieses enge Hotelzimmer, die Backofenhitze, den Holzfußboden, das Photo einer Schauspielerin, das mit Reißzwecken an eine Wand geheftet ist, ein Kalenderblatt, eine Bikinischönheit, Pokale mit Gravuren wie Trophäen auf den Armen, sie schläft, eingerollt auf der Seite – ruckweise, in Fetzen, setzt es sich in seinem Körper fest, in seinem Geist (»Thyna Colbert ist tot«), löst sich die Erinnerung auf, der Traum, »Thyna, sie . . .«

Frank macht das Fenster auf, stößt die Klappläden zurück, das Licht der Straße blendet ihn. Er hatte nicht gewollt, Amaru ließ nicht locker, er kippte alle Flaschenreste zusammen in einen Shaker, rührte um, fügte gestößeltes Eis hinzu, den Saft einer Zitrone, Apfelstücke oder in Würfel geschnittene Orange, Kristallzucker, Pfefferminzblätter, Soda, schüttelte den silbernen Becher (es schmeckte abscheulich, war aber stark) und gab noch bittere Pillen hinein, die er mit einem Löffel auf dem Boden zerkleinerte.

Das Mädchen auf dem Bett bewegt sich – ihr Arm krümmt sich um ihren Kopf, sie dreht sich herum, gähnt, die Augenlider geschwollen, von Wimperntusche verschmiert, die Schläfen von Strähnen verklebt, das Gesicht verquollen vom Schlaf.

Sie hatten die Villa gegen Mitternacht verlassen. Frank fuhr (er hatte einen Kotflügel eingedellt, als er den Wagen aus der Garage lenkte) über die Autobahn, Amaru sang aus Leibeskräften . . .

Frank findet in einer Ecke ein Waschbecken. Er spült sich den Mund aus, spritzt sich Wasser ins Gesicht. Das Mädchen stöhnt, gähnt wieder.

Eine verkommene Bar in der Stadt, an der Grenze zum Chinesischen Viertel. Er wollte nicht einmal bestellen. »Warte hier auf mich.« Er saß im rötlichen Halbdunkel einer verräucherten Nische und trank Tequila, während sich auf der Bühne ein halbnacktes Mädchen zu einer eintönigen Musik in den Hüften wiegte.

Er sammelt seine Kleider auf, ein Schuh ist unter dem Bett, zieht sich hastig an.

Vergnügt war Amaru eine Viertelstunde später wieder zurückgekehrt, in Begleitung zweier Mädchen. Er streichelte die Brüste der blonderen, krumme Beine, Sandaletten mit Keilabsätzen, schob die andere Frank in die Arme, »Ruby heißt sie, meine ist Bamby«, (»Candy«, hatte ihn das Mädchen mit der milchigen Haut verbessert, »Candy, nicht Bamby«), sie preßte sich an ihn auf der mit Skai bezogenen Bank, hängte sich an seinen Hals, schleuderte eine warme Zunge in sein Ohr. »Vorausgesetzt, du möchtest nicht lieber die hier.« Amaru hatte den Preis ausgehandelt. »Es gibt ein Hotel hier, direkt nebenan.«

»Und meine Moneten!« beschwert sich das Mädchen. Frank legt zwei 100-Dollar-Scheine auf eine Kommode, knöpft sich die Jacke verkehrt zu. »Thyna Colbert ist tot.« Verstört geht er hinaus, läßt die Tür hinter sich offen stehen. »Seit sechs Monaten.« Alkoholschweiß, der auf seiner Haut klebt. »Man fand sie eines Morgens auf, erstochen, vor ihrem Haus.« Er steigt die ausgetretenen, hohlen, von den Jahren blankgewetzten Stufen des kleinen Hotels hinab.

Zweischneidige Klinge ohne Griff...

1

»Möchtest du, daß ich an deiner Stelle die Sektionsleiter empfange?«

Amaru drückt – eine kurze, kräftige Bewegung mit dem Zeigefinger – das Messer des Zigarrenabschneiders herunter.

»Aber warum?«

Tabakkrümel sind auf seiner Hose verstreut, die braune Spitze fällt in den Aschenbecher. »Sie ist ein wenig trokken.« Er läßt mit den Fingern, ganz nah an seinem Ohr, das Deckblatt der Havanna krachen – er ahmt dabei den konzentrierten Gesichtsausdruck des vollkommenen Kenners nach –, leckt das Ende an, das er gerade abgeschnitten hat, und entzündet das andere an der Flamme eines langen, flachen Streichholzes. »Was willst du, das ich ihnen sage?« Auf einem rötlichen Mauervorsprung faulenzt träge eine Eidechse und nutzt die letzten Sonnenstrahlen des Tages. »Ich bräuchte einen Befeuchter.« Frank muß lächeln.

»Du wirst es schon recht machen.«

Die Lippen zu einer runden Schnute geformt, gelingen Amaru mehrere Rauchringe.

»Okay. Aber jetzt versprich mir, daß ich dir danach die

Steine werfen darf... Die Steine haben mich noch nie getäuscht, Frank. Es ist zu deinem Besten. Um dich von dem Übel zu heilen, das an dir nagt.«

»Wie damals, als sie dich ins Gefängnis steckten...?«

Amaru macht ein zerknirschtes Gesicht.

»Ich war damals jung, das ist lange her...« Er hatte ihm erzählt: Die Frauen seines Dorfes drängten sich vor seiner Tür, dicke *Chulas*, mit stämmigen Waden, breitem Bekken, und er predigte ihnen: Unrein ist euer Leib seit der Erbschlange, ihr Töchter Evas, ich muß den Dämon aus eurem Körper vertreiben. Betet zu unserer Heiligen Mutter von Guadeloupe, vermählt euch mit mir für eine Nacht. Ich werde euch von der Schuld befreien! »Und schließlich haben sie sich ja auch nicht geirrt, sie haben mir strahlenden Ruhm vorhergesagt, und heute habe ich alles. Ich bin der größte Meister, oder?« Er sucht nach Worten: »Wenn ich nicht auf den Rat der Steine gehört hätte, wäre ich nicht im Gefängnis gewesen, aber wenn ich nicht im Gefängnis gewesen wäre, hättest du dich auch nicht so sehr für mich interessiert, wie du es getan hast.« Die Männer, die Brüder, die Väter seiner Gemahlinnen für eine Nacht wollten ihn kastrieren – er wurde nur zu lebenslanger Gefängnishaft verurteilt wegen Ehebruchs, ritueller Orgien und öffentlichen Aufruhrs. »Das Gefängnis war mein Kreuz, die Prüfung, die es mir möglich machte, auf die andere Seite zu gelangen, der Preis, den ich zahlen mußte, um den Ruhm zu erfahren.« Er lacht: »Wie wenn man seine Seele dem Teufel verkauft.«

Die Eidechse huscht davon. Auf dem offenen Meer beginnt der Motor eines Außenborders zu stottern, würgt ab, ein letztes Mal ragt der Bug aus den Wellen empor, rötliches Kielwasser im Sonnenuntergang. Das Boot treibt ab.

»Sie werden nicht auf sich warten lassen. Glaubst du wirklich, daß ich imstande bin, zu ihnen zu reden?«

Er drückt seine Zigarre im Aschenbecher aus. Frank sagt:

»Ich werde ein wenig im Wintergarten lesen. Du wirst deine Sache schon gut machen.«

*

Amaru sieht seine Notizen durch: Audio-visuelle Meditationszyklen, Aufzeichnung der Reden, ihre Verbreitung auf Schallplatte, auf Video...

Das rote Motorboot startet wieder, dreht bei.

2

(...Und vielleicht ist alles, was uns betrübt, nur die geheime Ursache einer späteren Freude.)

»Böser Blick?«

Amaru nickt mit dem Kopf, sammelt die Kiesel in seiner linken Hand, zählt sie nach, nennt einen jeden bei seinem Namen – Mann ohne Kopf, Drachenschwanz, Blut Christi, Sitz der Ratte, Mütze des Hauptmanns, verdrehter Kopf... Er beschreibt über ihrem Haufen mit dem Daumen ein Kreuz in der Luft, murmelt ein paar Silben zwischen den Zähnen. »Frank, warum hat einer dieser Kerle von Waffen geredet? Er hat gesagt, das schadet dem Markenimage der Sekte.« Aber Frank will vorher wissen: »Was heißt das, böser Blick? Kannst du nicht deutlicher werden? Versuch mal!« Und Amaru wirft noch einmal seine Kiesel, nachdem er sie zwischen den Händen wie Würfel geschüttelt hat, auf den kalten Kachelboden – schwarze und weiße Rauten – des Wintergartens. Auf allen vieren untersucht er die Konstellation, in die sie gerollt sind. Frank kniet neben ihm. »Was siehst du?« Amaru zeigt auf einen kleinen, grünlichen, grau geäderten Stein von ungefähr dreieckiger Form, der *Flügel der Fledermaus*; dann auf einen anderen, runden, glatten mit einer Einbuchtung in der Mitte, die *Brust der Jungfrau*; und schließlich auf einen dritten, der bis zum Fuß eines Geranientopfs gerollt ist, einen länglichen, rostfleckigen Stein: »Und der da, der *Zahn des Teufels*, hat sich von den andern getrennt. Das ist nicht gut, Frankie, sie hat dir den bösen Blick zugeworfen.« Frank fragt: »Und du bist sicher, daß es Elizabeth ist?« Amaru nickt mit dem Kopf. »Wer sonst hätte Grund, auf dich böse zu sein? Persönlich?« Er denkt nach: »Vielleicht ihr Mann, der Botschafter?« Aber Frank scheidet diese Möglichkeit aus. »Er hat sich zur Sekte bekehrt, er schreibt sogar ein Buch über dich ... Siehst du etwas über Thyna?« Amaru überlegt einen Augenblick: »Sie hat dich *wegen* Thyna verhext.« Frank wendet ein: »Du hast das Mädchen nie gemocht, du warst beinahe eifersüchtig auf sie, eifersüchtig darauf, daß ich meine ganze Zeit mit ihr verbrachte. Du warst wütend, daß ich mich noch für jemand anders als dich interessierte!« Und Amaru erwidert: »Thynas Tod, das ist das Los, das auf dir lastet. Du irrst dich, ich war glücklich, dich mit ihr zusammen zu wissen. Warum hätte ich ihr dafür böse sein sollen? Der Artikel, den sie über mich geschrieben hat, war großartig. Dank diesem Artikel hat sich die Zahl meiner Jünger fast verdoppelt. Niemand hatte bis dahin so günstig über mich geschrieben ... Ich weiß zwar, daß du dazu beigetragen hast, aber sie hat ihn geschrieben, sie hat ihn veröffentlicht! Elizabeths Rachsucht, sie allein, wollte und bewirkte, daß sie ermordet wurde. Die Steine irren sich nicht, Frank. Alles ist miteinander verknüpft, wir sind alle eingeschlossen in einem Netz von Kräften, von Losen, von guten oder bösen Mächten. Das ist unser Schicksal, das ist es, was unser Leben bestimmt. Aber ich bin ein Magier, ich werde den bösen Blick von dir abwenden. Ich werde dich heilen, ich werde dich dir selbst wiedergeben.« Er wiederholt: »Alles ist miteinander verknüpft, Frank.« Er zeigt auf die Statuen, die Grünpflanzen in ihren Steinkübeln, in ihren weißen und blauen Porzellantöpfen, die eingeschlafenen Vögel in ihren Käfigen, auf ihren Stangen, den Schnabel unter den Flügel gesteckt, den halb aufgegangenen Mond, den man durch das Glasdach sieht, den stummen Springbrunnen mit seinen angegrünten Bronzetritonen in der Mitte des Wintergartens. Und er fragt: »Frank, es gibt viele Dinge, die du mir noch nicht erklärt hast. Warum redete dieser Mann von Waffen?«

»Bist du imstande, mich von diesem Bann zu befreien?«

»Wenn der Vollmond aufgeht, in drei Tagen, werde ich dich von ihm befreien.«

Himmlischer Blitz fällt den Turm ...

Denver (Colorado), Dienstag, 10. Mai

Unweit des Buffalo Bill Museums, vor dem Gebäude der Bruderschaft, gehen Daniel O'Rooke und Allan Moggler den Bürgersteig auf und ab und verteilen Prospekte. »Nehmt unsern Glauben an, folgt dem Licht!« schreit Daniel, schon mit heiserer Stimme. Er schlägt ein mit gelben Bändern und Troddeln geschmücktes Tambourin. »Unterstützt unsere Bewegung, tragt zu ihrer Verbreitung bei!« brüllt Allan und klappert mit einer Blechbüchse voller Kleingeld. »Für ein besseres Leben!« rufen sie wieder und wieder. Sie sprechen die Passanten an, bieten Broschüren an, deuten rasche Tanzschritte an, sie sammeln, lächeln – fünfundzwanzig Cent, ein Dollar –, wenden sich vorzugsweise an einzelne Frauen, die an den Schaufenstern entlangbummeln, an Ausländer, an ältere Personen, werben die Müßiggänger an, die Studenten. »Hört die Stimme des Lichts!« Voller Begeisterung zitieren sie die Lehren des Meisters – »Wascht euren Geist, wie ihr euren Körper wascht!« –, halten ihre Bücher feil – »Zahlen Sie, was Sie können, wenigstens fünf Dollar!« –, Beitrittsformulare, die zu Preisnachlassen berechtigen, Sondertarife, Abonnements auf den *Kondor von Colorado*, das Organ der Sektion. Manchmal stecken die Passanten das Faltblatt ein, aber die meisten zerreißen oder zerknüllen es, nachdem sie es eilig überflogen haben, werfen es fort oder lassen es gedankenlos fallen, und bald schon bedeckt ein Teppich rosa und blauen Papiers den Asphalt.

Als die Stunde des Büroschlusses anbricht, zwingt der Menschenstrom Allan Moggler und Daniel O'Rooke, auf der Freitreppe ihres Zentrums Stellung zu beziehen. Sie bauen sich auf der obersten Stufe auf und reden zu der Menge, recken Plastikportraits von Amaru in die Luft, schlagen immer wieder ihre Tambourins, sie singen sich die Seele aus dem Leib, und Schaulustige strömen in großer Zahl herbei, während vor einer angrenzenden Bank die Rolläden niedergehen und weiter unten auf der Avenue die Kräne einer Baustelle stehen bleiben: zuerst ein Paar, das sein Baby spazierenfährt und dessen Kinderwagen den halben Gehweg versperrt; dann eine Schar Schüler, die Mappe auf dem Rücken, die zur Bushaltestelle laufen, an der Ecke von Temple Street; zwei ältere Damen, über ihre Krückstöcke gebeugt, schieben ein Einkaufswägelchen vor sich her, aus dem ein Brot, eine Büchse Katzenfutter hervorschauen; die Buchhalter, die Beamten eines Postamtes, die Angestellten einer Versicherungsgesellschaft. Daniel ruft: »Kommt zum Licht!« Und Allan fügt hinzu: »Das Licht wird euch erretten!« Sie predigen, ein paar Münzen fallen in den Hut, den sie zu ihren Füßen hingelegt haben, Kommentare werden laut: »Sie glauben an einen Südamerikaner, einen Kanacken!«, eine Stimme höhnt: »Die Lampenjünger!« Daniel überhört das spöttische Gelächter und fährt fort: »...gekommen, um Amerika zu retten.« Ein Mann versucht, für sie zu vermitteln: »Hört doch mal zu, statt zu glucksen!« Worauf ein anderer erwidert: »Brauch' ihr Licht nicht, hab' zu Hause elektrisches!« Die Leute lachen, Allan hebt die Arme, um sie zu beruhigen, vom Ausgang eines Kinos schwemmt ein zahlreiches Publikum heran, die Buhrufe, die Pfiffe ebben ab, doch eine junge Frau setzt ihre Ellbogen ein, bahnt sich einen Weg bis in die erste Reihe der Gaffer und schreit mit geballter Faust die beiden Redner an: »Allan Moggler, was habt ihr mit meinem Bruder Melvin gemacht?« Sie klagt sie an: »Sie haben meinen Bruder entführt. Mein Bruder Melvin hat für sie gearbeitet. Diese Vampire haben ihn verschwinden lassen!« Ein Mann versucht, sie zu besänftigen, eine der zwei alten Damen erkundigt sich: »Was hat sie gesagt?« Und Daniel O'Rooke beginnt von neuem: »Wer von euch hat je den Bericht des beispielhaften Lebens unseres Meisters gelesen?« Zwei Mann umklammern jetzt die Frau, die laut aufheult: »Laßt mich ihm ...« Sie setzt sich zur Wehr, wirbelt ihre Handtasche über dem Kopf, in großen Kreisen, sie macht sich frei, versucht, Allan zu erreichen, sie strauchelt, fällt hin – ein Schüler nutzt die herrschende Verwirrung aus und gleitet zwischen den Beinen der Zuschauer hindurch, während die alten Damen zu sehr mit dem Streit beschäftigt sind, um die Hand zu bemerken, die in ihren Einkaufswagen taucht und einen Kasten Eier stiehlt. »Er hat mich geschlagen, er hat mich geschlagen«, kreischt die Frau immer wieder. »Wen haben sie geschlagen?« erkundigt sich ein Passant. »Hat wer 'ne Frau überfallen?« fragt ein anderer. Das erste Ei verfehlt Daniel O'Rooke nur um wenige Zentimeter und zerplatzt an der Eingangstür der Sekte, das zweite trifft ihn an der Schulter, das dritte am Schenkel. »Hört nicht auf diese Hysterikerin!« ruft Allan. »Zerstört den Tempel des Verderbens!« zischt Melvin Ribbs' Schwester. »Sie sind auf sie drauf gesprungen«, vertraut ein Mann seinem Nachbarn an. »Sie haben sie vergewaltigt!« setzt ein anderer nach. Der Schüler ist auf einen Hydranten geklettert und peitscht die Menge an: »Lyncht sie!« Arbeiter, Maurer, Zimmerleute kommen von ihrer Baustelle (das halbfertige Gebäude hundert Meter weiter unten an der Avenue), hören, daß Verzückte eine ihrer Mitbürgerinnen vergewaltigt haben, bewaffnen sich mit Hämmern, mit Eisenstangen, mit Spaten, angeführt von ihrem Polier: »Den Kanacken schreiben wir's hinter die Löffel!« Daniel O'Rooke, die Kleider von den zerplatzten Schalen, weiße und gelbe gemischt, ganz besudelt und verschmiert, fleht mit verzerrtem Gesicht ein letztes Mal, bevor er überwältigt wird: »Ihr kleingläubigen Menschen...!« Allan Moggler gelingt es, ins Innere des Gebäudes zu flüchten, ein Postangestellter stiehlt im Getümmel das gesammelte Geld, das Paar mit dem Baby versucht, dem Gedränge zu entkommen, die alten Damen kreischen: »Unsere Lebensmittel! Haltet den Dieb!« Die Bauarbeiter rennen die Tür der Sekte ein, verwüsten die Empfangshalle, den schwarzen Sitzungssaal, die Cafeteria; eine tobende Menge in ihrem Gefolge stürmt das erste Stockwerk, reißt die Vorhänge herunter, plündert die Kasse, zerfetzt die Plakate, die Bücher, zertrampelt die Schallplatten, die Aktenordner, zerrt die Telefonleitungen aus den Wänden, zertrümmert die Möbel, die Fensterscheiben; Rose Cardosa, Nancy Russel, Liz Land fliehen in den Gymnastikraum, ein paar Jüngern gelingt es, durch die Fenster zu entwischen, die auf den Hof gehen – orangefarbene Flammen lodern in den Himmel auf.

Schöpft frisches Wasser an der Quelle ...

1

Der Mann stützt sich auf die Reling – gleichförmiges Plätschern, Spiegelungen auf dem Wasser, sanft schaukeln die Wellen den Außenborder. Er läßt das Fernglas an der Brust herabhängen, nimmt den grünen Plastikschirm von seiner Mütze. Das Gummiband, das an der Innenkante eingezogen ist, hat einen scharlachroten Streifen auf seiner Stirn hinterlassen. Im Heck des Boots sitzt eine Gliederpuppe aus Holz, mit einem weiten Hawai-Hemd bekleidet und einem Strohhut auf dem Kopf, und hält eine Angel in der Hand. Der Mann hebt die Deckluke hoch, das Knistern eines Funkgeräts, und richtet die ausziehbare Antenne auf die Küste. Er wischt sich den Schweiß von den Augenlidern, beugt sich vor, tränkt ein Taschentuch im Meer, kühlt sich die Schläfen, den Nacken. Er setzt eine Thermosflasche an die Lippen, um seinen Durst zu stillen.

Er nimmt seine Beobachtung wieder auf, entdeckt die Kuppeln der Villa, sucht unter den zahllosen Balkonen, Arkaden und vergitterten Veranden, zwischen den gefiederten Blättern der Palmen, den Bougainvilleasträuchern – die Balustrade der Terrasse, ein Sonnenschirm, ein Tisch. Er dreht an der geriffelten Einstellschraube seines Fernglases, nimmt ein Gesicht ins Visier, ein aufmerksames Profil, das über eine aufgeschlagene Zeitung gebeugt ist.

*

Ein dreispaltiger Artikel auf Seite vier, Politik des Auslands.

Amaru rückt einen Stuhl in den Schatten des Sonnenschirms, setzt sich und fragt: »Willst du wirklich nicht mitkommen?« Cremefarbener Smoking, Satinkragen.

Frank liest vor: »Klima der Gewalt in Südamerika. Neue Geiselnahme. Terroristen belagern ein Ministerium.« Eine einsame Wolke. Durchsichtiger Himmel. Spatzen schilpen in den Bäumen. »Dasselbe Kommando, das vor einigen Monaten einen argentinischen Diplomaten entführt hat... Er wurde gegen siebzehn Guerilleros ausgetauscht.« Er fährt mit den Fingern die Zeilen entlang.

Amaru bauscht das Seidentuch in seiner Brusttasche. »Willst du wirklich nicht mitkommen?«

»Zwei Wochen nach der Eröffnung unserer Zentren in Bolivien und Peru...« rechnet Francis nach.

Amaru zieht seine Strümpfe hoch, wischt sorgfältig den Staub von den Spitzen seiner Lackschuhe. »Ruf ihn doch an, diesen Jorge«, schlägt er vor, »dann hast du deine Ruhe.« Gekräuselte, glitzernde Oberfläche des Meeres. »Gefällt dir mein Anzug?« Er schaut auf den Außenborder, der in der Mitte der Bucht vor Anker liegt. »Ruf ihn an«, wiederholt er.

Nicht zu greifen, weil immer in Bewegung, meinte Sandoval bewundernd. »Er hat keine feste Adresse, keine feste Identität«, sagt Frank. »Die einzige Nummer, die ich habe, ist von einem automatischen Anrufbeantworter in einer leeren Wohnung, die nie jemand betritt. Er kann von überall aus telefonieren, um die Nachrichten abzuhören... Er hat verlangt, daß ich ihn nur im Notfall anrufe, und ausschließlich von einer öffentlichen Zelle aus.«

Amaru zuckt mit den Schultern. »Komm, mach mir die Freude, wir bleiben nicht lange.« Er nimmt ihm die Zeitung aus der Hand. »Du quälst dich wegen nichts. Dank ihm sind wir Elizabeth los, und die Stiftung bezahlt alles. Egal, was er hinter deinem Rücken treibt. Die Sekte geht gut. Wir sind reich, mächtig!« Er fügt hinzu: »In Peru, Frank, wußte ich gar nicht, was das ist, Geld.«

*

Das Magnetband dreht sich auf seiner Spule. Der Mann setzt sich den Kopfhörer auf. Prüft die Qualität der Aufzeichnung: »Wenn du soviel gelitten hättest wie ich, könnte dich das nicht so bedrücken. Du machst dir Sorgen um nichts. Faß dich«, hört er.

Er wirft einen Blick auf die Position der Nadel in der Kontrollanzeige. Dann schließt er wieder die wasserdichte Deckluke und trägt in sein Notizheft ein: *18 Uhr A. und H.* Der Außenborder schlingert leicht, die Ankerkette rasselt an der Rumpfwand.

Der Mann richtet sein Fernglas wieder auf die Villa.

*

Extraflache Armbanduhr, Platingehäuse, mit Edelsteinen eingefaßt, diamantenes Stellrad. »Du hast noch Zeit, willst du dich nicht umziehen? Der Abend ist doch uns zu Ehren.« Amaru läßt nicht locker: »Hast du vor, wie ein Mönch zu leben? Dein ganzes Leben zwischen Bibliothek und Terrasse verbringen?« Er wirft Frank Schwäche vor, spricht von Nachlässigkeit, kritisiert seinen unordentlichen Aufzug. »Rasier dich wenigstens.« Er sagt: »Sie ist tot, aber du weißt ja nicht mal, wer es getan hat. Vielleicht ein Wahnsinniger, ein Drogensüchtiger, der sich seine Dosis kaufen wollte, nichts beweist, daß es wegen der Sekte war...« Bis aufs Fleisch abgenagte Fingernägel. »Dich hat der böse Blick getroffen«, behauptet Amaru halsstarrig. »In deinem Kopf klemmt es, darum, aber morgen haben wir Vollmond. Dich hat ein Bann getroffen, du bist innerlich blockiert.« Zähe, hemmende, einschnürende, erstickende Bande... »Morgen befreie ich dich, nehme ich den Bann von dir.« Der lautlose Flug eines Albatros'. Amaru erinnert sich: für Montag einen Termin bei der Handpflegerin anmelden, beim Masseur.

»Begleitest du mich bis zum Wagen?«

*

Der Mann in dem Außenborder notiert die Zeit. Er trägt sie in sein Heft ein: *18 Uhr 36 A*.

Er befreit den Sender von der Korkhülle (mit Asbest überzogen), die ihn schützen soll. Wickelt ein Kabel ab, schließt das Mikrophon an, das auf einen Dreifuß geschraubt ist. »Hallo!« Er gibt seine Codenummer durch. »Die Staffel starten. Ich nehme Kontakt mit dem Lieferwagen auf. Kommen.«

*

Amaru drückt auf eine Chromtaste: die hinteren Scheiben versinken in den Wagenschlägen. Dann eine andere: das weiße Verdeck lüftet sich und faltet sich hinter ihm zusammen. Der Chauffeur verstellt den Neigungswinkel des

Rückspiegels, er fährt lässig mit einer Hand. Der Rolls-Royce verläßt die tief eingeschnittene Allee, und der Wachtposten verschließt wieder das Gitterportal des Grundstücks. Amaru senkt die Armlehnen, abgesteppte Polster, der Geruch von neuem Leder, der Himmel färbt sich mit rosa und malvenfarbigen Flecken. »Wünschen Sie ein wenig Musik, Sir?« schlägt der Chauffeur vor. Die schwere Limousine verlangsamt vor der Kreuzung das Tempo, biegt in die Hauptstraße ein, weiße, durchgezogene Linien säumen den Asphalt, beschleunigt, lange Schatten der Bäume, parallele Streifen. Amaru beugt sich über den Schlag, um den Wind frischer auf seinem Gesicht zu spüren.

Der Mann in dem grünen, auf dem Seitenstreifen geparkten Lieferwagen spricht in sein Mikrophon: »Weißer Rolls Cabrio, hiesiges Kennzeichen, fährt in Richtung Santa Barbara.«

2

Die Limousine verschwindet in der Ferne, das Gitterportal geht wieder zu. Frank Hélias irrt durch die halbdunklen Gänge der Villa. In der Bibliothek liegt auf einem Pult ein aufgeschlagenes Buch. Ein Oktavband, in körniges Chagrinleder gebunden. Ein Sternchen am Rand. »... Man hatte keine Verwendung für mich, und das Stück wäre genau so gespielt worden, wenn ich hinter der Bühne geblieben wäre.« Er geht an seinen Gemälden vorbei und betrachtet sie. Das Zirpen der Heuschrecken. Durch die Glastür tritt er auf die Terrasse hinaus. Eine leichte Brise.

Tief atmet er die Gerüche der Abenddämmerung ein – die Ausdünstungen des Geisblatts, vermischt mit dem Duft des Meeres. Er erreicht den Garten, die Hände in den Taschen. Kunstvolle Blumenbeete, geharkte Wege. »Wir haben das Paradies nicht verlassen«, sagte Chesterton, »es sind unsere Augen, die sich verändert haben.« Ein rotes Boot auf der offenen See. Wahrscheinlich ein Angler, denkt er. Fahle, verwaschene Striche, die Schatten lösen sich auf, die Farben verblassen, die Landschaft verschmilzt zu einem schiefergrauen Camaieu. Bläuliche Wellen des Pinienhains. Er wandert die Straße über der Steilküste entlang. Ein Zaunkönig setzt sich auf einen Zweig. Vor einem achteckigen Pavillon: eine bleiche Statue, wie von Wachs – eine nackte Frau, die auf ihrem Sockel kniet und aus zwei Krügen unsichtbares Wasser vergießt. Weiter hinten führt der Weg zwischen die stacheligen Kakteen, die fleischigen Aloen, gabelt sich, fällt ab, rutschige Stufen, bedeckt von Schwammflechten, zerbrochene Sandsteinplatten, bis zum Strand hinab. Eine Spinne webt ihr Netz. Frank klettert auf einen Felsen. In einer Steinmulde eine irisierende Wasserlache. Ein unregelmäßiges Becken. Eine Quelle, eine Kaskade.

*

Der Mann sucht mit seinem Fernglas die Küste ab. Mehr ahnend als sehend verfolgt er Frank, wie er im Zickzack den Strand entlangschlendert.

*

Wogende Brandung.

Frank hebt einen Seestern auf, der auf einem Bett aus Tang gestrandet ist. Die wasserdurchtränkten Hanfsohlen seiner Sandalen sind schwer vom Sand.

...zwischen den Algen, den zermahlenen Muscheln, perlmuttschimmernden Schalen, Kristallscherben, unförmigen, angenagten Gerippen, verrosteten Eisenabfällen, überwuchert von grünlichen Flecken, blankpoliertem Glas, verschimmelten, aufgeschwommenen Bohlen, bedeckt von grauen Schuppen, ausgewaschenes Strandgut, zurückgeworfen von der Flut.

Ein Stern mit fünf Armen. Er schleudert ihn zurück ins Meer.

Während die Hunde bellen ...

Am nächsten Tag liest Frank Hélias in den Zeitungen: Die Aktion, die die Terroristen in Peru begonnen haben, breitet sich nun in ganz Lateinamerika aus. Durch den Urwald des Amazonas dringen die Guerilleros in Ecuador, Kolumbien, Bolivien, Brasilien und Paraguay ein. Die betroffenen Regierungen lehnen es ab, mit den Revolutionären zu verhandeln. In Washington hat gestern ein bewaffnetes und maskiertes Kommando ein Amtsgebäude überfallen. Opfer sind bislang nicht zu beklagen, doch dreizehn Geiseln wurden gefangengenommen. Die Forderungen der Terroristen sind bis zur Stunde nicht bekannt.

*

Amaru ist im Morgengrauen zurückgekehrt. Er erzählt Frank von seinem Abend. Der Prunk des Empfangs, die Liebenswürdigkeit seiner Gastgeber, der Luxus des Hauses. Er beschreibt illuminierte Springbrunnen, Feuerwerke. Spricht von einer Jacht, einem Orchester in gepuderten Perücken und französischen Kostümen. Triumphierend verkündet er: Ein Verleger, ein Filmproduzent haben ihm phantastische Verträge angeboten – seine Memoiren, seine Lehre. Er sagt: »Wenn du den Empfang gesehen hättest, den man mir bereitet hat ...« Er sagt: »Ich hab ja so bedauert, daß du nicht dabei warst ...«

*

Amaru schläft in seinem Zimmer ein.

Frank döst auf einer weichen, niedrigen Couch im Salon. Er träumt von einem endlosen Puzzle, dessen Bild er – es geht um sein Leben – wieder herstellen muß. Die schweren Teile (sie sind beinahe so schwer wie er selbst, er kann sie nur mit Mühe bewegen) haben bizarre Formen. Manche erinnern in ihrem Umriß an die Silhouette eines Hundes, andere beschwören einen mit Zinnen bewehrten Turm herauf, wieder andere eine Krabbe oder einen Krebs. Manche sind beweglich, flüssig, und mit Schrekken sieht Frank zu, wie sie sich unaufhörlich verwandeln, oder auch sich vervielfältigen, sich vermehren, sich spalten wie Amöben. Er fragt im Traum: Wie kann man einen abstrakten Begriff fassen, eine unmögliche Summe? Manchmal gelingt es ihm, ein paar Fragmente des riesigen Spiels zusammenzufügen. Zwei Teile ineinanderzustekken. Eine weiße Fläche zu füllen. Dann glaubt er, eine Ordnung auszumachen, eine Struktur. Eine Figur zeichnet sich ab. Das Bild scheint sich gerade enthüllen zu wollen ... Und dann geraten die Teile wieder durcheinander, lösen sich, wellen sich, schrumpfen, eine neue Lücke tut sich auf, das Puzzle fällt auseinander, ein noch größeres Loch, er stürzt in einen Abgrund.

Das Klingeln des Telefons weckt ihn auf. Ein Klicken. Der Anrufer hat aufgelegt, bevor er ein einziges Wort gesagt hat.

*

Amaru läßt einen Imbiß auf sein Zimmer kommen und schläft wieder ein.

Frank verfolgt am Fernsehen die Nachrichten: der Belagerungszustand lähmt das Herz der Hauptstadt. Auf dem Bildschirm: kreisende Peterlichter, stillstehender Verkehr, eine gierige Menge, die von einer Polizeikette zurückgehalten wird, ein Heer von Journalisten, die sich gegenseitig interviewen, das Aufzucken der Blitzlichter, die Männer der Spezialeinheiten mit ihren Helmen, ihren Schildern, ihren kugelsicheren Westen, auf den Dächern Scharfschützen im Anschlag. Der Kommentator sagt: »Ganz Washington erlebt das Drama dieser dreizehn Geiseln, die in einem Gebäude der Massachusetts Avenue festgehalten werden.«

*

Ein runder, orangefarbener Mond geht zwischen den Kuppeln der Villa auf. Frank rührt das Abendessen kaum an, das der Butler, ein diensteifriger Mexikaner, ihm auf der Terrasse serviert – Batistdecke, silberne Kandelaber. Später arbeitet er an einem neuen Projekt – der Einführung eines Aufbaukurses für fortgeschrittene Jünger. Gegen Mitternacht kann er sich nicht mehr beherrschen und klopft an Amarus Schlafzimmertür. Da er keine Antwort bekommt, tritt er auf Zehenspitzen ein und weckt ihn sanft. »Es ist Vollmond«, sagt er. »Du hast mir versprochen, heute den Bann zu beschwören, der auf meinem Kopf lastet.« Amaru steht mißmutig auf. Er streift einen Schlafrock über. »Ich hab Hunger«, klagt er. Die Bediensteten schlafen bereits. »Im Kühlschrank muß es noch ein wenig Krabbensalat geben«, schlägt Frank vor. Und er geht in die Küche hinunter und richtet diesen für ihn an.

*

Der Schrei einer Eule.

»Der Kopf«, sagt Amaru, »ist ein zerbrechliches Gehäuse, ein geheimnisvoller Ort. Die Kraft dringt ein, die Kraft tritt aus. Aber wenn das Auge des Bösen ihn versperrt, dann erschöpft er schnell, der Mechanismus gerät aus dem Rhythmus, und er taugt zu gar nichts mehr.«

Frank hat sich ausgezogen. Seine Kleider hat er auf einem Gartenstuhl abgelegt.

»Der Kopf ist wie ein Garten. Wenn du Salz auf den Boden streust, wird die Erde sauer und nichts wächst mehr. Ich werde dir den Kopf waschen.«

Frank steht nackt auf der Wiese, er fröstelt. Amaru verbindet ihm die Augen, läßt ihn mehrmals um sich selbst drehen wie ein Kreisel. Frank verliert das Gleichgewicht, er beginnt zu straucheln.

»Mutter Erde, segne diesen Mann. Schau, er dreht sich in der finsteren Nacht, er ist nackt und wehrlos, er begibt sich in deine Hände. Heilige Jungfrau von Guadeloupe, Mutter aller Indios, komm und hilf diesem Mann.«

Er reibt ihn mit Palmenblättern ab, die er im Park geschnitten hat.

»Mutter Luna, segne diesen Mann, er wird dir eine Kerze weihen, er kennt das Übel nicht, gib ihm den Tau deiner Tränen, auf daß die, die ihm das Übel geschickt hat, in ihren Eingeweiden das Übel empfängt, das sie ihm gewünscht hat.«

Er befiehlt Frank, seinen Körper in das Wasser des Schwimmbeckens zu tauchen, und er führt ihn bis an die Mosaikumrandung. Dann befiehlt er ihm, sich hinzuknien, und nachdem er ihm die Binde abgenommen hat, reicht er ihm, nicht ohne Majestät, seine Hand zum Kuß.

Aufmerksame Kinder am Fuß der Mauer . . .

Dreizehn Uhr. Eine glühende Hitze lastet auf der Villa. Frank hat den Fernsehapparat angestellt. Reklamespots unterbrechen die Nachrichten. Eine aufgezeichnete Reportage. Der Moderator der Sendung berichtet: Heute morgen haben die Terroristen in Washington eine weibliche Geisel freigelassen – dreiundvierzig Jahre, Schreibkraft, bereits Mutter zweier Kinder; sie ist schwanger und bedarf der Pflege. Musikeinspielung. Während Ansichten von dem besetzten Gebäude, das die Polizei umstellt hat, über den Bildschirm flimmern, erzählt die Stimme der Frau: »Ich hatte mich auf der Toilette eingeschlossen, aber sie drohten, die Tür aufzusprengen. Ich hab sie gefragt, was sie wollten. Sie haben gesagt, daß sie mir nichts tun würden, wenn ich ihnen gehorchte. Da hab ich ihnen aufgemacht, und sie haben mich mit den andern zusammengetan, mit meinen Kollegen vom Büro, im Konferenzsaal. Mister Adams, unser Vorgesetzter, weinte – er sagte: Jetzt werde ich sterben und ich hab kein Testament gemacht. Sie wollten, daß ich mich auf dem Boden ausstreckte, wie die andern, die Hände vorm Gesicht. Sie machten einen nervösen Eindruck. Trotzdem hab ich ihnen gesagt, daß ich das in meinem Zustand nicht könnte. Sie haben untereinander diskutiert, auf spanisch. Derjenige, der ihr Anführer zu sein schien, sein Gesicht hab ich nicht gesehen, er war ja maskiert, aber ich hab seine Hände gesehen, seine bandagierten Finger, als hätte er sich schlimm geschnitten – der hat mir erlaubt, mich zu setzen. Sie haben mich heute morgen frei gelassen, weil mir übel war und sie nicht wußten, was sie mit mir machen sollten.«

Bilder, die wahrscheinlich von einem Hubschrauber aus aufgenommen wurden. Ein vertikales Panorama: die Kamera ortet die Etage – die Fenster mit Sprayfarbe geschwärzt –, auf der die Terroristen sich verschanzt haben. »...Mitglieder der Bewegung Bolívar, so benannt im Andenken an den berühmten Befreier...« Der Kommentator erläutert die Situation. »...Der Mann, der als erster von einem vereinten Südamerika träumte...« Der Hubschrauber umkreist das Gebäude, das Bild wackelt, Ansicht einer sich verjüngenden Straße, ein Horizont von Dächern, das grünbestandene Karree eines Platzes. »...Um die Aufmerksamkeit der Welt auf die Einmischungen unseres Landes auf ihrem Kontinent zu lenken, verlangen sie den Abzug der amerikanischen Flugzeugträger, die nördlich von Chile im Pazifik kreuzen, die Abberufung einer unserer technischen Missionen in Lima, wo der Kampf immer noch brennt, den Abbau...« Verlesung eines Kommuniqués, das bei einer Presseagentur einging: »...Die Revolution wird niemals in Südamerika möglich sein, so lange die CIA, die nur die Interessen der großen Konzerne schützt...« Der Hubschrauber überfliegt von neuem das besetzte Gebäude, gewinnt an Höhe, und Frank sieht auf dem Bildschirm, auf der anderen Seite der von Polizisten wimmelnden Straße, ein unscheinbares Backsteinhaus. Auf die Tür ist ein Kondor gemalt, über dem Eingang prangt ein Schild. Er springt auf. »Wenn unsere Forderungen nicht erfüllt werden, verfügen wir über Mittel, den Terror in neunzehn Städte der Vereinigten Staaten zu tragen. Morgen, um genau siebzehn Uhr, wird die erste Bombe hochgehen...« Der Hubschrauber umkreist noch einmal das Gebäude, die Kamera zeigt die Straße. Frank ist an das Gerät herangetreten. Ein kleines Haus mit zwei Stockwerken, schwarze Fensterläden. Bevor das Schild aus dem Blickfeld verschwindet, liest er: Bruderschaft des...

Er stürzt sich auf eine Zeitung, findet in der Eile die Adresse des Gebäudes, in dem die Geiseln gefangengehalten werden, überprüft in seiner Adressenkartei die Anschrift ihres Zentrums in Washington. Ende der Fernsehnachrichten. Seine Aufregung sinkt. Er vergleicht. »Es paßt nicht.« Er überprüft es noch einmal. Dennoch glaubt er, daß er richtig gelesen hat. Auf dem Bildschirm: Reklame für ein Warenhaus.

*

Frank sucht Amaru in allen Zimmern. Er überrascht ihn schließlich in der Küche, umgeben vom Koch und vom Butler, eine Schürze um die Taille geknotet, mit sorgenvoller Stirn. »Was machst du da?« Mit geschäftiger Miene, einen Holzlöffel in der Hand, steht er vor Töpfen, Flaschen und Kräutern. »Was ist das alles?« Schwarze Tollkirschen. Amaru bittet ihn, nichts anzurühren. Er stellt die Herdflamme kleiner, taucht eine Kasserole, die ihm der Koch reicht, in ein Wasserbad. Faserige Wurzeln schwimmen an der Oberfläche. In geheimnisvollem Ton erklärt er: »Der Chauffeur hat in der Stadt einen Markt wie bei uns zu Hause entdeckt. Kubaner und Puertoricaner. Aber sie verkaufen dieselben Kräuter wie bei uns.« Er rührt um. »Das ist für den Kerl, von dem ich dir erzählt habe – den Produzenten. Er hat Magenbeschwerden.« Er legt seinen

Löffel hin und zeigt dem Butler die richtige Art und Weise, wie man die gelblichen Blätter in einem Porzellanmörser zerstampft.

»Erinnerst du dich an das Zentrum in Washington?«

Amaru versteht die Frage nicht. Frank präzisiert: wie das Gebäude aussieht, die Form des Dachs, ich war nicht bei der Einweihung dabei, die Farbe der Tür, irgendeine Besonderheit, eine Einzelheit, die dir aufgefallen wäre.

»Washington, ist das da, wo das Weiße Haus steht?«

Und Amaru erinnert sich: ein kleines Backsteinhaus, nicht weit von einem runden Platz entfernt, Bäume, ein auf die Tür gemalter Kondor, nicht mehr als zwei oder drei Stockwerke.

Er ranzt den Butler an, der seine Anweisungen nicht recht begriffen hat: den Stößel einmal in die Richtung wenden, dann in die andere. Er gibt selbst einen Eßlöffel Kokosmilch in den Mörser, ein paar Tropfen einer orangefarbenen Flüssigkeit, eine Messerspitze eines Pulvers, das er aus einer Aluminiumpackung nimmt. Mit aufmerksamem Auge überwacht er das Abkochen der Wurzel.

»Jetzt ist es fertig. Der Kerl, von dem ich dir erzählt habe, will unbedingt, daß ich seinen Vertrag unterschreibe. Er hat mir an dem Abend gesagt, auf dem Empfang, wenn ich seine Schmerzen heilen würde, will er sofort meinen Glauben annehmen. Mein Chauffeur wird ihm meinen Trank gleich bringen. Er ist unfehlbar.«

Da geht Frank plötzlich ein Licht auf: »Die Rückseite des Gebäudes!« Er stürzt in sein Büro, kommt wenige Minuten später in die Küche zurückgeeilt, die Tür fällt hinter ihm zu, faltet unter dem verdutzten Blick des Kochs, der gerade zwei dicke Knollen zerhackt, einen Plan von Washington auseinander. Er sucht mit dem Zeigefinger, fährt mit ihm die Straßen entlang – vom Potomac ausgehend, hier: Massachusetts Avenue, Dupont Circle... »Dort sind die Geiseln...« Er sucht weiter. »Und unser Zentrum geht nicht auf dieselbe Straße hinaus wie der Eingang des Gebäudes, aber hinten, deshalb sind die Adressen verschieden, auf der anderen Seite des Gebäudes!«

Er zerrt Amaru am Arm zur Küche hinaus. »Ich muß mit dir sprechen. An einem Ort, wo uns niemand hören kann.«

*

Der Mann sieht durch sein Fernglas, wie sie die Stufen der Terrasse heruntergehen – derjenige, der den Buchstaben *A* trägt, nimmt eine blaukarierte Schürze ab, der andere hält in seinen Händen ein Bündel Papiere, vielleicht eine Karte oder einen Plan. Sie gehen auf den Pinienhain zu.

Der Mann stellt die Empfangsstärke höher, probiert an einem Knopf, senkt die Antenne, um besser hören zu können. Die Spule auf dem Tonband dreht sich.

*

Sie laufen die Mauer entlang, die das Grundstück umgibt – gespickt mit Flaschenscherben, darüber elektrischer Stacheldraht.

»... seit Jorge uns die Gründung der Stiftung aufgezwungen hat, haben nicht mehr wir die Leitung unserer Zentren in Händen. Die Stiftung kümmert sich um ihren Ankauf, die Umbauarbeiten, den Unterhalt. Was in Denver passiert ist, deutet darauf hin, daß die Gebäudegrundrisse, die sie uns gegeben haben, gefälscht sind.«

Der Mann hört in seinem Kopfhörer:

»In den Kellern müssen sie Verstecke für ihr Gerät eingerichtet haben, und die Sekte bietet ihrer Organisation mit ihren internationalen Verzweigungen ein ideales Netz, um geheime Lager zu unterhalten, Umschlagplätze, Unterschlüpfe ... Sekte und Stiftung ergänzen sich phantastisch: die eine bietet ihnen eine perfekte Tarnung, die andere liefert ihnen die Voraussetzungen für ihre Aktionen.«

Sie haben sich im Schatten der Mauer auf eine Bank gesetzt:

»... sie behaupten, sie könnten den Terror in neunzehn Städte der Vereinigten Staaten tragen. Nun, die Stiftung hat uns bis heute haargenau neunzehn Zentren gekauft. Wenn man wissen will, welche die Städte sind, die bedrohten Viertel, braucht man nur einen Blick auf die Adressenliste der Zentren zu werfen.«

Eine brennende Sonne. Frank knöpft sein Hemd weit auf.

»... und trotzdem bin ich beinahe sicher, daß die Affaire vertuscht wird. Im Hinblick auf politische Folgen. Es war von beträchtlichen Summen die Rede, mit denen die Stiftung sich angeblich bei der letzten Wahl für den Feldzug des Präsidenten engagiert hat. Darum kann die Stiftung auch Rüstungszulieferfirmen besitzen, die Verträge mit dem Verteidigungsministerium haben ...«

Nebengeräusche. Der Mann verstellt die Antenne um ein paar Zentimeter. Die Nadel in der Kontrollanzeige stabilisiert sich.

»... die Polizei fragt sich immer noch, wie sie in das bei Tag und Nacht bewachte Gebäude haben eindringen können. Sie wundert sich, daß sie noch keinerlei Fluchtmittel für den Zeitpunkt nach der Freilassung der Geiseln ins Auge gefaßt haben ... Sie müssen einen unterirdischen

Stollen gegraben haben (wenn sie nicht die Kanalisation benützen), der unser Zentrum mit dem von ihnen besetzten Gebäude verbindet. Was gibt es Unschuldigeres als einen Adepten des Lichts? Wer wird sich schon über die Anwesenheit unserer Jünger mit ihren Tambourins, ihren Medaillons und ihren Schellen in der Nähe ihres Zentrums beunruhigen?«

Amaru wiegt schweigend den Kopf.

»... Rüstungszulieferfirmen, anscheinend voneinander unabhängig und über das ganze Land verstreut, die Gewehrkolben herstellen, Magazine, Auswerfer, Abzugsstollen ... Ihr einziger gemeinsamer Nenner: sie gehören alle, auf die eine oder andere Weise, der Stiftung. Keine von ihnen produziert eine vollständige Waffe. Doch wie durch einen seltsamen Zufall ergänzen sie sich perfekt. Sie können an einem beliebigen Ort zusammengesetzt werden ...«

Frank fächert sich mit dem Plan von Washington Luft zu.

»Ich glaube, daß sie Thyna getötet haben. Daß sie auf Jorges Befehl ermordet wurde, weil sie allmählich zuviel wußte.«

Er senkt die Augen. Amaru hört ihm nicht mehr zu. Er hat den Blick fest auf das Meer gerichtet – als ginge ihn das alles gar nichts an.

Der Nachmittag, als sie sich weigerte, ihm den Artikel anzuvertrauen, den sie über die Sekte schrieb. All ihre Lügen. Und ihr Starrsinn, ihre Unnachgiebigkeit. Die Vorwürfe, die er ihr machte – die er sich dunkel nun selbst macht. Wie sollte er das ahnen? Wie hätte er es verhindern können? »Sie haben sie getötet.« Der Artikel erschien eine Woche nach ihrem Tod. Die Untersuchung lief schließlich auf ein gemeines Verbrechen hinaus. Sie wich ihm aus in der letzten Zeit. All die auf Lügen gestützen Berichte – aber sie wurde ihm von Tag zu Tag notwendiger, wichtiger.

»Jorge war mißtrauisch geworden. Vielleicht wollten sie auch irgendwie mich vernichten, mich durch sie zerstören, damit ich nur noch eine Maschine wäre, ein willenloses Werkzeug in ihren Händen. Sandoval hat oft diese Worte gebraucht, die übrigens nicht von ihm stammen: Psychologie, Mutter der Geschichte ...« Und wenn sie ihn nach Erscheinen ihrer Untersuchung über die Bruderschaft wiedergesehen hätte? »Sie haben sie getötet. Und sie haben den Mord dazu benützt, ihren Artikel zu fälschen.« Er ist sich dessen nun sicher. »Allzu begeistert, allzu schmeichelhaft. Nie hätte sie ein solches Loblied auf die Sekte geschrieben. Und außerdem war es nicht ihr Stil.« Und er wiederholt: »Vor allem das hat mir den Floh ins Ohr gesetzt: Ich habe ihren Stil nicht wiedererkannt.«

Die letzte Stunde schlägt . . .

Zum ersten Mal, vielleicht seit Monaten, hat kein Alptraum seinen Schlaf gestört. Helles Erwachen. Er ist früh aufgestanden. Er hat im Schwimmbecken gebadet. Er ist lange im Garten spazierengegangen. Ohne Beklemmung die Wandbehänge entdecken, die Laken zwischen den vier Pfeilern, die den Baldachin des Bettes tragen. Ein Morgen, vielen andern gleich. Um die Identität des Tages, des Zimmers festzustellen – und dennoch, als läge unmerklich etwas anderes in der Luft. Er hat sich im Spiegel zugelächelt, der rote Außenborder ist nicht in der Bucht erschienen. Er hat sich gewaschen, rasiert, sich den Oberkörper mit Eau de Cologne bespritzt. Er hat sich an einen Satz erinnert, den er am Vorabend vor dem Einschlafen gelesen hatte – »das Schiff, das ihn zur Insel seiner Geburt zurückbringen sollte« – wie eine Vorahnung. Er hat mit großem Appetit das Obst gegessen, die Eier, die mit Butter bestrichenen Toastscheiben, die der Butler ihm servierte, zusammen mit dem siedendheißen Kaffee. Amaru schlief. Er hat wortlos in seiner Kleiderkammer neue Kleider ausgesucht. Er ist in die Bibliothek gegangen, das Haar sorgfältig gekämmt, ohne eine seiner Pillen angerührt zu haben, entspannt – und fing an, seine Bücher, seine Bilder, seine Papiere einzuräumen.

Erst gegen neun Uhr drangen die Polizisten in die Villa ein.

*

Abendausgabe. Titel der *Californian Post*: Washington – glückliches Ende. Und in fetten Großbuchstaben: Eine Sekte verwickelt.

(...Revolver in der Faust, mit vorgestrecktem Arm, die Knie gebeugt, das Springmesser gezückt.)

Den Männern der Anti-Terror-Brigade gelingt es, in das Untergeschoß des besetzten Gebäudes einzudringen – sie nützen den Überraschungseffekt und töten vier Terroristen, drei weitere sind schwerverletzt, eine Geisel ist am Bein verwundet.

Das erste Verhör wird sechs Stunden dauern.

In der Zeitung kann man lesen: Donnerstag, 27. Mai, Waffen bei den Brüdern des Lichts.

Eine groß angelegte Operation. Das FBI, das seit dem Verschwinden eines gewissen Melvin Ribbs in Denver Nachforschungen über die Leiter der Sekte anstellte, durchsucht die neunzehn Zentren der Bruderschaft des Lichts. Die Polizisten entdecken ein beeindruckendes Waffenarsenal, versteckt in Verschlägen, in verborgenen Kammern auf dem Dachboden, im Keller: Maschinengewehre, Maschinenpistolen, Handfeuerwaffen und Granaten, Kisten mit Munition und Dynamit. Die meisten der Verstecke waren groß genug, um als Unterschlupf zu dienen. Vorräte an Lebensmitteln, an Getränken wurden gleichfalls dort gelagert – die Polizei fand Spuren von vorübergehenden Aufenthalten der Terroristen. Falsche Zwischenwände, raffinierte Schiebewände, Schränke mit doppelten Rückwänden verdeckten die Eingänge.

Auf Franks Rat hin wiederholt Amaru, der sich auf den fünften Abänderungsantrag berufen kann, immer wieder nur, »er sei über nichts informiert worden«.

Eine auf die Minute geplante Operation. Um genau sechs Uhr fallen die Polizisten in die Zentren ein. Sofort ziehen sie alle Anschlüsse der Telefone und Telexapparate heraus, untersagen jede Kontaktaufnahme mit der Außenwelt, versperren die Notausgänge. Die Adepten bieten ihnen keinerlei Widerstand und scheinen völlig verwirrt angesichts der entdeckten Waffen. »Man hat sich unserer bedient«, behauptet S. A. Lazare, der Generalsekretär der Bruderschaft in Detroit. »Die Terroristen haben ohne unser Wissen gehandelt«, erklärt W. S. Hades, Direktor der Washingtoner Sektion. In seiner kalifornischen Villa hat der Meister Amaru den Untersuchungsbeamten geantwortet, nie den Verdacht gehegt zu haben, daß seine Bewegung zu kriminellen Zwecken mißbraucht werden könne. Er verwehrt sich dagegen, die Terroristen gekannt und, erst recht, ihre Organisation geleitet zu haben.

»Wir wissen nicht, wer diese Leute sind«, sagt Frank. Die Polizisten durchstöbern sein Büro, schauen hinter die Bilder, verrücken seine Aktenordner, seine Bücher, seine persönlichen Gegenstände. Durchsuchen die Zimmer, den Garten. Befragen die Bediensteten.

Die *Californian Post* erinnert:

»Die Bruderschaft des Lichts wurde 1973 in Peru geboren, durch die zufällige Begegnung eines jungen *curandero*, des Meisters Amaru, mit einer reichen Amerikanerin, damals verheiratet mit einem französischen Botschafter, Elizabeth Neveu, Enkelin und Alleinerbin des Pressemagnaten A. M. Klein aus Boston. Amaru nennt sich Mann Gottes, erfüllt vom göttlichen Wort, und behauptet, zur Erde gesandt worden zu sein, um eine neue Religion zu stiften und die Welt zu erretten. Mrs. Neveu, die sich nun von ihrem Gatten trennt, ist fasziniert und überwältigt und überredet Amaru im darauffolgenden Jahr, ihr in die

USA zu folgen, ihren Worten nach das einzige Land, das reif sei, seine Botschaft aufzunehmen. Durch ihre Unterstützung, ihre Beziehungen, ihre unermüdliche Aktivität, ihr Vermögen und vor allem mit ihren ungeheuren Kommunikationsmitteln bereitet sie den Weg für den phantastischen Aufstieg der Sekte. Sie wirbt die ersten Adepten an, findet rasch Mäzene.«

Wem soll man die Verantwortung zuschreiben? sagt Frank. Keiner von uns hätte anders handeln können. Der Mensch ist seiner Natur nach stets der Spielball einer Illusion, der Spielball der Ereignisse, genarrt von einem Gott, den Menschen oder von sich selbst.

»...Amaru spricht zu dieser Zeit noch kein Englisch. Er erscheint nur selten in der Öffentlichkeit, begnügt sich mit einer Anhängerschar der gehobenen Gesellschaft, dem Freundeskreis von Mrs. Neveu. Er wird stets begleitet von einem Dolmetscher, einem jungen Franzosen, ehemaligem Lehrer, den er in Peru gleichfalls zu seinem Glauben bekehrt hat.«

Die Anwälte behaupten: Unsere Mandanten sind den Terroristen nie begegnet; es ist unmöglich, irgendeine Verbindung zwischen ihnen und den Terroristen herzustellen.

»Doch Amaru erlernt bald unsere Sprache und beginnt, in den Vereinigten Staaten umherzureisen, um seiner Bewegung größere Verbreitung zu verschaffen. 1976 unternimmt er eine regelrechte Werbetournee über den ganzen Kontinent, von Los Angeles bis New York, benutzt alle Medien, begleitet von einer ganzen Armee Musiker und Profis aus dem Showbusiness. Sein Auftritt im Madison Square Garden lockt eine Menge von dreißigtausend Menschen an. Man fühlt sich eher an ein Popkonzert erinnert, aber die Zuschauer empfangen ihn mit dem Ruf: ›Der Messias ist unter uns! Der Messias ist unter uns!‹«

Die Anwälte zahlen die Kaution. Die Polizisten suchen nach Beweisen für ihre Mittäterschaft: den Beleg irgendeines Treffens mit den Terroristen.

»Fünfundsiebzig Millionen Dollar! Die Sekte zählt heute anderthalb Millionen Jünger – gebürtig aus achtundsiebzig Ländern –, von denen ein Viertel Amerikaner sind. Abgesehen von ihren Immobilien, Gebäude der Bruderschaft, einträgliche Wohnungen usw., besitzt sie Anteile an zahlreichen multinationalen Konzernen, Unternehmen, die sich von der Elektronik bis hin zur Lebensmittelbranche erstrecken, an Waschsalonketten, Verlagshäusern und Rüstungszulieferfirmen. Die Höhe ihres Vermögens, das im letzten Jahr auf über fünfundsiebzig Millionen Dollar geschätzt wurde, hat kürzlich die für Sekten gesetzlich geltende Steuerbefreiung in Frage gestellt.«

In New York hat ein Gläubiger, der meinte, sein Leben habe keinen Sinn mehr, sich vor den Türen seines von der Polizei geschlossenen Zentrums das Leben genommen.

»Die Lage der Bruderschaft wurde vor wenigen Monaten durch die Gründung einer Stiftung absichtlich noch mehr verschleiert, einer nicht gewinnorientierten Kultureinrichtung mit dem nichtssagenden Namen *El Condor*, die zur Zeit die Mehrheit ihres Kapitals hält. Das Vermögen der Stiftung wird verwaltet von einer Gesellschaft mit beschränkter Haftung, die es gewinnbringend anlegt, etwa durch Investitionen in andere GmbHs, die ihrerseits ihre Einkünfte in weitere Unternehmen investiert. Die Charta der Stiftung wurde von einer Washingtoner Anwaltskanzlei aufgesetzt. Darin ist festgelegt, daß die erste Aufgabe der Stiftung darin besteht, die finanziellen Belange der Bruderschaft zu unterstützen, vorausgesetzt, daß die ausgegebenen Summen ausschließlich aus ihren Einkünften stammen und kein Mitglied der Sekte sich in ihre

Führung einmischt. Die Anwaltskanzlei, die diese Akte besorgt hatte, wurde wenige Monate nach Gründung der Stiftung von ihr aufgekauft. Allem Anschein nach ist keine der Personen, die damals mit dem Vorgang befaßt waren, noch am Leben. Zwei kamen bei einem Autounfall um, eine andere erlag einer Herzattacke, eine weitere verschwand ...«

Die Terroristen, behaupten die Anwälte, haben vielleicht die Stiftung kontrolliert, vielleicht erpreßten sie einen Teil ihrer Mitarbeiter, vielleicht machten sie sie mit Drohungen mundtot. Doch Sekte und Stiftung sind zwei autonome Einrichtungen. Amaru hatte zwar das Recht, Einsicht in die Jahresbilanzen der Stiftung zu nehmen – nicht aber in ihre Aktivitäten.

»Der Meister Amaru, der sich nur geistigen Aufgaben verpflichtet sah, hatte nach der plötzlichen Abkehr Mrs. Neveus 1976 die gesamte Verwaltung seines Reiches der Stiftung übertragen. ›Der Führungsausschuß‹, so erklärte er, ›hat mein Vertrauen mißbraucht.‹ Keines der Ausschußmitglieder – die meisten südamerikanischer Herkunft – konnte bisher aufgefunden werden. Sein Präsident, ein gewisser Jorge Bonito da Sandes, ist seit mehreren Wochen aus seiner Wohnung verschwunden ...«

»Ich bin diesem Mann nie begegnet«, behauptet Frank gegenüber dem Polizisten, der ihm eine Photographie von Jorge zeigt.

*

In Lima fällt nach heftigen Straßenschlachten der Präsidentenpalast in die Hände der Putschisten. Eine vorläufige Regierung wird gebildet unter Vorsitz des ehemaligen Ministers Adolfo Sandoval, des Anführers der Ultras.

Verklärt, und alle Himmel frohlocken ...

Bücher, aus der ganzen Welt ihm zugesandt, bestellt per Katalog – unberührt liegen sie da, manche noch verstaut in ihre braunen, mit Aufklebern, Briefmarken und Stempeln übersäten Pakete, zugeschnürt mit Hanfbindfäden, die hier und da mit einem roten Wachssiegel versehen sind, verstopfen sie, eins über, eins neben dem andern, die letzten leeren Regale der kreisförmigen Bibliothek, die durchgebogenen Gestelle. »Die Gitterstäbe deines Gefängnisses«, versichert ihn Amaru – nutzlos, verschmäht. Frank hat sich seit dem Morgengrauen in sein Arbeitszimmer eingesperrt. Nachdem die Kaution bezahlt war, haben die Polizisten sich zurückgezogen. Vorläufige Freiheit. Methodisch räumt er seine Sachen ein. Vertraute Gegenstände, die er mit dem Finger streichelt, die Himmelskugel hier, die er um ihre Achse dreht, das bronzene, mit den Tierkreiszeichen verzierte Astrolabium, eine ovale Kupelle voll getrockneter Blütenblätter. Amaru ist fortgegangen, um sich mit dem Produzenten zu treffen, dem sein Zaubertrank allem Anschein nach Erleichterung verschafft hat. Frank setzt sich für einen Augenblick auf seine Trittleiter. Er betrachtet die vier Masken mit den leeren Augen, die über den Fenstern hängen – er hatte sie für Thyna gekauft, nur wenige Tage vor ihrem Tod, sie sollten eine Überraschung für sie sein –, naive, buntbemalte Holzmasken, der Kopf eines Engels, eines Löwen, eines

Adlers und eines Stiers. Er spielt mit den Bernsteinperlen eines Rosenkranzes mit karmesinroter Troddel, er zieht eine Hinterglasphotographie hervor – ein leicht verwakkelter Schnappschuß, die einzige Aufnahme, die er von ihr besitzt –, läßt sie in sein Portemonnaie gleiten.

Helle Flecken auf den Holzpaneelen, darüber je ein Nagel – und der Messinghaken –, wieder und wieder zählt er die blassen Rechtecke, die feine Staubablagerungen umgeben, ausgesparte Felder in regelmäßigen Abständen, wie ein Raster, ein Gitter auf der Eichenvertäfelung – er hat seine Bilder abgehängt; eingehüllt in Tarlatan, ruhen sie nun, übereinandergestapelt, aufgereiht, umgewendet an der Wand entlang, hinter den Türen, an die Möbel gelehnt (...sie werden ihn gewiß belasten) –, jenes Gemälde, das ihn gelehrt hatte zu lieben: es spornte ihn an, seine Geschichte zu schreiben – achtundsiebzig Werke, eine Muttergottes aus dem 18. Jahrhundert, die ihm jene Frau geschenkt hatte, in Lima, war das erste Stück seiner Sammlung gewesen –, Gemälde, die er weniger auf Grund ihrer Schönheit ausgewählt hatte, als vielmehr aus dem Grund, daß sie für ihn die repräsentativsten Zeugen eben dieser Geschichte darstellten; er erinnert sich noch an ihr Gesicht, als sie ihm riet: »Ein farbiger Bildband, für dessen Text, das Vorwort oder die Anmerkungen du zeichnest«, Frank hielt dagegen: diese Werke sind anonym, sollte da ihr Herausgeber es nicht taktvollerweise auch bleiben? (...Jorge befand sich nicht unter den überwältigten Terroristen) – mit ihren überladenen, mächtigen, manchmal mit Spiegeln verzierten Rahmen, und Amaru, dem er sein Vorhaben anvertraut hatte, ermutigte ihn: »Du liest so viel, warum nicht auch schreiben? Irgendwas... Du bist mehr wert als der Quark, den du für mich da dichtest« – abgehängt, eingehüllt... –, Thyna suchte bereits nach einem Titel; *Geburt einer Kultur* erschien ihm zu prätentiös; *Geschichte der kolonialen Malerei* zu akademisch; *Barockkunst Südamerikas* nicht klar genug; würde er sich des Englischen bedienen? »Die Magie einer anderen Sprache!« begeisterte er sich, Thyna schwor ihm: »Ich helfe dir beim Stil«, sie hörte ihn schwatzen: »*Symbolisches Schicksal der Künstler der Neuen Welt* ...« Wer konnte gegen ihn aussagen? Elizabeth würde es nicht tun; würden in New York die Hotelportiers Jorge anhand der Photos erkennen, über die die Polizei verfügte? Er schrieb: »Zwischen dem Pazifik und den Anden, rings um die kleinen Buchten der Felsküste, in denen die Karavellen ihre Anker warfen, feiern diese Gemälde die Passionsgeschichte des Erlösers, erzählen von seinen Taten, ähnlich den Glasmalereien unseres Mittelalters ...« Er weiß, daß er alles wird aufgeben müssen; ihm bleibt nicht mehr viel Zeit, und von plötzlichen Skrupeln ergriffen: »... Für die vermeintliche Erbauung der heidnischen und des Lesens unkundigen Indios gedacht – im Dienst der Missionare, der Eroberer, Pizarros, dessen mumifizierter Leichnam heute noch in Lima aufbewahrt wird, und voller Staunen angesichts seiner Füchse, seiner bronzenen Kanonen, die da Feuer speien – trägt ihre Malerei in Wirklichkeit nur dazu bei, Krone und Kirche umso größere Geltung zu verschaffen ...« Er zeigte ihr: »Erzengel, mit Musketen und Arkebusen bewaffnet und einem Federbusch auf der Spitze ihres Helms; blutige Höllen, gespickt mit Spießen und Rädern, mit ihren Scheiterhaufen und Feuern; unterworfene Indios, die wie Tiere kriechen vor den Kreuzen und den Schwertern ...« Er enthüllte vor ihr ein Gemälde nach dem andern, eines Tages, als sie ihn in seiner Villa aufsuchte, erklärte ihr hier eine Besonderheit, da eine Unbeholfenheit, dort eine Unmöglichkeit. »Hier, der schräge Strahl auf dem Panzer!« Er ließ sie die Reinheit einer Lasur bewundern, die Leichtigkeit eines Schattens, die Strenge einer Komposition, er breitete seine Bilder vor ihr aus, in ihrer Abfolge stellten sie eine Art Fresko dar, er erklärte: »... beispielhaftes Schicksal dieser ersten Maler, die auf einem neuen Kontinent geboren und auf ewig von Europa abgeschnitten sind, doch für die alle Kunst der Welt in den hundert Werken vereint ist, welche die Konquistadoren in ihren Schiffen mitgebracht haben – sie verabscheuen die Pyramiden und ihre Götzenbilder aus Stein...« –, er schrieb: »... gezwungen, diese einzigen Modelle zu kopieren, ihre einzigen Leitbilder des Schönen, kennen sie nichts anderes, und gelähmt durch diese minimale Orientierung, kopieren sie diese wieder und wieder, und ihre Nachfahren kopieren ihre Werke, Kopien und Kopien von Kopien, Generationen von Autodidakten schaffen stets aufs neue dieselben Gemälde, wiederholen dieselben Kreuzigungen, dieselben Anbetungen der Drei Könige, doch nach und nach, während das Gold die Leinwand erobert, in Blattbeschichtung, aufgetragen mit dem Achat des Poliersteins, oder in feinen Drähten, die auf den Falten der Roben ranken oder sich über die Spitzen der Mantillen winden, während die Perspektive verloren geht, die Landschaften flacher werden, neue Elemente auftauchen – während der Stil erstarrt, die Palette kräftiger wird, die Technik sich wandelt – inspiriert von örtlichen Gegebenheiten, schüchtern noch zuerst, ein Inkagesicht zu Füßen des Kreuzes, ein Kaktus, ein Lama, das man noch mit einem Esel oder Pferd verwechseln könnte, im Hintergrund eines ländlichen Abendmahls oder einer Heimsuchung Mariä, und man kann beobachten, wie die Augen der Apostel sich nach und nach verengen, die Wangenknochen der Ritter hervorspringen, die Lippen der Heiligen unmerklich wulstiger werden, die Kleidung sich ändert, sich wandelt, ein runder Hut, ähnlich der Melone der *Chulas*, verziert mit farbenfrohen Blumen, bedeckt das Haupt Magdalenas, ein buntscheckiger Schal wird zum Leichentuch Christi, und der Poncho ersetzt die Capa, die Farben schäumen über, der krapprote Lack gemahnt an die Erde von Cuzco oder Potosí, das Violett an den Gebirgshimmel, das schillernde Lavendelblau an wilde Sturzbäche ...«

Und Frank schrieb: »Eine Kunst, die keinerlei Originalität anstrebte, jedes Fragen vermied und sich im Gegenteil bemühte, als schämte sie sich ihrer selbst, die Bruchstücke einer Tradition zu bewahren, die sie nie gekannt hatte – eingeschlossen in der Erinnerung einer übernommenen und bereits mythischen Vergangenheit – und die verarmte, schrumpfte und doch sich selbst zum Trotz ihre Identität fand – ungeachtet der unterwürfigen Nachahmung, der fortwährenden Sorge, sich nie zu weit von jenen strengen Regeln fortzuwagen, die seit Jahrhunderten in fremdem Boden wurzelten – aber da niemand dem entrinnen kann, was er ist, hat sie sich schließlich doch, ohne sich dessen bewußt zu werden, ohne es sich einzugestehen, gefunden: zu sich selbst zurückgefunden ...«

*

»Mister Hélias?«

Der Butler schließt die Tür hinter den beiden; gleichzeitig haben die zwei Männer ihren Ausweis vorgezeigt (Aktentaschen mit dem Aufdruck des Staatsadlers), simultane, mechanische Bewegungen mit dem Handgelenk, einer nach dem andern haben sie ihren jeweiligen Namen gesagt; gleichzeitig, ohne darum gebeten worden zu sein, nehmen sie jetzt auf einem Palisandersofa Platz; der jüngere verschränkt die Arme vor der Brust, macht es sich auf den bestickten Kissen bequem, ohne die Lippen zu öffnen; der andere, er trägt einen gestreiften Anzug, salbungsvolle Professionalität, erklärt sogleich: »Ein halbamtlicher Besuch.« Ein Film, denkt Frank, ich bin in einem Film.Der eine Mann erläutert in routiniert geschliffenen Umschreibungen, daß ihr Besuch, »in Ihrem Interesse wie in dem der Personen, die uns schicken«, gleichgültig, welchen Ausgang ihr Gespräch nehme, natürlich geheim bleiben müsse, daß die Abteilung, der sie angehören, er verschweigt schamhaft ihren Namen, doch, mit dem Kopf, eine entschiedene Geste, allein die Initiative und Verantwortung für ihr Angebot übernommen habe, um eine Affaire zum Abschluß zu bringen, die er für bedauerlich halte, denn er glaube, im gemeinsamen Interesse aller zu handeln, und obwohl Frank sich in dem Wirrwar vorsichtiger Andeutungen zu verlieren droht, errät er: »Sie bieten mir die Freiheit an« – verblüffte Bejahung, der Mann sagt: »Mister Hélias, wir könnten Sie leicht, unsere Nachrichtendienste verfügen über ausreichende Beweise gegen Sie, schon heute verhaften, aber wir möchten lieber die Indiskretionen eines öffentlichen Prozesses vermeiden. Wir sind beauftragt, Ihnen folgenden Handel vorzuschlagen: Sie willigen ein, mit falscher Identität – die wir Ihnen besorgen – aus diesem Land zu fliehen und nie mehr hierher zurückkehren. Im Gegenzug verpflichten wir uns, den Haftbefehl achtundvierzig Stunden lang zurückzuhalten. Wir brauchen einen Schuldigen, Mister Hélias, aber kein Urteil. Wir bitten Sie zu verschwinden, einfach zu verschwinden, und Sie werden nie wieder belästigt.«

»Aber warum dann nicht einfach mich umbringen lassen?«

Der Mann reicht Frank einen Brief, die Photokopie eines Briefes – Jorges abgehackte Handschrift –, in dem davon die Rede ist, für den Fall, daß ihm etwas passiere, ihm, Francis Hélias, der Presse, der gegnerischen Partei einen Scheckabschnitt (er muß laut auflachen) zukommen zu lassen. Er liest: »Komitee zur Unterstützung des Präsidentenwahlkampfs« – die Geheimfonds, die während der Wahl eingesetzt wurden. Er fragt noch:

»Und Amaru?«

»Ich glaube, er unterschreibt in diesem Augenblick einen Vertrag mit einem Fernsehproduzenten – sein Leben, seine Lehre.«

Die zwei Männer ziehen sich zurück. Sie geben ihm nicht die Hand.

*

Frank Hélias hat sich vom Gärtner die Schubkarre geliehen, noch frische Grashalme lugen zwischen ihren aus den Fugen geratenen Brettern hervor; er fährt sie bis zur Bibliothek, die Möbel hat er vor die Tür gestellt, um sich freien Zugang zu verschaffen; er steigt die vier Stufen der Trittleiter hinauf, fängt an, die Regale von den Büchern zu leeren, mit den oberen beginnend – Weltgeschichten, Enzyklopädien mit schweren, numerierten Bänden und strengen Goldornamenten auf den Rücken, dicke Lexika, nach Sachgebieten geordnet, Rechtschreibe-, etymologische, Synonymwörterbücher, ja sogar ein Lexikon spanischer Reime –, dann räumt er die unteren Gestelle aus, wo sich die wissenschaftlichen Abhandlungen aneinanderreihen, die Atlanten, technische Handbücher, Zoologie, Botanik, er steigt zu den Kunstbüchern herunter, von denen manche eine Klarsichthülle schützt, nach Epochen und Stil gesondert, wertvolle Bände in Seidenschubern; er verzichtet darauf, sie ein letztes Mal durchzublättern, Tafeln mit Kupferstichen, limitierte Auflagen auf Velin oder Japanpapier; nun zieht er die Biographien berühmter Männer hervor, die Schriften, die Memoiren, die Essays, Briefwechsel, Monographien, Pamphlete in alphabetischer Reihe, und fährt sie mit seiner Schubkarre von der Bibliothek in den Garten, mit Mühe hält er das Gleichgewicht, häuft sie auf den Rasen, wirft sie wahllos aufeinander, abgestoßene Einbände, lose Blätter, türmt sie auf zu einer gigantischen Pyramide aus Papier, aus Pappe – und dem Leder der Prachtausgaben – philosophische Werke, Kriminalliteratur, Science-fiction, Dramen, die Lyrikbändchen – er karrt Romane, Novellensammlungen, Anthologien hinaus, und vor allem: Ethnologisches, Reiseberichte, Psychologie, hermetische Texte, Theologie, Volkskunde –, ein bunter Hügel vor der Terrasse, und seine Gemälde, seine persönlichen Gegenstände, die er oben auf den Haufen wirft –, er schraubt einen Kanister auf, überschüttet sie mit Benzin, die Tausende von Büchern, abgestoßene Schnittkanten, zerknickte, zerfledderte, in Maroquin gebundene, eingedellte Hefte, gebrochene Einbände – und zündet ein Streichholz an.

Geschichte seiner Reisen, seiner Prüfungen und seiner Freuden . . .

»Etymologie ungewiß. Arabischer (oder hebräischer) Ursprung wurde vorgeschlagen: *mat*, der Tod, wie man ihn in dem Ausdruck *schachmatt* wiederfindet – am Ende der Partie, wenn der König, in die Enge getrieben, gezwungen ist, die Waffen zu strecken. Oder auch lateinischer Herkunft: *matus* – was einst soviel bedeutete wie *betrübt* – mattes Gold, Gold, das nicht mehr glänzt. Oder auch italienischer Abstammung (kommen nicht die ersten Spielkarten aus Venedig oder Florenz oder Bologna?): *mato*, was soviel heißt wie *Narr.*«

Frank schlägt sein Buch wieder zu – das einzige, das er sich nicht hat entschließen können zu verbrennen. Er geht sogleich an Bord. Er durchquert die Abflughalle. Sie sind da, er kann sie ahnen, wie sie ihn bespähen, jede seiner Bewegungen beobachten. Er reicht seinen Paß. Der Polizist blättert ihn durch. »Francis Cartaphilus?« Prüft das Photo, das Einreisevisum. Stempelt ihn ab, bevor er ihn ihm zurückgibt. »Guten Flug, Sir.« Gate 12. Er durchquert einen langen Gang. Auf einer Bank sitzt eine Frau und wiegt einen weinenden Säugling auf dem Arm. Eine Gruppe Japaner – laut lachend filmen sie sich gegenseitig. Im Wartesaal zeigt er einer Hostess sein Ticket – nur Hinflug. »Ich hab's in letzter Minute gekauft.« Sie fragt ihn, ob er kein Gepäck habe. »Nur diese Tasche.« Eine oberflächliche Durchsuchung (»wegen der Terroristen«), wieder ein Gang, diesmal mit Metallwänden, und er befindet sich im Flugzeug.

Durch das kleine, runde Fenster sieht er den Tower, die Flugzeughallen, einen Tankwagen am Ende einer befeuerten Landebahn. Der Passagierraum vibriert unter dem Summen der Turbinen. Er schnallt seinen Sicherheitsgurt fest. Ein Steward bietet den Fluggästen Bonbons und Erfrischungstücher an. Frank steckt seinen Paß in ein Futteral seiner Tasche – er hat sich bereits an seine neue Identität gewöhnt, für die er sich hat entscheiden müssen. Und während die Maschine langsam zu ihrer Startbahn rollt, nimmt er seine Lektüre wieder auf – seine so häufige Lektüre –, das erste Kapitel von Borgias' Buch.

Keinerlei Kennzahl.

Das Flugzeug trägt ihn fort. Er liest: »... Das Problem, das die Einordnung des Matts, des Narren, aufwirft, hat zahlreiche und gelehrte Kommentare hervorgerufen, ohne daß je eine definitive Lösung vorgeschlagen werden konnte. Häufig mit 0 numeriert, kann die Karte vor dem Gaukler eingeordnet werden. Manche Autoren behaupten dagegen, daß sie als letzte komme, daß sie das Tarot gewissermaßen beschließe. Andere meinen, daß sie aus Gründen bestimmter Beziehungsgesetze mit der Kabbala die XXI. Karte des Spiels sei und die Welt das Arkanum XXII sein müsse, weil *Sin* der einundzwanzigste Buchstabe des hebräischen Alphabets ist und *Taw* der letzte. Wieder andere stützen sich auf kunstvolle Berechnungen und halten dagegen, daß die Großen Arkana nur drei mal sieben Karten umfassen dürften, und schließen den Narren kurzerhand aus.«

Iquitos, Paris.

INHALTSVERZEICHNIS
(oder die 22 Karten des Tarot)

1973
Er jongliert, und mit seinen geschickten Fingern ... / 8
Schwarz, schwärzer noch als schwarz ... / 62
Der Jungfrau voller Gnaden ... / 71
Es funkelt das Gold seines Szepters ... / 87
Der Hauch, der die Flamme belebt ... / 95

1976
Blinder Bogenschütze von seiner hohen Wolke ... / 112
Junger König mit lockigem Haar paradiert auf seinem Wagen ... / 128
Schräger Balken der Waage ... / 142
Fernab der grausamen Sanduhr ... / 156
Stolze Sphinx, bewaffnet, geflügelt und gekrönt ... / 167
Gefangener Löwe in einem Garten ... / 174

1977
Faulendes Samenkorn in der Sonne ... / 188
Schwarzer Humus, mit Schädeln bedeckt ... / 199
Schüttet das Wasser der Kelche um ... / 207
Zweischneidige Klinge ohne Griff ... / 212
Himmlischer Blitz fällt den Turm ... / 217
Schöpft frisches Wasser an der Quelle ... / 221
Während die Hunde bellen ... / 228
Aufmerksame Kinder am Fuß der Mauer ... / 232
Die letzte Stunde schlägt ... / 240
Verklärt, und alle Himmel frohlocken ... / 246
Geschichte seiner Reisen, seiner Prüfungen, seiner Freuden ... / 254